吞噬星空

典藏版 18

我吃西红柿 著

ARTTIME 时代出版
时代出版传媒股份有限公司
安徽文艺出版社

图书在版编目（CIP）数据

吞噬星空：典藏版. 18 / 我吃西红柿著. — 合肥：安徽文艺出版社，2023.1（2025.6重印）

ISBN 978-7-5396-7574-9

Ⅰ. ①吞… Ⅱ. ①我… Ⅲ. ①幻想小说－中国－当代 Ⅳ. ①I247.5

中国版本图书馆CIP数据核字(2022)第193549号

TUNSHI XINGKONG DIANCANG BAN 18

吞噬星空 典藏版18

我吃西红柿 著

出 版 人：姚 巍
责任编辑：李 芳 秦知逸
装帧设计：周艳芳

出版发行：安徽文艺出版社 www.awpub.com
地 址：合肥市翡翠路1118号 邮政编码：230071
营 销 部：(0551)63533889
印 制：湖南天闻新华印务有限公司 电话：(0731)88387856

开本：710 mm × 1000 mm 1/16 印张：18 字数：290千字
版次：2023年1月第1版
印次：2025年6月第4次印刷
定价：32.00元

目录
CONTENTS

第838章

紫钟王的威胁

“一定要让族群崛起，不能让族老白白牺牲！”拉蒂默嘶吼道，旁边门布也点头。

神主普埃低喝道：“传承室中有我族群无数年积累的各种适合本族族人身体结构的修炼秘法，宝藏室中有各种各样的珍贵宝物。只要这些异族通过神国传送离开，那么我们就能得到这些宝藏。”

“嗯。”拉蒂默、门布郑重地点头，目光炽热地看着虚拟投影中的宝藏室。

宝藏室内。

族老虬赤卡是封王巅峰级强者，他的自爆结束许久后，宝藏室内才渐渐安静下来。

“浑蛋！浑蛋！浑蛋！”蹲在角落的虎刺王嘶吼着，双眸中满是疯狂。

“哼！”紫钟王脸色铁青，目光闪烁，看了一眼站在中央的苍金王。

苍金王冷着一张脸。

罗峰的银色羽翼被轰击得紧紧贴着墙壁，随后双翼展开。罗峰扫视四周，虎刺王的气息衰弱，紫钟王的气息倒是没怎么变化，苍金王的气息也没怎么变化。

“虎刺王的损失很大，不朽神体已经损伤超过一半。”罗峰疑惑，“可紫钟王似乎没受伤。苍金王没受伤很正常，可是这紫钟王……”

苍金王是封王级极限强者，紫钟王是封王巅峰级强者。

“哈哈……”苍金王发出一阵冷笑。

“还真会伪装。”苍金王冷笑着看了一眼紫钟王，声音低沉雄浑，“紫钟王，如果不是那土著强者自爆，我还真看不出你有这等能力，除了刚开始你对付那人类时主动燃烧3%的不朽神体外，之后不管是夜辰王自爆，还是那土著强者自爆，都没伤到你一点吧？”

在这些攻击下，苍金王丝毫无损。

罗峰的表现一如既往地可怕，依旧丝毫无损。苍金王早就料到罗峰应该有什么特殊底牌，才能度过这一劫，所以苍金王并不吃惊。

虎刺王损失了大半不朽神体，如果受伤再重点，恐怕就会直接陷入沉睡。这也在意料之中。

唯有紫钟王，之前表现得就和正常封王巅峰级强者一样，谁都没意识到紫钟王的特别。

夜辰王自爆时，紫钟王高喊自己受伤了，可紫钟王是躲在储藏室内的，而夜辰王自爆产生的大量威力是辐射到其他方向的，在储藏室门口的虎刺王都只受了轻伤，所以紫钟王受伤的可能性很低。

紫钟王是封王巅峰级强者，很难从表面上辨别出他是否受伤。

这次不同，虬赤卡自爆是在宝藏室内，宝藏室长20米，宽20米，高10米，非常狭小，且是封闭的，加上宝藏室本身防御极强，硬是扛住了虬赤卡自爆的威力而且没一丝损耗，这使得虬赤卡自爆的威力完全在宝藏室内，攻击强度非常可怕。

虎刺王受了重伤，如果攻击强度再强点，虎刺王就直接失去意识永久沉睡了，紫钟王却能丝毫无损，这就怪了。

“哈哈哈……”紫钟王笑着，脸上的鳞甲随之而动，显得很丑陋。

紫钟王声音尖利：“苍金王，宇宙中有亿万个族群，有无数宝物，有无数危险之地，我有保命绝招又有什么奇怪的呢？”

“之前制订计划时，你可没说。”苍金王看着紫钟王。

“这是保命绝招，没必要说吧。”紫钟王说完后略微低头，显然是服软了。

“哼！”苍金王冷哼一声，随即他目光一扫旁边的虎刺王和罗峰，心中不由得嗤笑。

苍金王想："虎刺王已不值一提，至于那人类，显然有强大的防御手段，可攻击手段一直很一般，倒也不足为惧。"

"我看，大家都试试怎么开启这个藏宝箱吧。"苍金王指向藏宝箱，"谁想先来？"

谁敢先来？

"苍金王，你先来。"紫钟王奉承道。

"哼。"

苍金王这才走到那被十二条锁链捆缚着的古老的藏宝箱前，时而用蛮力，时而用各种技巧，用尽了方法，最后才不甘心地恨恨地一脚踹在藏宝箱上，整个空间都崩裂了。苍金王喝道："你们来试试看！"

"我来。"紫钟王上前尝试。

他走到藏宝箱前时却看向罗峰："人类，要不你先来试试？"

"不用。"罗峰不急。

紫钟王把各种方法都试了一遍，还是失败。

罗峰、虎刺王也上去尝试打开藏宝箱，依旧失败。

祭塔控制室内。

"这些异族还想得到我族宝藏，真是做梦！"门布恨恨地道。

"宝藏是我们的！"拉蒂默嗤笑道，"看看这些异族，一个个很不甘心，你看那实力最强的苍金王都快发疯了。可发疯又有什么用？他们还是得不到宝藏。他们只有一条路可以选——通过神国传送离开。"

"等他们离开后，我们就去取宝藏。"神主普埃道。

三名强者都观看着，期待着，期待罗峰他们赶紧通过神国传送离开。

苍金王、紫钟王等人在宝藏室内尝试了10多分钟后，都意识到他们没办法开启藏宝箱。

"或许我可以让魔杀族分身变化成焱祭大陆的原住民，尝试开启藏宝箱。"和虎刺王一起站在角落的罗峰在心中暗道，"不过能否蒙骗过藏宝箱的感应系统，我并无十足把握。不管能不能行，都不能在苍金王他们面前尝试。”

“白忙活一场！”苍金王的怒喝声在室内不断回荡。

紫钟王、虎刺王、罗峰都忍不住嘀咕：“白忙活？冰刃和夜辰王得到了六名领队者的遗产，而最终冰刃和夜辰王的一切财富全部落到了苍金王的手里，据估计，得值数百亿混元单位，这还叫白忙活？”

“贪婪是所有强者心中都有的。”罗峰忍不住暗叹，“只是有的能控制贪婪之心，有的控制不了。”

“你们三个，”苍金王声音雄浑，回荡在室内，“都先通过神国传送离开。”

罗峰一惊。

自己先通过神国传送离开，就暴露了自己的神国坐标，苍金王不就能尾随自己进入自己的神国了？以苍金王的实力，一旦苍金王进入神国，不管是进入虎刺王的还是紫钟王的，抑或是自己的，神国恐怕都会被毁掉。

“我们先走？”紫钟王怒道，“苍金王，你的实力远比我等强大，如果你通过神国传送离开，我们谁都不敢尾随你进入你的神国。所以依我看，应该按照实力来，实力最强者先离开，实力最弱者最后离开。”

“对。”虎刺王也赞同。

“我赞同。”罗峰也赞同。

他们很清楚，这时候他们三个得联合起来。

昏暗的宝藏室中，全身环绕着电蛇的高大的苍金王发出低吼声：“违背我者，死！”

“不违背你，也是死！”紫钟王的小眼睛中闪烁着凶光。

“我已受重伤，得无数年后才能恢复。苍金王，你别太过分了！”虎刺王的眼眸中有一丝疯狂。他何等惨，他这次来，什么宝藏都没弄到却身受重伤。封王级强者是有傲气的，漫长的岁月令很多强者并非那么惧怕死亡，逼急了，自爆是常有的事。

罗峰也看着苍金王。

“哦？”苍金王眼眸中闪烁着电光，饶有兴味地看着他们三个人，“真有胆子。”

“我已开启虚拟世界系统的同步传送，”紫钟王咬牙盯着苍金王，“并将周围一切拍摄记录了。如果你敢对战友下手，谁都保不住你！”

“同步传送？拍摄记录？”苍金王揶揄地看着紫钟王，“这座祭塔屏蔽了所有探测信号，虚拟世界系统根本无法探测到祭塔，即便是再昂贵的探测仪器对祭塔都无效，不朽神力探测也无效，你只能使用最基本的手段观看、拍摄、录音，可是室内的光线早已被我改变，声音更是直接被我控制。”

“啊?!”紫钟王脸色大变。

“哈哈，你连接虚拟世界系统的仪器附带的一点探测记录的功能中，仅剩下拍摄、录音的功能，用这些功能拍摄下来的东西最具迷惑性，很容易伪造，根本不能当证据，更何况我还操控着光线、声音。哈哈……”苍金王似笑非笑地看着紫钟王，“你能挡住那土著强者自爆的威力而不损丝毫，看来你有宝物在身啊。”

“那个人类也能挡住。”紫钟王紧张，连忙说道。

罗峰听了脸色一变。

“他？”苍金王饶有兴味地看了一眼罗峰，“这人类的实力不如你，防御却很强，强得有些夸张了，他肯定拥有某种很厉害很特殊的手段。放心，你们几个，我会一一解决。这次虽然得不到宝藏，但能得到你们三个的财富，也算小小的收获了。”

紫钟王、虎刺王、罗峰都是一惊：苍金王已经撕下面具了！

“别太过分！”虎刺王声音嘶哑，吼道。

“闭嘴！被重伤成这样，你就算自爆都伤不了我丝毫。”苍金王嗤笑道，“你那点财富，我没看在眼里，我重视的是他们。”

他的目光在罗峰、紫钟王身上流转。

“别逼我！”紫钟王怒喝，一翻手，手中出现了一颗黑色的晶球，一股让人心悸的能量波动从这颗晶球上辐射开，“逼急了，大家一起陨落！”

第839章

战吧

和虎刺王站在一起的罗峰吃了一惊，仔细看去。那颗黑色的晶球从表面上看很普通，但那股能量波动说明了这颗黑色的晶球肯定不一般。

“是火神源晶，而且是极高端的火神源晶。”罗峰暗道，“至少比我曾经购买的那颗要高端。”

之前罗峰花费8亿积分购买了一颗火神源晶，其爆炸威力相当于封王高等级强者自爆产生的威力。那颗火神源晶在层次上不如眼前这颗。

源晶按照属性划分，有雷神源晶、水神源晶等等。爆炸威力相同的情况下，火神源晶最便宜，所以火神源晶最流行。雷神源晶、水神源晶等这些源晶各自有一些特殊的优点，在某些时刻也有重要的用途，自然也有强者购买。

“哈哈……”雄浑的大笑声响起，那声音在苍金王胸腔内还有回音。

紫钟王手持着这颗火神源晶。

“威胁我，你在威胁我！”苍金王声音如雷，巨大的身体令他俯视紫钟王，“你就靠你手中的这颗火神源晶来威胁我？哈哈，这就是你手中名气最大的底牌——A-812级火神源晶吧。听说你遭遇生死危机时，都是拿这颗火神源晶来恐吓对手的，没想到还真让你逃过数次劫难，今天你又拿它来恐吓我！”

紫钟王轻声念叨着，声音尖细：“A-812级火神源晶属火神源晶中极高端的产品，其爆炸威力相当于封王巅峰级强者自爆威力的三倍。单单这一颗火神源晶，便耗尽我无数财富。”

“A-812级？”罗峰听得心中一动。

火神源晶爆炸的威力越大，其价格也越高。

爆炸威力媲美封王高等级强者自爆威力的火神源晶，若是罗峰去购买，仅需花费8亿积分，可是这颗A-812级火神源晶，即使罗峰去购买，也得花费120亿积分，紫钟王要付出的代价恐怕还要再大些。这么大的代价，几乎可以让封王级强者倾尽所有。有这等财富，很多强者宁可购买别的宝物，或者购买强大的兵器，等等。有决心去购买一颗火神源晶的，属于少数。

“你说得对，我的确靠它逃过数次劫难。”紫钟王声音尖细，继续说着，“我相信这次，我还能靠它逃过一劫。”

“没用，它对我的威胁不大。”苍金王自信地道。

“这颗A-812级火神源晶爆炸当然杀不死苍金王你，可是在这么狭小又封闭的空间内，毁掉你5%~10%的不朽神体是绝对没问题的。”紫钟王看着苍金王，“你已经受伤，再次受伤的话，恢复完好就得很久了。”

苍金王微微点头：“说得好。”

苍金王转头看向罗峰：“人类，紫钟王让我觉得棘手，我不介意先杀了你。”

“哼。”罗峰哼了一声。

宝藏室内的空气仿佛凝固了，紫钟王、罗峰、虎刺王他们三个都看着苍金王。苍金王之前的威胁就是为了逼迫罗峰他们拿出底牌。

如果他们拿出的底牌很吓人，苍金王就不准备动手了。

如果他们没有厉害的底牌，苍金王就会动手。

这种行为在超级强者交战前是很正常的。

因为修炼到那等程度的，几乎都是修炼了百万年甚至千万年的强者，甚至是更古老的存在。他们即使在占据优势的情况下，也会先逼迫对方一番。如果一上来就动杀招，逼得对手不得不拿出底牌，如一颗可怕的火神源晶，那么二者很可能都会陨落，二者都会悔恨万分。

如果双方交战的结果存在两败俱伤的可能，双方一般就不愿厮杀了。

“很可惜，你们对我的威胁程度太低。”苍金王露出一丝灿烂的笑容，“你们死吧。”

“动手！”紫钟王传音喝道。

“杀！”虎刺王瞬间燃烧不朽神体。

“拼了！”罗峰传音道。

罗峰他们立即明白苍金王的最终选择——杀死他们。那么他们就算是死，也不能让苍金王好过。虎刺王、紫钟王、罗峰看起来都拿苍金王没办法，仿佛三只蚂蚁和一头大象在厮杀。

轰隆隆——

无数的雷电以苍金王为中心，在宝藏室中蔓延。

“杀！”苍金王手持雷电之矛，燃烧不朽神体，让罗峰他们心颤的能量波动不断地起伏。

“苍金王燃烧不朽神体，看来是要速战速决，以最快的速度和最小的代价杀死我们。”紫钟王传音给罗峰、虎刺王，“别藏着掖着了，有什么底牌都拿出来吧。”

“啊！”虎刺王发出愤怒、不甘的咆哮声。本已身受重伤快要沉睡的他，让自己的不朽神体完全燃烧，却仿佛蚍蜉撼树。在其悲愤的怒吼声中，不朽神体瞬间爆炸，但威力也就只有之前虬赤卡自爆威力的两三成罢了。

虎刺王，陨落！

“不自量力。”苍金王微微一顿，根本不在乎虎刺王的自爆。

“扬，”紫钟王焦急地咆哮，“我们拼了！”

这时候紫钟王的双眸中满是疯狂，可他再喊罗峰拼命也没什么用，因为罗峰并非不朽神灵，根本没办法燃烧不朽神体。

“死吧。”苍金王眼眸中有着不屑一顾的冷漠。

“人类，你真没用。”紫钟王眼眸中的疯狂完全消失，有的只是冷漠。只见紫钟王的身体表面忽然浮现出一口斑驳古老的紫色古钟，紫色古钟上有密密麻麻的神秘文字，罗峰根本不认识这种文字。

紫色古钟散发着让人心悸的威压。

紫色古钟忽然变大，飞起，边飞边变大，而后猛地一罩。宝藏室就这么大，罗峰和苍金王根本无处闪躲，都被罩在这紫色古钟里面。

紫色古钟仿佛存在无尽的岁月了，单单那股强大的威压就让罗峰心悸，心道："重宝，这是真正的重宝！当年魇烛王用他父亲给他的重宝拼命时，那件重宝的气息不比这紫色古钟强。这口紫色古钟绝对是宇宙尊者使用的重宝。"

紫色古钟是一件古老的宝物，威力无穷。

……

紫色古钟内。

罗峰、苍金王、紫钟王都被罩在里面。紫色古钟变大后直径在16米左右，几乎将宝藏室罩住了大半。

"紫钟王，"苍金王惊愕地看着远处同样在紫色古钟内的紫钟王，"你……"

"都说我攻击有火焰钟，防御有紫色钟影，可你们谁又知道，我真正的宝物是这口神秘的紫色古钟。"紫钟王心中嗤笑。

"苍金王，既然你要杀我，就别怪我心狠了。这紫色古钟内已经陨落了两名封王巅峰级强者、一名封王级极限强者。今天你和那人类都得死！"

"人类，你这么没用，也死吧。你死了，那神秘的防御宝物就是我的了。"

紫钟王的声音分别在罗峰、苍金王的脑海中响起。

紧跟着——

紫钟王往后退了一步，直接穿透紫色古钟走了出去。他早已炼化紫色古钟，能将紫色古钟融入体内，自然能够轻易穿透紫色古钟。在他走出紫色古钟的同时，他将那颗价值过百亿混元单位的黑色火神源晶放在了紫色古钟内。

"不好。"苍金王脸色一变。

"麻烦了。"罗峰也看到了那颗火神源晶。这时候火神源晶已经被引爆。

"爆吧。"在紫色古钟外的紫钟王笑道。

紫钟王单单靠自身和紫色古钟，无法杀死苍金王。宝物虽然厉害，但对实力的提升是有限的，最多有些特殊作用罢了。罗峰即使拥有弑吴羽翼，也杀不死封王级极限强者。

所以紫钟王必须用这颗火神源晶。

这颗火神源晶爆炸的威力相当于封王巅峰级强者自爆威力的三倍，按理说只能勉强让苍金王受伤，可现在的情况不一样，这般令人心惊的爆炸完全在紫色古钟内，紫色古钟非常特殊，能将爆炸形成的能量冲击波凝成一股，可以让这股冲击波朝一个方向轰击。在紫钟王的操控下，那股能量冲击波直接轰击向苍金王。

所以，紫色古钟让火神源晶爆炸的威力提高了十倍。如此一来，就算是封王级极限强者，也得陨落。除非封王级极限强者拥有王甲那等防御极逆天的铠甲，或者拥有一些无比昂贵的护体宝物，类似这紫色古钟。

紫钟王之所以经历夜辰王自爆、虬赤卡自爆都没事，就是因为这紫色古钟。

自从紫钟王得到这紫色古钟以来，他击杀过超级强者，用得到的大量财富强大自己，也购买了无比昂贵的火神源晶，实力自然是大翻身了。他一直很谨慎，凡是见他用过紫色古钟的，都已经陨落。

“击杀苍金王和那人类后，我又能得到一笔巨额财富。苍金王之前就得到了其他强者的遗产，加上他本身的财富，这次收获绝对颇丰，到时候再购买两颗火神源晶。”紫钟王心中暗想着，“还有那人类，那人类的实力比我弱得多，可防御那般惊人，说不定拥有类似我这紫色古钟的神秘宝物。”

紫钟王心底期待着：“死吧，都死吧，一切都是我的！”

第840章

大赢家

祭塔核心控制室内的三名强者透过虚拟投影看着宝藏室内发生的一切。

“自相残杀吧！”

“拼得好！”

神主普埃、拉蒂默、门布他们三个都激动万分，期待地看着虚拟投影。他们作为族群灾难的幸存者，本能地对宇宙中的异族抱有敌意，特别是那些参加开辟域外战场的异族，他们更是无比仇恨。

他们的族群就是因为当年四大巅峰族群开辟战场，才被灭了的。

“因为要开辟战场，就灭了我们族群啊！”

他们怨气很大，心中满是仇恨。

对四大巅峰族群而言，为了生存资源，开辟域外战场灭杀族群是很正常的事。这就仿佛几只强大的狮子为了生存下去而吃掉兔子。这对狮子而言，是很正常的事；可对兔子而言，狮子是它们的大仇敌。

“死吧，全都死吧！”神主普埃、拉蒂默、门布的眼神中满是愤恨，看着宝藏室内发生的这一切。

通体紫色、斑驳古老的古钟上那密密麻麻的神秘文字，隐隐散发着强大的气息。

轰隆隆——

可怕、狂暴的声音在钟内响起。

虽然紫钟王凭借紫色古钟，几乎能使那颗火神源晶爆炸形成的能量冲击波凝聚成一股，但依旧有残余的能量冲击波攻击紫色古钟。

轰！

无形的能量冲击波透过钟体，向钟外辐射开。

嘭！嘭！嘭！

无形的能量冲击波直接冲击在站在紫色古钟外的瘦小的紫钟王身上。

这无形的能量冲击波即使被紫色古钟削弱了九成，也依旧令紫钟王身体破裂，可瞬间他又凝聚为一体。他咧嘴，兴奋地笑起来，眼眸中满是期待："苍金王、人类，你们都死吧，宝物都是我的，一切都是我的！"

……

"啊！"雄浑而愤怒的咆哮声从苍金王口中发出，他的眼眸中满是愤怒。

"紫钟王！"苍金王双眸欲裂。

轰隆隆——

紫色古钟轰鸣，火神源晶爆炸产生的可怕能量冲击波被紫色古钟压缩控制，完全朝一个方向，即苍金王所在方位轰击。在相对封闭狭小的紫色古钟内，苍金王根本没有办法闪躲，瞬间就遭到了可怕的轰击。

原本朝四面八方而去的能量冲击波硬是被束缚着朝一个方向而去，因此威力飙升了十倍。

轰！

苍金王全身澎湃着强大的能量，之前欲迅速解决紫钟王、罗峰等人，他已经燃烧3%的不朽神体，可他还没来得及杀掉罗峰，就被罩在紫色古钟内。现在，以他封王级极限战力再燃烧不朽神体，一瞬间，他竟然硬是扛住了这股能量冲击波。

可是这没有用，苍金王仅仅扛住刹那罢了。

本质上，苍金王燃烧不朽神体产生的威力，是和这股能量冲击波的威力相差无几的。

苍金王燃烧3%的不朽神体所产生的能量几乎刹那就被耗尽，但这股能量冲击波恰恰相反。

在遭到攻击的一瞬间，苍金王就感觉到自己为了扛住那股摧枯拉朽的攻击，耗尽了自己燃烧3%的不朽神体所产生的能量。他明白了："完了，我必死！"

“我的弟子们，我的老师们，再见了。我库佤沱雷·蒙·沙煞希望能够在遥远的未来被复活，能再看到你们！”苍金王眼神中掠过一丝哀伤，紧跟着是无尽的疯狂，心中愤怒、咆哮。

“紫钟王，杀我，你也一起死吧！

“给我爆！”最后一刻，苍金王选择了自爆。

正常情况下，火神源晶爆炸产生的能量冲击波和一名封王级强者燃烧不朽神体产生的能量是彼此抵消的，就像当初苍金王燃烧不朽神体发出的一击就毁掉夜辰王约50%的不朽神体一样，能量抵消后是不会有太大动静的。

如果不彼此抵消，而是选择自爆，就和夜辰王自爆一样造成那般大的动静。自爆的话，等于苍金王本身就化为了一颗燃烧的火神源晶。

轰！

火神源晶爆炸产生的能量冲击波汹涌。

轰！

疯狂的苍金王自爆更可怕。

苍金王就仿佛一颗火神源晶，自爆的威力可怕得吓人。

……

紫色古钟外。

“不！”紫钟王脸色大变。他一直在透过紫色古钟控制火神源晶爆炸所产生的能量，自然能清晰感觉到里面的能量猛地飙升。一旦他控制不住的话，这股能量就会朝四面八方轰击而去。

即使紫色古钟能削弱九成，剩余的一成能量也足以将他这个封王巅峰级强者直接震得完全泯灭掉。这可是封王级极限强者自爆，外加一颗火神源晶爆炸啊！

“束缚！给我束缚住！全都一个方向，全都一个方向！”面临死亡危机，紫钟王歇斯底里地拼命操控紫色古钟，欲将苍金王自爆产生的能量和之前火神源晶爆炸产生的能量冲击波一起束缚向一个方向——下方。

束缚向一个方向，会使那个方向遭受特别可怕的攻击力，而其他方向的攻击力会弱很多。

这样透过紫色古钟的冲击力也就弱了很多。

要束缚这么可怕的能量，即使借助紫色古钟也很难。

“给我束缚住！”紫钟王燃烧不朽神体，双眸满是疯狂。

轰！轰！轰！

燃烧不朽神体产生的能量仿佛汹涌的洪水不断倾泻而出，被紫色古钟疯狂地吸收。借助这股能量，紫色古钟本身威力顿时大增，硬是将苍金王最后想要同归于尽而自爆产生的能量给束缚住，并和火神源晶爆炸产生的能量冲击波朝同一个方向而去。

两股能量汇合，直接朝下方轰击而去。

轰——

能量冲击波轰击在宝藏室的地面上，被紫色古钟罩着的区域。

这宝藏室墙壁、地面的防御的确很强，封王巅峰级强者自爆都能硬扛住。要知道，封王巅峰级强者自爆的威力已经比得上宇宙尊者普通一击的威力了。

苍金王自爆产生的能量冲击波经过束缚，朝一个方向轰击，威力增加了十倍，还有火神源晶爆炸产生的能量冲击波，它们使地面瞬间遭受特别可怕的攻击。

轰！轰！轰！

宝藏室的金属地面硬生生被轰裂，藏宝箱因处于地面中央，也被紫色古钟笼罩，自然也被击中了。那地面上的十二条锁链和被锁链捆缚着的藏宝箱的防御极强，在这等攻击面前，十二条锁链和藏宝箱硬是扛住了，并无损坏。

轰！轰！轰！

金属地面被轰穿了。

在宝藏室下面的祭塔其他区域的防御就弱多了，当初夜辰王自爆50%的不朽神体都令周围60千米范围内的区域完全化为废墟，何况这次的能量冲击波强了不知道多少且被束缚向一个方向。

轰隆隆——

肉眼可见的能量冲击波朝下方继续冲下去。

金属地面上有不少碎片，还有十二条锁链和藏宝箱，还有在这等可怕轰击下世界戒指破裂释放出的大量宝物。宝物损毁了不少。随后，它们都被轰击得直接坠下去。

能量冲击波一口气轰出一个深达6000千米的洞后，才消散。

……

苍金王悲惨，罗峰也不好过。

当时火神源晶爆炸产生的能量冲击波被束缚着专门朝着苍金王轰击，只是逸出些许能量冲击波轰向罗峰，威胁并不算大，罗峰还能扛住。可是，紧跟着苍金王自爆了，这下麻烦大了。虽然紫钟王全力以赴地束缚住了两股能量冲击波，但两股能量冲击波在向下轰击的过程中还是逸出大量的能量，罗峰几乎遭到了封王级极限强者自爆威力的大概三成到五成的攻击。

“赶紧躲！”

在苍金王自爆的瞬间，躲在紫色古钟旮旯处的罗峰被波及。他知道不妙，立即将地球人本尊收入体内世界。

这不像世界戒指收、取物品那么麻烦，罗峰三大身体可以瞬间切换，可瞬间进入体内世界。因为体内世界是孕育他们的地方，是三大分身的核心。

地球人本尊瞬间躲进体内世界，那枚保存着原核的世界戒指被罗峰藏在弑吴羽翼中。

弑吴羽翼早被罗峰炼化，身体肌肉能与弑吴羽翼完全融合，世界戒指也能和肌肉融合，罗峰自然可以将世界戒指存放在弑吴羽翼内。

如此，才是最安全的。

轰隆隆——

包裹着世界戒指的银色弑吴羽翼，被轰击得打着转儿和其他宝物、大量碎片急速坠下去。那一枚世界戒指是罗峰专门定制的，他已经尽量让世界戒指的防御足够强大。世界戒指仅仅是被波及，可罗峰不敢赌，所以一直将之放在弑吴羽翼中。

……

弑吴羽翼、锁链、藏宝箱、金属残片，还有那被正面轰击而破裂的世界戒指释放出的无数宝物，也就是之前苍金王夺得的遗产和苍金王自身的财富，全部被轰击得坠下去。

“都是我的，全部都是我的！”

在地面被轰得完全破裂的同时，那燃烧不朽神体束缚苍金王自爆能量的紫钟王，已然消耗掉26%的不朽神体，损失堪称巨大。

“值了，值了！

“这些封王巅峰级强者的所有宝物，还有苍金王这个封王级极限强者无数年的积累，还有那人类的强大的防御宝物，还有那藏宝箱，一切都是我的！即便损失不朽神体，也值了，值了！”

紫钟王虽然因地板破裂略显错愕，但是紧跟着俯冲，直接冲向那些宝物。

第841章

族群，崛起！

那股能量冲击波轰出的洞是垂直往下的，但直径就那么一点大，宝物的坠落轨迹不可能完全平行于洞壁，因此那些宝物仿佛玻璃珠撞墙，响起一阵噼里啪啦的撞击声。各种宝物先是撞击洞壁上，然后反弹，斜着撞击另一边洞壁上，再度反弹……

紫钟王双眸炽热，激动得无以复加。

一个普通人如果看到布满整个街道的金元宝在乱滚，一样会激动的。

“都是我的，我的！

“哈哈……回头多买两颗火神源晶。

“还要购买参悟火钟神山的名额，还有大量促进恢复不朽神体的宝物，还有……”

紫钟王急速往下飞，迅速收着那些砰砰乱撞的宝物，激动地想着以后的安排。

宇宙中的宝物实在太多了，各种各样，种类丰富。如紫色古钟，能让宇宙尊者重视；如弑吴羽翼，能让宇宙尊者疯狂；如更高等的宝物，便是宇宙之主经常使用的；还有各种各样的像将甲、王甲等使用条件奇特、用处诡异的物品。

总之，宝物不计其数！

宝物需要修炼者进宇宙秘境冒险，同时与强者厮杀才能得到，或者需要修炼者花费大量财富去购买。

“哈哈……痛快，痛快！太痛快了！”紫钟王俯冲，收集着其所发现的一个个宝物。

……

嗖，弑吴羽翼正在不断地坠落，在它旁边就是藏宝箱和大量其他宝物。

“我竟然还有这等大机缘，哈哈。”弑吴羽翼旁边突然出现一块金属残片，正是魔杀族分身变幻而成的G级金属残片。这块G级金属残片只是复制了气息，内在虚得很，算是华而不实。魔杀族分身还无法让内在都变成G级金属。

嗖！

弑吴羽翼消失，被收入体内世界。

现在，世界戒指融入魔杀族分身变幻而成的金属残片中，金属残片在祭塔中无法被探测到，在能量冲击余波的不断影响下，俯冲的紫钟王根本发现不了它。

“这藏宝箱是我的。”

嗖！

那被十二条还连接着些许金属残片的锁链捆缚着的藏宝箱，此刻突然消失不见。

“苍金王的雷电之矛？啧啧，竟然没损坏。

“这是什么？空间戒指？世界戒指？嗯，看来苍金王的世界戒指内也存放着一些空间戒指、世界戒指。

“这保存紫辇神树髓的器皿还真结实，撞击洞壁那么多次都没碎。

“哇，这是……得值10亿混元单位吧。”

魔杀族分身变幻而成的金属残片收集着大量掉落的宝物，天上掉馅饼，罗峰是来者不拒，有多少收多少。从高空中俯冲下来的紫钟王也在收着大量宝物。

总的来说，他们俩一个在下方，一个在高空，都在收着宝物。

“嗯？那藏宝箱呢？”俯冲下来的紫钟王皱眉，疑惑地道，“难道和洞壁碰撞后，跌落到其他地方了？”

这股能量冲击波可是轰出了6000千米深的洞，洞窟自然和祭塔本身的一些通道、房间相连，所以有许多宝物被撞击到岔道、房间中去了，这很正常。

“藏宝箱我必须得找到。这些宝物加起来，恐怕都比不上藏宝箱珍贵。

“还有那人类。

“我还不知道那人类的宝物是什么。”紫钟王暗想。

苍金王自爆后，大量宝物被轰落，其中掺杂着银色羽翼，无数宝物中，紫钟王根本无法辨别出哪一个是人类罗峰的，而且他也不认识银色羽翼。

“先找到藏宝箱，这才是最昂贵的，只要弄回去，自然有办法打开。”紫钟王开始寻找藏宝箱，在寻找的同时偶尔发现一些比较珍贵的宝物，也会直接收起。他将这些宝物收入一枚空间戒指中。

紫钟王是有过大际遇的，他知道宇宙中有一些奇特的生命，从外表看不出它们是生命，可如果收入世界戒指中，那就糟了。

所以一些昂贵的宝物，他会收进空间戒指中。

“再小也是肉。这毕竟是G级金属，也收了。”紫钟王将那些或大或小的G级金属残片也收起来。

G级金属很昂贵，随便一块的价格就相当于普通不朽神灵的全部家产，眼前的这些加起来，价值过亿混元单位。

“藏宝箱，藏宝箱到底在哪里?

“在哪里呢？”

紫钟王焦急地寻找，却硬是找不到。

“怎么回事，到底掉到哪个岔道了？”

诸多宝物中，藏宝箱才是他最重视的，现在却找不到。

嗖，紫钟王又收了一块金属残片。

砰！

空间戒指自动排斥，直接将金属残片排斥出去。

“怎么回事？”紫钟王大惊，猛地转头看向那块金属残片。

“哈哈……”突然，一道身影出现，正是有银色羽翼的罗峰。

金属残片落入罗峰手中，世界戒指直接融入皮肤中，魔杀族分身则回归体内世界。

“你……”紫钟王阴冷的小眼睛瞪得滚圆，死死地盯着眼前的罗峰。

罗峰身穿银甲，背后有银色羽翼，悬空而立，羽翼微微扇动。他微笑着看着紫钟王，轻声道：“紫钟王，谢了。”

祭塔核心控制室中的那三名强者从头到尾一直看着这一切的发生，之前狂暴的轰击轰碎了宝藏室，毁掉了祭塔内一间间的房间，毁掉了祭塔内的大量建筑，虚拟投影有一瞬间的闪烁，很快便清晰了。

他们能清晰地看到俯冲下来的紫钟王收集着宝物，也发现底层的宝物一个个诡异地消失。

当罗峰现身时，他们都惊呼出来。

“是那个人类！”

“他竟然没死！”

“那个最强大的异族都死了，他竟然都没死，难怪族老说四大巅峰族群中的一些超级强者拥有很多宝物和手段，我们得暂时隐忍，不可去报仇。四大巅峰族群果真可怕啊！那个最强的异族，那般强大都死了，这个人类的实力似乎只是封王高等级，却能活到现在。”

神主普埃、拉蒂默、门布忍不住一阵惊叹：“这一次争夺宝藏的最后赢家，似乎是那个人类。”

“他才是最大的赢家。”

“嗯，我们宝藏室的宝藏也落入了他的手中。”

“传承室中的无数秘法对我们而言最重要，对他们这些异族而言，宝藏室中的无数宝藏才是最有用的啊。”

这三名土著强者很遗憾，特别是神主普埃，当族老虬赤卡死去的那一刻，神主普埃就自然成为他们这一脉的最高领导者，他感到了族群生存给他带来的巨大压力。

天塌下来，有高个顶着。

所以族群的生存压力，一般是族群中的最强者感受得最强烈。

“没想到他们的厮杀竟然能毁掉宝藏室。”神主普埃摇头叹息，想，“本来想等他们都通过神国传送离开后，我们再去取宝藏，没想到现在宝藏室被毁，藏宝箱也被那个人类得到，甚至连祭塔都被轰出6000千米深的洞，祭塔的祭祀法则秘纹遭到了大规模的毁坏，效果只剩下一两成，祭塔已经无用。”

“我们回去吧。”神主普埃看向拉蒂默、门布，“宝藏室内的藏宝箱被异族得到了，祭塔上当年由尊者们布置的最珍贵的祭祀法则秘纹也遭到了大规模的损坏，效果已经很弱了，祭塔无用了。”

“嗯。”门布、拉蒂默都点头。

“至少我们得到了族群传承。”神主普埃轻声道，“有族群传承，族群就有未来。”

人类族群非常注重知识文化的传承。

对宇宙中的亿万个族群而言，经过无数年、无数强者积累的特有的修炼秘法是族群传承中最重要的。若一个族群的顶层强者全部死光，幸存些许不朽神灵，这些不朽神灵所拥有的秘法，根本无法使这个族群强大。没有秘法传承下来，在时间长河中，这个族群很可能会灭亡。如果这个族群有了传承下来的秘法，他们就有强大起来的希望了。

“祭塔，自毁吧。”神主普埃下令，“你们随我一起离开。”

“是。”

“是，主人。”

广袤而古老的神国内，神主普埃、拉蒂默、门布他们三个突然出现。

“神主，族老呢？”

“族老怎么没回来？”

其他封王级强者都连忙追问。

拉蒂默、门布、神主普埃的眼中都有一丝哀伤，神主普埃遥指那条空间通道：“崩。”

整个空间通道瞬间开始崩溃。

“族老为了族群，陨落了！”神主普埃轻声道。

其他封王级强者都愣住了。

“族老虽然陨落了，但是为我们族群带来了族群传承！”神主普埃猛地嘶吼道，“大灾难前族群积累的无数秘法，无数适合我们族人修炼的秘法，我们已经全部带回来了。有了族群传承，我们一定会强大起来，一定会再度崛起！”

“崛起！”

“崛起！”

"崛起！"

这些封王级强者心中都有对族老虬赤卡陨落的哀痛，同时也有一股坚定的信念。对未来，他们已经充满希望。

族群崛起！

第842章

哪来的？

神主普埃毁掉了空间通道，再也不管那已被损毁的祭塔内发生的事情，现在潜心修炼，培养族群的后代。

祭塔内。

紫钟王身材瘦小，加上他的长相，整个人显得很狰狞。他的身体表面正隐隐浮现一层紫色钟影，同时无形的威压蔓延开。他正死死地盯着前方的罗峰。

罗峰的双翼微微扇动，略带笑意地看着紫钟王。

论体形，罗峰在浩瀚宇宙的亿万个族群中的确算是很一般的，但紫钟王仅仅1.6米高且瘦小，没想到，竟然是罗峰占了优势。

“我小瞧了你。”紫钟王声音嘶哑。

“我也没想到你这般阴险。”罗峰轻声道。

“宝藏本来是我的，没想到最后却被你得到，恐怕你也抢夺了不少苍金王死后留下的宝物吧。”

紫钟王那布满鳞甲的双爪握紧，显然已经怒火中烧。他认为自己明明有机会得到全部的宝物，最后只得到一部分，其他的都被对手得到，无论是谁都会怒火中烧的。

“本来是你的？”罗峰讥讽道，“这洞中有虎刺王死后留下的宝物，有夜辰王死后留下的宝物，有冰刃死后留下的宝物，也有苍金王死后留下的宝物，而这藏宝箱是焱祭大陆原住民的，哪个是你的？”

“我最后胜了，自然归我。”紫钟王不满道。

“要这么说的话，一场厮杀，一个个强者接连陨落，活着的人只剩下你我两个。”罗峰轻声笑道，“活下来的就是胜利者，那我也算胜利者，这其中自然有我的一份。”

“强词夺理。”紫钟王咬牙，“我燃烧不朽神体，用一颗火神源晶灭掉苍金王，没想到，最终让你占了大便宜！”

“我强词夺理？

“你明明有实力对付我，却宁可先燃烧3%的不朽神体用来隐藏自己，让那最强的苍金王和我们其他几个对上。夜辰王死，冰刃死，虎刺王死，甚至在虎刺王死的那一刻你还在嘶吼，让我也拼命，显然你是打着让我们四个消耗苍金王实力的算盘，最后你才下杀手。”罗峰轻声道，“论阴险算计，我哪里比得上你？只是我更沉得住气。”

“哈哈……”紫钟王发出刺耳的笑声，“说得好，论计谋，你不如我，但你的保命、隐匿等手段，比我还强。”

“不过，宝物最终还是我的！”紫钟王的声音还在洞中回荡，就见紫色古钟猛地膨胀，直接朝罗峰罩去。

在紫色古钟刚动时，罗峰就双翼猛地一振，施展三振穿梭宇宙。

嗖！

罗峰的速度瞬间飙升，呼啸着直接冲进旁边的一条曲折的通道，迅速沿着通道逃跑。

“休想逃掉！”紫钟王的身体表面有紫色钟影闪烁，他在后面拼命地追。

嗖！嗖！

二者的距离迅速拉远，连封王级极限强者苍金王在这种曲折通道内，也只能靠其他手段来影响罗峰的速度，更别说实力差得多的紫钟王了。他根本没办法阻拦住罗峰。瞬间，紫钟王就被完全甩开了，看不见了。

肉眼看不见，仪器又无法探测。

“浑蛋！”紫钟王眼眸中有着愤怒、不甘，“我一定要杀了你，一定要！”

罗峰得到了这次行动的大部分宝藏，而且又知道了紫钟王的秘密武器——紫色古钟。

这两点的任何一点，都让紫钟王想要杀了罗峰。

“我不惜一切也要杀了他！

“强大的底牌必须隐匿好。其他强者一旦都知道我有紫色古钟，就会防着我，而且一些超级存在很可能对我下手，夺取我的宝物。

“须得尽快杀了他。”

紫钟王在后面锲而不舍地追着，虽然看不到罗峰，但是也以最快的速度朝祭塔外赶。

……

罗峰飞出了核心区，又飞过了普通居住区，最后穿过了祭塔的入口通道，出了祭塔。

“出来了。”罗峰看着四周大量的岩石，不由得露出一丝笑容，“我被追得太惨了。”

“在祭塔中，我根本无法施展我的最强战力，太憋屈了。通道最宽处也只有1千米，如果是金角巨兽分身，它那庞大的身体会被挤成压缩饼干吧。”罗峰咧嘴一笑，立即切换身体，不到半秒钟，一个庞然大物出现了。

它，100多千米长的庞大身躯，通体金色，蹄爪无比粗壮，有一对展开的金色羽翼，双眸呈暗金色。

嗽——

它的鼻孔中喷出炽热的气流。

“得到王甲后，金角巨兽分身从来没有真正大战过。紫钟王，这是第一次。”金角巨兽分身坐在岩石上，它一动，那些岩石轻易便破裂。对于强大的金角巨兽分身而言，这些坚硬的岩石对它的束缚，无异于正常情况下，空气给地球人的阻力。

金角巨兽分身坐在那儿，就这么俯瞰着盯着，仿佛巨人盯着小蚂蚁窝，等待小蚂蚁出来。

“这个人类实力较弱，不会施展瞬移，只要到了祭塔外，一旦被我发现，他就逃不掉了，我可是能施展瞬移的。

“人类，你逃不掉的！”紫钟王化作一道流光终于从祭塔入口飞出。

紫钟王一飞出就疯狂地蔓延开不朽神力，朝四面八方探测，同时开启探测仪的探测功能，并释放开法则领域……总之，紫钟王将所有的方法都用出来了，欲第一时间找到罗峰。

……

“啊！”紫钟王惊愕地看着眼前的庞然大物。

金角巨兽分身即使坐在那儿，高度也超过80千米。

“好大的家伙，哪来的？妖族的？星空巨兽？”紫钟王纳闷、疑惑。

嗷！金角巨兽分身一直坐在那儿，默默地等待着，一看到紫钟王出现，便毫不犹豫地直接挥出它的右蹄爪。右蹄爪因为兽神变、血洛之力，所以显得格外粗壮，比正常的金角巨兽右蹄爪粗壮了整整一倍，那犹如巨大利刃的爪子，何等锋利。

一爪出，空间崩塌，一些岩石瞬间陷入空间乱流中，金角巨兽分身、紫钟王也都进入了空间夹缝中。

一个是有心等待，一个是错愕，或许还想通过硬碰硬，试图看清眼前金角巨兽分身的实力。

总之，金角巨兽分身这猛地一爪直接拍击在了紫钟王身上。

轰隆隆——

在空间夹缝内，在无尽的空间乱流中，紫钟王站稳了身体。

嗷——

金角巨兽分身压过来。

“好可怕，竟然是封王巅峰级战力！”紫钟王大吃一惊。

金角巨兽分身身形庞大，又有王甲，双翼一振，速度比地球人本尊快了数倍。紫钟王操控三口火焰钟，形成无尽火海，无尽火海被一条耀眼的金色长河冲破。

“比那人类更可怕的速度！”仅仅两次交手，紫钟王就打退堂鼓了。

“我在巅峰状态下对上这只怪兽都占不了丝毫优势。

“在祭塔内，我的不朽神体损耗严重，现在的实力都不足之前的一半。”

紫钟王又急又怒，他不想和金角巨兽分身交战，但很想找到罗峰。

“怎么回事？那人类逃到哪儿去了？怎么突然冒出来一只怪兽？这只怪兽和传说中的银翼王很像，身体大小、头顶的王冠、粗壮的蹄爪、羽翼都一样，唯一的区别是肤色不同，银翼王通体银色，这怪兽则通体金色。改变肤色很容易，它应该就是那银翼王。银翼王属人类阵营，它很可能是那人类请来的。

“浑蛋！

“果然和我猜测的一样。这是最糟糕的情况，他一出祭塔就请来了同阵营的强者。这只金色的怪兽恐怕是最早抵达的一个，很可能还会有其他强者到。”紫钟王一想到这，虽然很不甘心，但是也只能选择离开。

唰！

紫钟王施展瞬移，直接消失不见。

紫钟王消失后，金角巨兽分身接着消失，而后地球人本尊现身。

“嗯？”罗峰微微点头，“毫无疑问，金角巨兽分身拥有封王巅峰级战力，虽然在法则感悟上略有欠缺，但是宇宙法则契合度的十倍飙升以及自创巅峰秘法弥补了这一短板。

“可弱点也很明显。真正的封王巅峰级强者，或是擅长瞬移，或是擅长时间暂停，等等。总之，一般都拥有法则类的强大能力。”罗峰暗道，“还不够啊，实力还得再提升。”

金角巨兽分身的战力很强，就是无法施展瞬移，也无法施展时间暂停。这瞬移和时间暂停分别是修炼空间法则的修炼者和修炼时间法则的修炼者的保命绝招。

金角巨兽分身虽少了这一绝招，但多了弑昊羽翼、王甲赋予的保命能力。

嗖！

罗峰化作一道银色流光，迅速离开空间夹缝，回到焱祭大陆，乘坐一艘宇宙飞船在焱祭大陆上空保持亚光速前进着。

焱祭大陆的冰雪大地上空。

“可恶的人类！可恶的人类！”紫钟王双拳紧握，强大的能量、气息令周围空间炸裂，强大的冲击波令下方上万平方千米的冰雪大地上都掀起一阵飓风。

“那本该是属于我的宝物啊！还有祭塔中的宝藏！还知道我的秘密！

“我一定要杀了你，一定要杀了你！”

紫钟王双眸中满是阴冷，似乎在思考着一个个对付罗峰的阴谋。

第843章

藏宝箱

一艘黑色的飞船正在焱祭大陆上空飞行着，飞船控制室内的罗峰端着两杯果酒洒下。

“夜辰王，虎刺王，我虽然想救你们，但是有心无力。”罗峰轻声道，“宇宙险恶，强者陨落，只有更强者才能幸存。我希望在遥远的未来，能够再看到你们。

“我的两位老师真衍王和混沌城主都跟我说过，宇宙处处都存在危机，应当小心谨慎。当初我的另一位老师陨墨星主人呼延博通过巴巴塔给我留下一句最重要的话，这句话也让我对宇宙心怀敬畏，永远不会自大。”罗峰轻声感叹道，“这是老师呼延博经历无数的挫折才得出的经验啊。

“我本以为封王巅峰级强者在焱祭大陆上就绝对安全。

“我本以为封王级极限强者在整个域外战场上都是绝对安全的。

“我本以为只要拥有瞬移就很难陨落。

“可事实是，只是焱祭大陆中的一座祭塔，就使夜辰王、虎刺王、冰刃全部陨落，连封王级极限强者苍金王都陨落了。”罗峰暗叹，“而且苍金王还是死在实力不如他的紫钟王手上。在宇宙中闯荡，当真不可有丝毫大意啊。”

战斗结果受很多因素的影响。

祭塔的特殊环境让他们无法施展瞬移，无法探测，所以才会造成现在的局面。如果他们在焱祭大陆的空中厮杀，苍金王修炼的是时间法则，根本无法阻拦那些擅长瞬移的强者逃走。在空中，遇到打不过的人，早就逃掉了。

“无奈，这就是宇宙。这还只是焱祭大陆中的一座小小的祭塔，无数宇宙秘境中的无数危险之地，它们的危险程度不知道有多高。”罗峰暗道。

“不管何时何地，我都应当小心谨慎，永远不能自大。我能得到这宝藏，其他异族天才说不定也有这番奇遇，甚至可能更厉害。”

此战，陨落四名封王级强者，何等惨烈！

这也让罗峰一下子惊醒，再也不敢太得意了。

之前罗峰得到弑吴羽翼，又拥有了王甲、将甲，这让他有些过于骄傲过于自信了，如同混沌城主认定的那样。在混沌城主看来，罗峰这点际遇真的很一般。

王甲、将甲只是外力，当罗峰自身实力提升上来后，作用就小了。

“嗯？通话申请？”罗峰皱眉。

虚拟宇宙，鸿盟城内的一家酒楼内，罗峰和一名人类强者在角落喝酒聊天。

“天尘，怎么这么急着找我？”罗峰看着眼前的人。这是他这些年结交的众多好友中的一位。天尘王和夜辰王同属一个时代，是一同成长起来的，都是巨斧斗武场的核心弟子，二者一直在竞争，在竞争中产生了深厚的友情。

“扬，夜辰王死了。”天尘王的眉毛很长，显得整个人很凌厉，他叹道，“他死前曾给我留言，说是苍金王杀的他，他死在焱祭大陆。焱祭大陆上的人类封王级强者一共三个，你也在焱祭大陆，也是夜辰王的好友，你知道他的详细情况吗？”

“对，他死了，死在苍金王手里。”罗峰叹道，“他是被苍金王逼迫得自爆而亡的。”

“苍金王是谁？”天尘王追问道。

苍金王虽然在焱祭大陆上颇有名气，但是他毕竟是异族，是机械族阵营中的强者，天尘王当然不认识。鸿盟内有三百多万名封王级强者，天尘王也只认识部分罢了，很多都不认识。

“苍金王也死了。”罗峰道。

天尘王一怔，随即点头，“罢了，在宇宙中闯荡就是在生死边缘行走，陨落难以避免。来，陪我喝酒。”

“好。”罗峰陪天尘王喝酒。

关于这件事情罗峰不想说太多，他和紫钟王的恩怨注定有了结的一天，他不想天尘王掺和进来。

不管是罗峰还是紫钟王，都有重宝在身，各自的保命能力都很强，而且这次紫钟王虽然没能得到祭塔中的宝藏，但是其他人的宝物，紫钟王还是得到接近一半的。

那大量的宝物，代表巨额的财富。

紫钟王完全能再次购买一颗火神源晶，或者购买其他提高实力的宝物。

“下次与他交战恐怕更惊险。”

紫钟王毕竟击杀过封王级极限强者苍金王，罗峰不敢有丝毫的大意。其实，罗峰不知道紫钟王还击杀过另外一名封王级极限强者。

“我得想办法，想出解决紫钟王的办法。”

紫钟王将罗峰当成仇人了，此刻正想尽办法欲杀死罗峰，罗峰同样也在想办法对付紫钟王。

世界戒指内的一方世界中，魔杀族分身、金角巨兽分身都出现了。

“祭塔中的宝藏。”穿黑衣的罗峰看着远处大量宝物中央的藏宝箱。

“论昂贵程度，其他宝物全部加起来都远远不及这个藏宝箱。”罗峰暗道，“单单为了保护它就花费了数亿混元单位，其中的宝藏肯定十分惊人。嗯，试试看，看看能否用魔杀族分身变幻而成的焱祭大陆原住民骗过感应系统，打开藏宝箱。如果不成，那就得辛苦一趟，回一趟初始宇宙混沌城，去见老师混沌城主，让老师帮忙开启藏宝箱。”

这个藏宝箱，罗峰估摸着真衍王想开启都难。

可对混沌城主而言，肯定是很轻松的。

虽然罗峰不想麻烦混沌城主，但是祭塔中的宝藏，也值得他去麻烦混沌城主一次。对混沌城主而言，开启藏宝箱也就是随手罢了。

“试试看。变。”

罗峰瞬间化为一股气流，而后凝聚，化为焱祭大陆原住民的模样。祭塔内的居民区有一些残骸，那是焱祭大陆原住民中一些界主的骸骨。身体最坚硬的是骨头，像陨墨星主人呼延博的其中一位弟子的骸骨经过数万年后，依旧完好。

界主的身体本来就强，骨头又是其中最强的，界主的骨头已经很接近不朽神灵肌体，所以即使肌肉等腐烂，骸骨也可以存在很久。

罗峰心存蒙骗藏宝箱的想法，自然携带了骸骨，借助骸骨中的基因，直接模拟出焱祭大陆原住民的身体。

“天赋秘法——复制！”

罗峰变幻的焱祭族族人气息一变，竟变成了虬赤卡的气息。

活着的焱祭族族人罗峰只见过虬赤卡，至于那些陨落的焱祭大陆原住民……复制他们的气息，对感应系统是否有效，罗峰没把握，总感觉没复制虬赤卡的气息有效。

“信符。”罗峰变幻的焱祭族族人翻手，手中出现一枚信符，信符中早就有罗峰的精神印记。三大分身的灵魂印记都是一样的，信符自然也认罗峰为主人，直接融入其体内。

“一切搞定。基因、气息、信符都有了，就不知道能否开启这藏宝箱了。”罗峰变幻的焱祭族族人走到藏宝箱前。

十二条锁链上还连接着一些金属残片，它们皆束缚着藏宝箱。

藏宝箱上有神秘的祭祀法则秘纹，罗峰变幻的焱祭族族人深吸一口气，伸出右手轻轻抚摸藏宝箱。

藏宝箱的感应系统开始鉴别。

“一定要成功，一定要成功啊。”罗峰变幻的焱祭族族人心中紧张地期盼着。

“虽然能让老师混沌城主帮忙，但是能不请老师就尽量不请老师，最好靠自己。到最后实在没办法了，再请老师也不迟，总不能让如此宝藏浪费掉吧。”

“不知道这个藏宝箱的感应系统是否先进，希望能开启。”

这个藏宝箱的感应系统真没罗峰想象的那么先进，只鉴别两样东西：一是信符，二是生命气息。至于基因结构，不同的生命族群的确拥有不同的基因结构，但想要基因结构符合，有好些欺骗手段。

不同的生命蕴含不同的生命气息，不同族群生命气息各不相同。

虽然人的生命气息各异，但是整个人类族群的生命气息都属于一种类型。

人类的生命气息与虫族的生命气息相差十万八千里，生命气息很难模仿，但宇宙中极少的奇特族群拥有能改变生命气息的天赋秘法。何谓天赋秘法？天赋秘法是宇宙直接赋予的特殊能力，有些根本无法通过修炼得到。

生命气息，确认。

信符，确认。

原本锁死的藏宝箱自动解锁。

“哈哈……”紧张等待的罗峰顿时露出笑容，立即打开箱子。

箱子内摆放着三枚世界戒指。

罗峰的世界之力扫过，确定这三枚世界戒指都是无主的。

“一个个看。”

罗峰拿起三枚世界戒指开始查看。世界之力渗透第一枚世界戒指。这枚世界戒指中的一方世界广袤无边，一座座金属山林耸立，无数珍奇液体形成一汪汪湖泊，一艘艘E级飞船密密麻麻犹如无数蝗虫……

所有东西都是成千上万的。

“这……这……”罗峰完全惊呆了。

罗峰的世界之力渗透第二枚世界戒指、第三枚世界戒指。

“这次是真发达了。

“族群的宝藏啊！这些东西应该占了焱祭族群整个族群财富的不小份额吧。”

罗峰哪里知道当年那几名宇宙尊者自知难活下来，都将自身的所有宝物和族群宝物分别放在了那一百座传承祭塔内。

这是焱祭族群1%的财富。

第844章

秘纹武器

焱祭族群1%的财富，实在是太惊人了。

“我……我的老天啊！

“这下……这下可真的……”罗峰眨巴一下眼睛，全身都颤抖了，“发了，真发了！难怪苍金王、紫钟王为了祭塔中的宝藏那么拼命，夜辰王、虎刺王也是充满渴望，看来他们的见识都比我高，知道这宝藏非常惊人。”

“何止是惊人，简直能让人发疯。”罗峰暗自嘀咕。

三枚世界戒指各自的一方世界中，分别有不同的宝物，每枚世界戒指中都有一段留言。

罗峰一翻手，手中出现了三块金属片，金属片上雕刻着密密麻麻的微小文字，都是焱祭族群的文字，描述的都是关于宝藏的一些内容。

幸存的族人们，这枚世界戒指内存放着各种可供界主级、域主级、宇宙级、恒星级、行星级族人使用的宝物。虽然很多物品都很便宜，但是数量极多。这些物品累计起来，充满整个一方世界，是极庞大的资产，你们必须谨慎使用。你们需要考虑我们族群要经历亿万年岁月才能慢慢崛起的情况，所以必须控制宝物的使用量。培养后代是最重要的，因为这些处于成长中的族人，是我族的未来。这枚世界戒指代表的是族群的未来。

族人们，这枚世界戒指内存放着各种可供不朽神灵使用的宝物，虽然宝物数量远不如上一枚世界戒指的多，但是价值更高。劫后余生的族群生存困难，需要幸存的不朽神灵们为族群开辟生存空间，而他们得有足够的宝物，才能在宇宙中闯荡。

族人们，这枚世界戒指内存放的是一件真正的秘纹武器。秘纹武器是我族文明的最高成就，无数年来，我族宇宙尊者辛苦地制造秘纹武器，而制造出的秘纹武器不足一百件。这次我族遭遇劫难，这些秘纹武器和我族宇宙尊者们的一些宝物，都分别放在一百座传承祭塔内，有的传承祭塔内放的是秘纹武器，有的传承祭塔内放的是宇宙尊者们使用的宝物。虽说秘纹武器对宇宙尊者来说用途不大，但它在宇宙中的价格丝毫不比宇宙尊者使用的武器低，因为它的能力很强大。至于秘纹武器到底该怎么运用、有什么能力，秘纹武器上附有详细的说明。虽然这枚世界戒指中只有一件秘纹武器，但是其价格远远超过前两枚世界戒指之和。

罗峰看着这三块金属片，有些发愣。

三枚世界戒指，一个放着可供界主级、域主级、宇宙级等弱小族人使用的宝物，一个放着可供不朽神灵使用的宝物，一个放着镇族宝物——秘纹武器。

“秘纹武器是焱祭族群文明的最高成就？宇宙尊者无数年来辛苦地制造秘纹武器，制造出的秘纹武器都不足百件？价格远远超过前两枚世界戒指之和？”罗峰拿着第三枚世界戒指，心意一动，就将其中存放的唯一一件武器取了出来。

这件秘纹武器小巧玲珑，有点类似于护臂，主色调为黑色。

“秘纹武器怎么运用呢？”罗峰纳闷，仔细地看着说明书，却根本看不懂，当即放出一丝世界之力渗透进这护臂似的秘纹武器内。刚一渗透，世界之力中蕴含的精神印记就自动融入了秘纹武器。

秘纹武器瞬间认罗峰为主人。

“真是方便。”罗峰轻易让这件秘纹武器认自己为主人的同时，一则信息直接融入罗峰的意识中。

这则信息详细描述了这件秘纹武器的来历、功能等。

它名叫锁空之臂，以护臂形态存在。

我族最强大最神秘的便是祭祀法则秘纹，我族先祖在一宇宙秘境中偶然发现并且领悟了它。它指明了我族的前进道路，一条最适合我族发展的道路，如祭塔便是祭祀法则秘纹一种最基本的运用。

祭塔内有无数祭祀法则秘纹，它们最终使祭塔具有拦截探测信号、封锁空间等诸多能力。

实秘纹必须有承载物，它有很大的局限性，根本无法用来有效地战斗，于是我族先祖最终创出更强的虚秘纹。

每一件秘纹武器都蕴含着复杂结构的虚秘纹，一旦为其提供能量源，就能令虚秘纹分散在虚空中，其辐射范围皆是其控制范围。

能量源最好是不朽神力晶体，切勿动用自身的不朽神力，因为秘纹武器威力巨大，消耗起能量来也无比惊人，会将能量消耗殆尽。如果使用自身的不朽神力，等于是在燃烧不朽神体，很不值。

宇宙中有各种不朽神力晶体，能量源蕴含的能量越强，秘纹武器的使用时间就越长。

锁空之臂能将虚秘纹辐射区域的空间波动完全锁定，使人无法施展瞬移。

所以锁空之臂堪称空间法则类强者的噩梦。

但是它也会影响使用者，使用者也无法施展瞬移。

锁空之臂最适合修炼时间法则的强者使用，时间法则类强者能够施展时间暂停，自然优势极大。

因为锁空之臂内部蕴含虚秘纹，所以只要使用者随身携带，那么以使用者为中心一定范围内的空间都会被封锁，它的空间封锁能力可比祭塔强多了。祭塔的空间有限，且很难和使用者一起移动，战斗时祭塔和祭塔上的实秘纹也容易被破坏，而虚秘纹是很难被破坏的。

锁空之臂的辐射范围有三个层次。

一、辐射以自身为中心，半径为1万千米的区域。

二、辐射以自身为中心，半径为10万千米的区域。

三、辐射以自身为中心，半径为100万千米的区域。

随着辐射范围的增大，其所消耗的能量也是呈几何数增加的。鉴于使用锁空之臂所消耗的能量格外惊人，只有对付真正的仇敌或生死之战时才能使用，平常切勿乱用。希望族内后代能仗此秘纹武器，护我族群，让我族群崛起！

“啊！”罗峰感到自己头脑发热了，激动得都蒙掉了。

“我……我还真是走大运了，真是走大运了啊！”罗峰感应着脑海中的这则信息，心中激动得无以复加，“这次祭塔一行真是太值了！”

罗峰刚进入祭塔就发现了祭塔内的秘纹很特殊，当时就很眼馋。

“在祭塔内战斗，我可占尽便宜。可战斗规模一大，祭塔就会被破坏，而且祭塔空间有限，我只能在心中想想罢了。

“祭祀法则秘纹是焱祭族群的先祖在宇宙秘境中偶然发现并领悟了的。”罗峰赞道，“真是厉害，有实秘纹，还有虚秘纹。”

三枚世界戒指，特别是最后一枚，真的让罗峰无比惊喜。

“试试看。”心痒的罗峰伸出左臂。

锁空之臂直接贴在罗峰左臂上，并且部分融入皮肤，同时其黑色表面忽然咔嚓一声直接裂开，露出内部的能量凹槽。

“需要含极高能量的不朽神力晶体。”罗峰露出笑容，道，“我有两颗火神源晶，每颗都价值2亿积分，引爆其中一颗的威力可相当于封王初等级强者自爆的威力。”

火神源晶、雷神源晶等本就是凝聚极多不朽神力的晶体，完全能当成能量源来使用，也能直接引爆。当初在设计的时候，火神源晶本就是给一些大型仪器提供无比精纯强大的能源的，没想到后来很多强者发现它的其他妙用，火神源晶成了爆炸武器。

罗峰翻手将一颗火神源晶放进凹槽，这颗火神源晶只占了凹槽的三分之一，然后凹槽瞬间卡紧火神源晶，能量开始流动。

咔嚓，锁空之臂合拢。

整个锁空之臂严丝合缝。

“哈哈……”

罗峰心意一动，银甲自动覆盖锁空之臂，将锁空之臂保护得好好的。锁空之臂的材质无比特殊，比藏宝箱还要坚硬得多，宇宙尊者都极难损坏它。

“锁空。”

锁空之臂已认罗峰为主人，罗峰自然能轻易操控它。

“最小范围，半径1万千米区域，空间封锁。”罗峰轻易驱动锁空之臂。

秘纹武器锁空之臂有那一颗价值2亿积分的火神源晶当能量源，能量非常充足，瞬间被驱动。以锁空之臂为中心，一股无形的奇异能量瞬间朝四面八方涌去，产生了一股和宇宙空间波动很相似的波动。

以锁空之臂为中心，半径1万千米内的天空、山脉、草原……都有着若隐若现的祭祀法则秘纹。这些祭祀秘纹都是虚秘纹，就算一拳打上去，也只是打了个空。

虚秘纹是很难被破坏的。

要毁掉它，就得先毁掉锁空之臂。

“哈哈……”罗峰满是惊喜，环顾四周，抬头望天，俯瞰大地。

以魔杀族分身对宇宙空间的精密感应，罗峰能清晰感应到半径1万千米内的宇宙空间完全被封锁，没有了丝毫空间波动，无法施展瞬移。

第845章

锁空之臂

“封锁空间，好，好，好！”罗峰双眸炽热。

“这可是完美大成的空间封锁啊！”罗峰很激动，他非常清楚锁空之臂的珍贵之处。

空间法则分瞬移、绞杀、封锁三大类。

每一大类可细分成很多小类，只要悟透某一小类，便能得到空间法则的承认。可是想要将这三大类中的某一小类修炼到极致，是极难的。能将三大类中的任何一类修炼到完美大成的人，一般都是封王巅峰级层次，也有少数是封王高等级层次。

这考验的是修炼者的法则感悟能力，有些封王高等级强者或许在其他方面弱些，可他的法则感悟能力强，所以也能修炼到完美大成。

“空间封锁配合弑吴羽翼，我罗峰真正拥有在亿万个族群无数不朽神灵面前立足的资格了。”罗峰心中非常畅快。

罗峰实在太兴奋了，不由得浮想联翩。

“对了，得关闭锁空之臂，这锁空之臂时刻都在消耗能量。凑个整数，好，10秒钟，关闭。”罗峰连忙关闭锁空之臂，原本在半径1万千米内若隐若现的虚秘纹全部消失。

“不知道消耗掉了多少能量。”罗峰查看能量凹槽。

锁空之臂的能量凹槽有显示——能量剩余98.9%。

“我的老天啊！”罗峰眼睛瞪得滚圆，“剩余98.9%？这，我才用了10秒钟，还是最小范围的，这可是价值2亿积分的火神源晶，能量消耗得这么快？”

短短10秒钟，锁空之臂就消耗掉了火神源晶1.1%的能量。这颗火神源晶价值2亿积分，等于说运行锁空之臂10秒钟会消耗掉220万积分，那么运行锁空之臂60秒就会消耗掉1320万积分。

“运行锁空之臂1分钟就会消耗掉一名封侯级强者的全部家产！”罗峰深吸一口气，他总算明白了什么叫宇宙是公平的，像这件逆天的秘纹武器，不需要使用者修炼、感悟，但使其运行起来的能量非常惊人，如果其消耗的能量再少点，那么简直太不可思议了。

“难怪焱祭族群的先辈们留言说‘鉴于使用锁空之臂所消耗的能量格外惊人，只有对付真正的仇敌或生死之战时才能使用，平常切勿乱用’。不到真正重要时刻，的确不能乱用，这简直是吞金兽！”

刚得到秘纹武器的罗峰很激动、亢奋，可运行秘纹武器所消耗的能量的夸张程度仿佛一桶凉水浇下，罗峰顿时清醒了。

“不到关键时刻、重要时刻，绝对不使用秘纹武器，否则不值得。”罗峰暗自嘀咕。虽如此，但心底还是开心的。

“锁空之臂的价格号称超过前两枚世界戒指加起来的财富，现在看来的确如此，这简直是不朽神灵特别是时间法则类强者梦寐以求的绝杀武器，我得仔细地研究。

“另外两枚世界戒指中有那么多宝物，到底价值多少呢？”

两枚世界戒指中的宝物以及罗峰得到的苍金王他们死后的部分宝物，罗峰都要有一个统计。因为数量、种类太多，罗峰和巴巴塔在雨相山原始区庄园的书房中辛苦地查询，仔细地研究。

不同物品采取不同买卖的方法，所得到的价格都不同。

所以并非简单地查询每样物品的价格然后计算出总额就行了，而且像苍金王他们的一些兵器，是他们自己制造的，在虚拟宇宙网络上是没办法找到其准确定价的。

罗峰通过虚拟宇宙网络，通过鸿盟城的一些朋友，通过鸿盟城的店铺，还凭借混沌城主亲传弟子的身份……花费了足足七天时间，终于确定出所有物品的大概价格。

“第一枚世界戒指中，虽然最贵的物品也只是给界主使用的，但是一座座山累计，一汪汪湖泊累计……全部物品大概价值2210亿混元单位。

“第二枚世界戒指内存放的是可供不朽神灵使用的宝物，与第一枚世界戒指中的物品相比，数量少了很多，可累计起来也不少，大概价值2850亿混元单位。

“第三枚世界戒指内仅仅存放一件秘纹武器。秘纹武器数量稀少，在人类族群中更是屈指可数，没有准确的报价。这件秘纹武器已经无法用钱购买，只能以物换物，用其他珍贵的宝物来换取，其价值的确远远超过前两枚世界戒指总和。

“苍金王等强者的部分宝物，大概价值540亿混元单位。

“除开那件珍贵的秘纹武器，其他宝物大概价值5600亿混元单位。”

……

雨相山原始区的书房内，罗峰和拳头大小的巴巴塔都傻愣愣地看着屏幕上最终计算出的总价值，随即二者对视。

“罗峰，你真发达了！”巴巴塔眨巴一下眼睛。

“哈哈……”罗峰咧嘴一笑。

这次的收获令罗峰有一种走大运的感觉。罗峰成为混沌城主的亲传弟子之后，也和其他几位师兄接触过，接触最多的金斧尊者，还有只是见过面的归一尊者、恶枪尊者……与他们谈论，罗峰的眼界也愈加开阔。他也查过一些资料，知道超级强者的财富是何等惊人。

普通不朽神灵的身家约为1万混元单位。

封侯级强者的身家约为1000万混元单位。

封王高等级强者和封王巅峰级强者的身家约为100亿混元单位，封王级极限强者的身家一般是数百亿混元单位甚至接近千亿混元单位。

真衍王，封王级无敌层次，实力媲美普通宇宙尊者，身家有数千亿混元单位甚至更多。

这只是大概范围，实际上，强者们几乎都将钱财化为了飞船、植物生命、兵器、宝物等等，真正留有现金的极少。像真衍王能轻易拿出那么多现金给罗峰兑换《衍神七变》上篇，财富真的很惊人了。

罗峰在得到祭塔中的宝藏前，根本拿不出多少现金。

随着实力的提升，对宇宙尊者们而言，他们所需要的宝物愈加稀少愈加难得，很多都无法用现金购买，只能以物换物。比如罗峰刚得到的秘纹武器，是没有地方购买的。

强者们的身家，几乎都是固定资产。

罗峰的固定资产庞大，弑吴羽翼、兽神兵、秘纹武器、传承晶……这些珍贵宝物罗峰是不舍得卖的，因为宝物可以换成金钱，可金钱不一定能购买得到珍贵的宝物。如果罗峰某一天急需某件宝物，可那件宝物无法用现金买到，他就可以公开说："我想用秘纹武器锁空之臂换取某件宝物，请问有人愿意换取吗？"

非常想得到锁空之臂给弟子、子嗣的宇宙超级强者，就愿意去弄罗峰需要的宝物来和罗峰交易。

"最珍贵的宝物都得保存好。

"那些对我无用的，宇宙中也常见的，都尽早卖掉。

"适合自己的才是好的，封王级强者使用的武器不一定适合自己。"

接下来的时间，罗峰开始悄悄地处理这些宝物。鸿盟城是和封王级强者做生意的，第一枚世界戒指中的普通物品根本没办法卖给鸿盟城，数目如此大，店铺也无法收购，只能卖给虚拟宇宙公司。

幸好虚拟宇宙公司收购部门给罗峰面子，没有压价。

"那些对我来说没用的、常见的，全部换成金钱。"罗峰辛苦地忙碌着，心中非常愉悦。

……

就在罗峰通过各个渠道卖那些宝物的时候，忽然有一天，罗峰收到了一封来自鸿盟城中好友的邮件。

邮件内容很简单——

扬，听说你在焱祭大陆时得到了祭塔中的宝藏？

"什么?! "罗峰看到邮件内容时吓了一跳。

扬是罗峰伪装的一个身份，毕竟罗峰是混沌城主亲传弟子这条消息早就传开了，宇宙中那些异族强者一直在寻找罗峰，罗峰自然不敢暴露身份。扬这个人，一直很低调，只能算是一名很普通的封王级强者。

一旦扬和祭塔中的宝藏挂钩，很多认为扬不值一提、很好对付的贪婪者就会来对付扬，扬的麻烦就大了。若是苍金王得到祭塔中的宝藏，其他封王级强者恐怕都不敢去对付他。

真正的宝物，唯有强者才能拥有。

否则不引起厮杀抢夺才怪呢！

“莫纳王，你在哪儿？”罗峰立即联系莫纳王。

片刻后，鸿盟城的一家餐厅内，罗峰和有着狐狸尾巴且俊美不凡的莫纳王在包间中悄声交谈。

“莫纳王，你说我已经得到祭塔中的宝藏，这是从哪儿听到的消息？”罗峰焦急地问道，“到底是哪个在传？”

“我刚知道这条消息时也吓一跳，如果这条消息是假的，那传消息的人真是狠毒。”莫纳王摇头一笑，“可是这条消息真的太像真的了，而且还说出了一个准确的宇宙坐标，坐标是……而那里也的确有一座祭塔。焱祭大陆上的很多强者都已经去那座祭塔探明虚实了。这条消息现在至少已经在焱祭大陆传开了，连星辰塔等其他地方的一些封王级强者也得知了。”

罗峰脸色顿时难看。

“坐标？

“紫钟王！”

罗峰心中愤怒。

第846章

一条消息

看完莫纳王发来的邮件后，罗峰就已经怀疑这条消息与紫钟王有关，现在知道连祭塔的坐标都被公开了，就更加肯定自己的判断了。

紫钟王就是那种睚眦必报的疯狂性格。

“紫钟王，我还没去找你，你却来招惹我了！”罗峰心中暗恨，“看来是想要置我于死地！

“有胆量，你真有胆量！你就不怕我公开你拥有紫色古钟的消息？”

紫钟王回去后仔细一思考，就明白了一点：“现在那人类知道了我拥有紫色古钟，他如果觊觎紫色古钟，就会想来对付我。他如果没手段对付我，就得不到紫色古钟，他得不到紫色古钟就不会罢休，很可能公布我拥有紫色古钟的秘密。杀死他，是我最应该做的。

“他如果有手段对付我，就能得到紫色古钟，自然不会公开我拥有紫色古钟的秘密，可这样也代表他对我的威胁很大。敢有夺取我宝物的心，那么我要更早地消灭他。”

两种可能性都让紫钟王先下手为强。

“狠，你真狠。我本来想等到将来自己的实力更强些再对付你，既然你现在就发起挑战了，那就战吧！”罗峰心中充满杀意，“真当我是好欺负的！我寻个机会，显露一下我的手段，让你和那些贪婪者胆寒。”

一次次去应对那些贪婪者，是很愚蠢的事。

最佳的手段是靠一次真正让人胆寒的战绩证明实力，震慑那些贪婪者。罗峰要让那些贪婪者意识到扬的实力很强，那么自然没有人再来招惹扬。双方没有仇怨，扬的实力又强，那些贪婪者就不会因为扬有宝藏来对付扬。

毕竟拥有巨额财富和宝物的封王级极限强者在宇宙中有一堆。

只要实力强，就没有人敢惹。

……

莫纳王看着罗峰，轻声道："扬，没事吧？"

"没事，我是在想是谁在传播谣言给我找麻烦。"罗峰冷笑，"看来是和我有仇的几个之一了。"

"有事你尽管告知我，人类不是那么好惹的。"莫纳王开口道，"你请些人类强者，还有人类阵营的其他盟友，大不了开战，怕什么。"

"嗯。"罗峰微微点头。

"莫纳王，谢谢你告诉我这条消息，否则敌人上门了我都还不知道呢。"罗峰说道。

"没事，这条消息在异族中流传最广，而后才传播到我人类阵营，我刚一得知，就立即来找你了。"莫纳王说道。

罗峰点头："这件事情很麻烦，我得先回去，好好思考应对之法。"

"去吧。"莫纳王提醒道，"小心点，域外战场上异族众多，对付那些贪婪的异族，一开始就要下狠手，打得他们疼了，有畏惧心了，他们就不敢乱来了。如果你没把他们打疼，恐怕对付你的贪婪异族会越来越多。"

"我懂。"罗峰点头。

焱祭大陆。

"那条消息是真的，已经有一些封王级强者合力破开祭塔，进入祭塔中搜索了一遍。"两名机械族族人相对而坐，其中略微高大些的机械族族人郑重地道，"他们在那座祭塔内发现了一个由G级金属打造的宝藏室，以及一个残破的宝藏室，其中的宝藏都被拿走了。"

"由G级金属打造的宝藏室？"矮小的机械族族人吃惊道，"看来里面是真的有宝藏啊。"

“现在焱祭大陆上，很多异族强者都在通过诸多手段探测那人类的踪迹，可是，至今都没有发现那人类。”高大的机械族族人声音沙哑道，“一旦发现那人类，就是开战之时，到时候恐怕会有不少异族掺和进来。”

“帕茨，”矮小的机械族族人咧嘴笑道，“你去不去？”

“哈哈，那人类弱小，恐怕是个刚刚封王的小家伙，他哪有资格拥有如此宝藏？去，我当然去。”帕茨道。

“好，你我联手，成功后宝物各自一半。”

“好。”

这两名机械族族人就此结为同盟。

在焱祭大陆上，封王级强者们本就悠闲得很，平常对战很少到拼命的地步，但“祭塔宝藏事件”一下子让焱祭大陆沸腾起来，连危险之地星辰塔中的一些封王级强者都赶到焱祭大陆。

焱祭大陆上一时间风声鹤唳。

那些异族的封侯级强者都命令属下暗中开始查找人类扬的踪迹，怪的是怎么找都找不到。

“胆小的人类！”

“可恶的人类！”

“肯定是吓跑了，肯定是吓得离开域外战场了！”

……

焱祭大陆上很多强者都如此谩骂。

对此，最恼怒最担心的就是紫钟王了。

幽暗的冰雪山脉中，紫钟王盘膝坐在冰冷的岩石上，双眸阴冷幽暗，喃喃道：“焱祭大陆都快被翻好几遍了，怎么也找不到那人类，那人类消失了？哼，被我逼成这样，竟然都没有放出我拥有重宝紫色古钟的信息，看来那人类的野心很大啊。

“他显然也猜到了是我在放出消息逼他，他肯定想要找机会杀我夺宝，有这个想法，他定有些许把握。

“人类……”

紫钟王心底对罗峰其实很忌惮。

因为在祭塔内时，他感受到了罗峰那快得让人心悸的速度，连苍金王都陨落了，罗峰却没死。而且罗峰能隐匿得没有丝毫生命气息，直到紫钟王用空间戒指收那块金属残片，才令罗峰暴露……这些都说明罗峰的手段很可怕。

有这么多手段的强者，紫钟王哪敢小瞧？

“这次我也得到了近千亿瑜蓝单位。”紫钟王道，“好好准备，那人类现在完全隐匿，不出现则已，一出现肯定很惊人。”

不管是罗峰还是紫钟王，他俩都清楚，当安全走出祭塔后，他俩就是仇敌了。当紫钟王把那则信息传播开后，二者更是不死不休了。

026号兵营内，罗峰正在山顶别墅前的泳池内。山顶上白雪皑皑，泳池内却是温热的，雾气升腾，罗峰悠闲地躺在那儿。

当异族强者都在疯狂寻找罗峰时，罗峰却在兵营内了。罗峰在处理大量宝物时，就在迅速地往兵营赶去，因为他得和虚拟宇宙公司等进行交易，当然得回兵营。

“找我？怎么找得到我？我在兵营，谁能奈我何？”罗峰躺在水中，心情很放松。

忽然，远处有三道身影飞来。

“虚拟宇宙公司的人来了。”罗峰身体表面浮现银甲，身后有羽翼，站在山顶雪地上。

“你好，我是虚拟宇宙公司的。”为首的三眼男子身穿一身金色袍子，显得很优雅，他谦逊地道。

他是得到部长的命令来的，部长没说客户到底是什么身份，而且禁止他询问。

这令实力已经是封王级的三眼男子不由得暗道：“老大可是宇宙尊者，是公司真正的高层，老大禁止自己询问，看来事情牵扯到虚拟宇宙公司最高层了。”

“我知道。”罗峰点头，拿出一枚世界戒指。

三眼男子接过后，不朽之力渗透进去开始探测，同时也使这枚世界戒指认他为主人。他扔了一个探测仪进去，人工和仪器同步进行，说道：“因为货物过多，我用的时间可能稍长。”

“不急。”罗峰站在那儿。

大概过了三分钟，仪器检测完毕，三眼男子也终于检测完毕。

“货物齐全。”三眼男子微笑地看着罗峰，“钱已经到账，我就不打扰了。”三眼男子很清楚这笔生意牵扯到的金钱数目何等惊人，超2000亿混元单位的交易啊！这么大的交易，也能看出罗峰的背景很不凡。

与虚拟宇宙公司的交易是最快的，而其他渠道的就麻烦多了。宝物有卖给店铺的，有卖给个人的，甚至因为牵扯的数目过大，有些异族强者亲自赶来026号兵营，当面验货。

前后总共花费近一个月时间，才全部处理完。

“哈哈……”罗峰伸了一个懒腰，躺在雾气弥漫的水中，露出一丝笑容，“处理完毕，得到约5600亿混元单位。

“多么丰厚的一笔钱啊！或许对宇宙尊者而言，这是小钱，可在封王级强者中已经算是一笔巨款了。我得想想怎么处理这笔巨款。

“是用在《本尊天地》等方面，来提升自己实力，还是用在千藤食星草等辅助植物生命方面？或者是购买一些机械族武器？机械族武器购买后，即使用不到或使用了，将来也可以卖掉，而提升自身实力和培养植物生命的材料用掉了，就无法再换成金钱了。”

罗峰躺在泳池内，脑海中闪过一个个念头。

“5600亿混元单位，放着是很愚蠢的，当然得尽快化为实力，让自己变得更强大。”

第847章

武器

要花掉5600亿混元单位很容易，可怎么才能将其最有效利用呢？躺在泳池中的罗峰很迷茫。宇宙中的宝物实在太多了，单单罗峰知道的就数不胜数，还有很多罗峰不知道的。

“我现在有金角巨兽分身、虫族军团、火神源晶、锁空之臂。”罗峰思索着，“本来就强的，要更强。

“虫族军团！”罗峰眼睛一亮，猛地从泳池中站起，“如果能让虫族母皇伊琳娜提升到不朽级，不朽级的虫族母皇啊！不朽级的虫族军团，那可堪称是宇宙尊者之下无敌的存在，如果能成功，5600亿混元单位全部花光都值得。”

罗峰越想越兴奋。

虫族母皇可分心控制一万个虫族战士，且个个都能施展法则攻击；虫族母皇也能做到精密控制一百万个虫族战士，一百万个虫族战士虽然无法施展法则攻击，但是能精准攻击敌人。

当年，虫族母皇控制一万个不朽级虫族战士，威力就那般逆天，若是控制一百万个不朽级虫族战士——

无敌了！

罗峰越想眼睛越亮，再也忍不住：“去问问伊琳娜。”

体内世界，虫族岛屿。

唰！

穿黑衣的罗峰从世界戒指的一方世界中直接回到体内世界。

有着蝴蝶羽翼、堪称绝美的伊琳娜直接飞向高空，而后在罗峰身前行礼："主人。"

"伊琳娜，"罗峰连忙问道，"我问你，你要进化成不朽级，需要多高的代价？"

"主人，你……"伊琳娜惊讶地看向罗峰。

"你只管说。"罗峰道，颇有财大气粗的感觉。

伊琳娜轻笑道，声音清脆悦耳："看来主人拥有很惊人的财富呢。不过，虫族母皇要进化成不朽级是一件非常艰难的事，单单购买需要的各种材料就得花费近千亿混元单位。"

"买。"罗峰眼睛一亮。

"主人且听我说完。"伊琳娜连忙说道，"这只是外部条件，还需要内在条件。虫族母皇进化成不朽级需要在法则上感悟极高，或是空间法则，或是时间法则。虫族母皇单单悟透金之法则、木之法则等其他法则是无法进化成不朽级的，必须在空间法则或时间法则上达到极高的成就。"

罗峰眉头微皱。

"主人，"伊琳娜解释道，"宇宙中真正的智慧生命，都需要在法则上感悟极高才能突破到不朽级，单单靠外在物质是不够的。就像人类，不管怎样，至少得悟透金、木、水、火、土、风、雷电、光线中的一种法则，才能突破到不朽级，如果在法则上没成就，即使拥有再多宝物也无用，虫族母皇也是如此。虫族作为四大巅峰族群之一，虫族内真正算是智慧生命的只有虫族母皇，虫族母皇是很难突破到不朽级的，非常难。对法则感悟的要求极高，对外在物质条件的要求也极高。

"而摩云藤就不同了，这些植物生命智慧很低，它们更近似于物，宇宙法则对它们的进化没什么要求，它们靠外在物质条件就能进化。一旦进化成功，宇宙会令它们自然而然地感悟与自身属性相近的宇宙法则。

"可这也只能发生在部分植物生命、虫族战士等智慧很低的生物身上，真正的智慧生命，都是需要在法则上有成就才能突破的。"伊琳娜道，"我现在在法则方面只悟透了火之法则，空间法则方面还差得很远，有再多宝物都没用。”

罗峰听得心中一阵失望，却也明白：“是啊，能被批量制造的虫族战士，只有纯粹的野性，智慧极低。摩云藤、食星草早期也只有本能和一些简单的情绪，当摩云藤突破到不朽级后，才可以真正和我的意识交流，进行正常的意识对话。

“其他智慧生命，人类、机械族、妖族、虫族母皇、金角族、焱祭族、雷泉族、崎尝族……任何一个族群的族人要突破到不朽级，最难的都是法则感悟。

“我一开始想得太天真了，认为虫族就是靠外在资源进化的。虫族战士的确是可以靠外在资源进化，可虫族最根本的虫族母皇是真正的智慧生命，宇宙法则对她们的进化要求是超高的，伊琳娜悟透了火之法则，都还远远不够。”

“我在法则上感悟还不够，主人先不必为我准备各种资源宝物了。”伊琳娜笑着道，“等我感觉差不多了，就要靠主人你了。”

“嗯，没问题。”罗峰爽快地应道，心中却颇不是滋味。

满怀希望而去，失望而回。

“也对，不朽级的虫族母皇堪称宇宙尊者之下无敌，哪是这么容易就突破的？”罗峰立即分出一丝意识进入虚拟宇宙。

虚拟宇宙，雨相山，原始区，罗峰的庄园。

罗峰坐在书桌前看着屏幕，搜索着各种宝物的详细信息。

黑洞武器。能令目标瞬间化为一个小型的黑洞，拥有宇宙尊者的实力才能幸存。

灭魂极光。采集宇宙秘境中的神秘光线制作而成。即使只释放一道灭魂极光，普通宇宙尊者都得受伤，宇宙尊者之下必死无疑。

寂风武器。寂风是宇宙秘境中的奇特物质形成的风。在寂风带深处，宇宙尊者如被寂风席卷，不朽神体会粉碎而后湮灭。寂风武器是采集宇宙秘境寂风带外围的寂风制造而成的，中此风者，宇宙尊者之下必死无疑。

卡索武器。卡索是一种以发现者名字命名的奇异金属，这种金属对不朽神体有强烈的毁灭效果。一柄完全由卡索金属制造而成的卡索匕首刺入封王级极限强者体内，封王级极限强者的身体会瞬间崩溃。

……

一种又一种的武器。

这些都是可以定制的武器，且很多都是人类自身就能制造出的。

罗峰以“宇宙尊者之下必死无疑”为条目去搜索，一口气竟然找出了足足两百零三种武器，罗峰看得眼花缭乱。

“我的老天啊！这些武器都能令宇宙尊者之下的强者必死无疑吗？

“在这些武器面前，怎么不朽神灵看起来都很脆弱的样子，甚至有些武器对宇宙尊者都有严重的伤害？”罗峰看得目瞪口呆。这些武器中只有二十四种是科技武器，其中二十一种是机械族制造的，三种是人类制造的，其他全部都是采集宇宙中一些特殊材料制造出的。

“难怪我在域外战场上从没见谁用过。

“这玩意，谁用得起？

“如果谁用，一旦被传开，恐怕就会遭到无数封王级强者的抢夺。”

罗峰看着上面的标价，这些能定制的武器，最便宜的一件的价格是6万亿混元单位，其他普遍都是超过10万亿混元单位的！这个价格，足以让宇宙尊者们也心颤。

谁拿着这样的武器，就是拿着一个超级大宝藏。

祭塔中的宝藏才值多少？

一件价值超过10万亿混元单位的武器，一旦暴露，自然就有无数不朽神灵为之疯狂，为之争夺。

“只能看看啊，买不起啊。”

罗峰忽然感觉自己是个穷人，自己的身家也就够支付一件武器的一个零头。黑洞武器等一些科技武器，从表面看就很复杂，制造条件也高；灭魂极光、寂风武器等要去危险之地采集材料，而且还要装好储存好，但连宇宙尊者在那些危险之地都有可能陨落。这种武器的价格高，根本不足为奇。

虫族母皇伊琳娜无法突破到不朽级，罗峰也买不起那种宇宙尊者之下无敌的武器，只能退而求其次了。

于是罗峰开始了一次次的研究。

宝库中的很多物品以罗峰的权限是看不到的，而鸿盟城一些店铺的重要之地，罗峰凭借5600亿混元单位，自然有资格进入。那些重要之地是宇宙尊者经常去购买宝物的地方。

“我在宝库中查找修炼《本尊天地》第三层的资料时，仅仅发现三种材料，可在鸿盟城一些店铺的重要之地，我竟然找到了十八种材料，几乎凑齐了，不过价格还真贵啊。

“想将《本尊天地》修炼大成，太难！”

罗峰通过网络查看研究鸿盟城许多店铺的秘宝，花费超过一个月时间，罗峰终于慎重地做出了最后的决定——不得不慎重，这次能得到5600亿混元单位是他走大运了，下次要得到如此财富，不知道要等到哪一年了。

罗峰花费约1100亿混元单位，购买了能让金角巨兽分身将《本尊天地》修炼到振幅提高十六倍的昂贵资源。

罗峰花费约1300亿混元单位，购买了四颗火神源晶，每颗价格近300亿混元单位，以及专门用来给锁空之臂供应能量的大量水神源晶，花费过百亿混元单位。水神源晶是最适合给锁空之臂供应能量的。

罗峰花费整整3000亿混元单位，购买了1公斤的费摩毒液。

罗峰花费80亿积分，准备让摩云藤从封侯巅峰级提升到封王初等级。

还有一些其他小额花费。

这次收获的5600亿混元单位几乎被罗峰花完了。

第848章

开始了

域外战场第七战场，026号兵营内，冰雪覆盖的山脉上，罗峰正站在雪地上和虚拟宇宙公司的送货人员交谈。

这一幕让远处的两名封王级强者看到了。

“看，是人类扬。”

“是他。”

“焱祭大陆上那些其他阵营的异族强者早就找他找疯了，没想到扬竟然躲在兵营里。哈哈……难怪其他阵营的异族强者就算再怎么找也找不到扬的踪迹，而且就算知道扬在兵营里，他们也一点办法都没有。”

“你说扬到底有没有得到祭塔中的宝藏？”

“那座祭塔我去看了一遍，仔细观察了祭塔内部的一些战斗痕迹，应该是真的。”

“扬真是走了大运。你看，他现在和虚拟宇宙公司的送货人员见面，肯定是购买了不少宝物。”

“你嫉妒也没用，祭塔中的宝藏被扬得到，你又能如何？”

“是啊，我没办法，同阵营的，谁敢动手？可是我敢说，如果不是军队系统有严格的规定，人类内部恐怕都有人会对扬下手。”

两名异族封王级强者看着数百千米外的罗峰，以他们的视力，罗峰脸上的毫毛他们都能看清。

他们看着罗峰，同时交谈着。

……

罗峰在026号兵营的消息很快就传开了，焱祭大陆上那群贪婪的异族强者知道后，一个个咒骂不已。

“胆小！”

“懦弱！”

“怕死的家伙！”

“这个人类竟躲在兵营里，浑蛋！”

“走，离开焱祭大陆，这个人类吓得躲在兵营里了，这能有什么办法？连宇宙尊者都奈何不了兵营，我们在这儿也是浪费时间。赶紧走，回星辰塔去，说不定星辰塔中有宝物出现。”

……

原本还存有希望的异族强者们开始失望了，他们也猜到了罗峰如果得到宝藏很可能会离开，只是没得到准确的消息，不愿相信而已。

在域外战场，能得到宝藏的机会很少。

“人类，”洞窟中的紫钟王双眸阴冷，“真是谨慎而又胆小啊！你躲在兵营里，使得宇宙各族强者都认为你实力弱，也使得他们都认定你拥有宝藏。

“不过我知道你的胆小是伪装的。”紫钟王一直很警惕罗峰。他和罗峰接触过，他发现罗峰在探寻宝藏的过程中一直很谨慎，可是该出手时绝对不退缩，丝毫不手软。“该低调则低调，该高调则高调，该狠辣则狠辣。

“人类，你到底在等什么？”紫钟王疑惑地道，“在等时机成熟后对我下手？如果要动手，就尽快吧。”

他有一种感觉，罗峰是在隐忍，是在等待机会。

他俩的对决，一定会到来。

……

罗峰专门拿出一枚崭新的世界戒指，他进入一方世界中。

苍茫的草原上，穿黑衣的罗峰盘膝而坐，看着面前摆放的黑色手提箱，表情郑重。

“费摩毒液。”罗峰轻声念道。

黑色手提箱内存放的就是价格昂贵且威力恐怖的费摩毒液。5600亿混元单位花费得只剩下100亿混元单位，几乎全花光了，其中的大头就是这1公斤的费摩毒液，罗峰为此整整花费了3000亿混元单位。

“得小心，泄露一点，我这魔杀族分身就完蛋了。”罗峰深吸一口气。他都不敢在体内世界处理费摩毒液，就是担心一不小心搞得体内世界崩溃，使得魔杀族分身陨落，那才是死得冤枉呢。

虽然魔杀族分身陨落罗峰可以再度孕育出新的，但没必要。这枚崭新的世界戒指中的一方世界也是，即使崩溃也没什么。

“开启。”罗峰轻轻打开手提箱，里面有十支晶体，每支晶体内都荡漾着动人心魄的紫色液体，犹如水银缓缓流动。

“十支，每支都有着100克费摩毒液。”罗峰双眸炽热。

每1克费摩毒液价值3亿混元单位。费摩毒液是人类族群中强大的药剂师费摩配置出的可怕药剂，因此以费摩的名字命名。费摩毒液具有强烈的侵蚀性，它被配置出来就是专门用来侵蚀不朽神体的，一般10克费摩毒液就能杀死一名封王级极限强者，100克费摩毒液就能杀死一名封王级无敌强者（真衍王层次），威力之大让人胆寒。

可它的弱点也很明显。

第一，它属于一次性用品，费摩毒液每用一点就少一点。

第二，它必须碰触不朽神体才能起作用。宇宙强者们几乎都身穿一层铠甲，费摩毒液对金属几乎不起作用，所以必须得先撕裂铠甲，再让费摩毒液碰到不朽神体，或者攻击不在铠甲保护范围内的面部。

第三，费摩毒液得有载体。将费摩毒液涂抹在兵器上，固化后，用兵器进攻。虽然兵器能切到对方的不朽神体，但是只有极少的费摩毒液能进入对方的体内，对对方的伤害太小了。

第四，面对强大的敌人，不是所有的费摩毒液都能发挥作用。假如100克费摩毒液一次性进入真衍王体内，以真衍王的实力，发现费摩毒液正在疯狂地侵蚀湮灭他的不朽神体，他会在瞬间舍弃部分不朽神体，将毒液逼到体外。这种情况下，恐怕只有一两克的费摩毒液发挥了作用，其他的都被逼到体外浪费掉了。所以在对战时，每次使用的量得少，在敌人还没来得及逼出费摩毒液时就让费摩毒液发挥作用，一点一点侵蚀对方的不朽神体。

费摩毒液的四个弱点，令费摩毒液的价值无法与一些逆天武器媲美。

像卡索匕首可以连续不断甚至永久使用，刺入封王级极限强者体内瞬间杀死封王级极限强者。卡索匕首不管是使用期限还是效率，都远远超过费摩毒液，价格也比费摩毒液高，高到让人胆寒的地步。

罗峰翻手便取出了一柄血影战刀，这是刚刚定制的，用G级金属等一些昂贵金属炼制而成，与祭塔中的藏宝箱相比，防御丝毫不差。费摩毒液对金属不起作用，无法侵蚀新血影战刀丝毫。

这柄新血影战刀花费了近1亿积分。

“我在虚拟宇宙中模拟了上千次，应该不会出事。”罗峰小心翼翼地开始为这柄新血影战刀涂抹费摩毒液。新血影战刀就这么大，最多在上面涂抹50克费摩毒液。

片刻后——

罗峰拿着手中这柄新血影战刀，看着刀刃上的一抹紫光，不由得露出笑容：“从今天起，这柄战刀便叫毒影战刀。一柄血影战刀，一柄毒影战刀。平常使用血影战刀，关键时刻使用毒影战刀。

“得默默等待。

“金角巨兽分身要修炼《本尊天地》，摩云藤也得蜕变，我得再忍一段时间。”罗峰目光冷厉，“紫钟王，快了，快了！”

一年后，体内世界中。

嗷——

金角巨兽分身扬起头，发出兴奋的吼声，它将花费1100亿混元单位购买的大量珍贵资源都消耗掉了，终于将《本尊天地》修炼到振幅提高十六倍的地步了。

“一切准备就绪。”罗峰站在草地上，眼眸中有着期待，“摩云。”

嗖！

一道流光从远处飞来，正是有256条主藤蔓的摩云藤。

罗峰花费约80亿积分终于将摩云藤从216条主藤蔓提升到256条主藤蔓，实力也从封侯巅峰级提升为封王初等级。如果想要提升到360条主藤蔓，那还需要超1000亿的积分，但成功的概率不足50%。

如果从幼苗时期就开始培养，培养出一株有360条主藤蔓的不朽级摩云藤，只要花费100多亿积分就可以了。

由此可见，先天就弱的，到了后期想要精进，付出的代价可能就会呈倍数跃升。

嗖！

摩云藤飞来，仿佛八爪鱼似的瞬间缠绕住罗峰，而后融入罗峰的皮肤里。

“主人。”摩云藤用意识传音道，声音中有着感激和兴奋。

“哈哈……”罗峰一笑。

摩云藤陪伴自己这么多年，一路跟随自己闯荡宇宙，即使多花费点积分又如何呢？

罗峰愿意多花费点积分，不想重新培育幼苗。

现在罗峰不仅不算富裕，还面临重重危险，还没达到能随意花费过千亿混元单位去赌不足50%的成功率。

“锁空之臂。”

罗峰将一颗水神源晶放在锁空之臂的能量凹槽内。

“银甲。”

银甲浮现，覆盖摩云战衣，覆盖锁空之臂。

“弑吴羽翼。”

罗峰后背出现一对银色的翅膀，界主的气息被掩盖，强者的威压辐射开去。

此刻的罗峰，双目明亮，咧嘴一笑。

“巴巴塔，”罗峰吩咐，“立即给焱祭大陆上人类阵营中我所有的封王级好友群发邮件，请他们帮忙，寻找机械族阵营的崎尝族族人紫钟王的所在位置。”

“是。”

“不知道能否找到紫钟王。”巴巴塔道，“紫钟王传开信息后，估计怕你去对付他，很可能隐匿起来了。”

“如果找不到，就用钱悬赏。”罗峰轻声道。

如同当年机械族族人茨维卡悬赏罗峰的下落一样，只要花费数千万混元单位，就有人去疯狂地寻找了。

第849章

张扬

罗峰在请焱祭大陆上的封王级强者帮忙寻找紫钟王的同时，乘坐宇宙飞船离开了兵营，踏上了前往焱祭大陆的征途。

数天后。

“宇宙穿越完毕。”

在离焱祭大陆最近的一个穿越点，荡起丝丝空间涟漪，一艘黑色的飞船出现。

飞船内。

罗峰正站在控制室前眉头微皱：“我人类阵营这么多封王级强者竟然没有一个能找到紫钟王的踪迹。”

“罗峰，紫钟王之前敢放出你得到宝藏的消息，肯定也猜到了你会去找他的麻烦，所以躲起来是很正常的，想要找到他恐怕不容易。”飞船的控制台上浮现一个孩童的头像。

罗峰轻声一笑：“确实。

“我只是请我的一些封王级朋友帮忙关注查找，他们最多稍微注意些，可在焱祭大陆的封王级强者总共才多少，焱祭大陆又是何等广阔，当年我刚来焱祭大陆，在焱祭大陆上晃悠那么久都没碰到一个封王级强者。封王级强者寻找到紫钟王本来就很难，且没有什么利益，他们也不可能让自己手下的一群封侯级强者帮忙，即使有，那些封侯级强者恐怕也就表面应下，暗地里谁会去花费精力？”

“罗峰，你要发布悬赏任务？”巴巴塔的眼眸中有着一丝兴奋。

“对，悬赏。”罗峰双眸发亮，“我早已看透，不管是我族强者还是异族强者，都是一样的。强者拥有宝物，大家不敢乱来，因为去争夺很可能使自己丢掉性命；可是弱者拥有宝物，就会引起他们的抢夺。之前我很低调，没有谁知道我拥有宝物，所以一直没有人过来抢夺我的宝物。'祭塔宝藏事件'使我无法再低调下去，既然无法低调下去，我就必须表现出足够的战力，才能震慑那些贪婪者。

"不出手则已，一出手就得将那些贪婪的异族强者给打怕了。"罗峰轻声道，"如此，才能一劳永逸。

"这次我就是要震慑各族的强者，让他们知道，抢夺我的宝物的后果！"

当天，罗峰就公开发布悬赏任务。

焱祭大陆上人类阵营中的无数强者为之惊呼，因为罗峰并非私下悬赏，而是通过军队系统公开悬赏，焱祭大陆上人类阵营中的所有强者都收到信息了。

既然是公开悬赏，罗峰早就将悬赏金转到了军队系统的公共账户里。

5000万混元单位就是此次的悬赏金。

只要有人发现了紫钟王的地理坐标，罗峰确认后，5000万混元单位就立即到账。

"疯了！"

"这人类扬还真是发疯了，他躲在兵营隐忍这么久，没想到一来到焱祭大陆就公开悬赏紫钟王。5000万混元单位啊，我们封侯级强者，很多全部身家也就只有1000万混元单位左右！我们经过无数年也难赚得千万混元单位，可只要发现紫钟王的坐标，就能得到如此巨额的悬赏金！"

"真疯狂！"

"5000万混元单位！"

"这扬真是财大气粗！"

"哈哈……精彩了。焱祭大陆上大量的异族强者都在盯着他，他居然敢悬赏紫钟王的坐标，看来是有所准备啊。这一战精彩了。"

"紫钟王是谁？"

"扬悬赏追杀紫钟王，看来紫钟王就是背后放出那条消息的人。"

……

焱祭大陆上人类阵营中的所有强者一下子沸腾了，毕竟在焱祭大陆上的封王级强者只有极少数，绝大多数都是封侯级强者和普通不朽级强者，对他们而言，5000万混元单位是一笔巨额财富，足以令他们为之疯狂。让他们去和异族的封王级强者厮杀，他们不愿。可发现紫钟王的踪迹后仅仅传递一条消息，他们还是非常乐意的。

人类阵营中的无数不朽神灵都开始疯狂寻找紫钟王的踪迹，犹如前段时间那些异族强者疯狂寻找扬的踪迹一样，但人类阵营中的不朽神灵更为积极。

可是——

一天，两天，半个月，一个月……

一直没有强者发现紫钟王的踪迹。

“紫钟王怎么回事？”乘坐飞船都快抵达焱祭大陆的罗峰，在控制室内皱眉道，“不对呀，他放出消息应该就是想要逼迫我现身，现在我公开悬赏追杀他，他应该有点动静才对。而且我悬赏追杀他的消息传遍了整个焱祭大陆，应该传到他耳朵里了，他该知道我在找他呀。

“可他消失了？难道是离开焱祭大陆了？”罗峰微微摇头，“不对，应该不会这么简单才对。”

“罗峰，我有感觉，紫钟王只是隐匿着，他应该在默默关注事情的发展，他会现身的。”巴巴塔道，“根据争夺宝藏的过程来看，这个紫钟王是一个非常阴险、凶残的家伙。除非没一点希望，否则他是绝不会放弃的。他连封王级极限层次的苍金王都敢杀，面对你还不至于吓得逃掉。”

“嗯。”罗峰点头。

机械族阵营的虚拟世界中，一栋钢铁铸成的大厦的其中一层的大厅内。

紫钟王正悠闲地坐在餐桌前吃美食，忽然，门被打开了，两名长相各异的男子走了进来。一位是全身长满毛发、赤红独眼的男子，他仿佛一只直立着的凶兽，全身散发着野蛮气息；另一位男子，身材高瘦，8米多高，全身被罩在银色袍子里，脸上戴着黑色面具，面具上有奇异的密文。

“紫钟王，你倒有闲心在虚拟世界中品味美食，难道你不知道焱祭大陆上人类阵营中的无数不朽神灵都在疯狂寻找你的踪迹吗？”高瘦男子声音纤细，柔声说道。

“光悬赏你的坐标就出手5000万混元单位，相当于我们的1亿瑜蓝单位，这手笔可不小啊。”赤红独眼男子嗓音低沉，声音中仿佛带着野兽怒吼的回音。

“血兽王，重箭王。”紫钟王抬头，小眼睛中露出一丝笑意，“不是有两位吗？有两位封王级极限强者在，放眼焱祭大陆，我还怕谁？”

“哈哈……”赤红独眼男子听了，顿时发出畅快的笑声，“紫钟王，你说得对，有我俩在，你根本无须惧怕焱祭大陆上的那些封王级强者。”

“哈哈……”高瘦男子也笑了，笑声中隐含着自信。

紫钟王继续道：“至于那人类愿意出5000万混元单位悬赏我的踪迹，只能说明一点——他是真的非常富有。只要我们杀了他，哈哈，相信一定会让两位无比惊喜的。”

“嗯。”赤红独眼男子、高瘦男子都点头。

血兽王、重箭王是紫钟王专门邀请来的，是星辰塔中的封王级极限强者。焱祭大陆上几乎没什么封王级极限强者，唯有在整个域外战场最危险的区域之一星辰塔，才聚集着各族的封王级极限强者。

他俩任何一个的实力都不比苍金王弱。

这次紫钟王专门以每人50亿瑜蓝单位的佣金和人类扬死后三分之二的财富为代价，请来了血兽王、重箭王。

若人类扬身死，他的财富，他们三个各自得到三分之一，此外，血兽王、重箭王还能得到50亿瑜蓝单位的佣金，所以他们两个就算明知道人类扬不好惹，也来了。

“不好惹就是不好惹，所以紫钟王才要请封王级极限强者。”

“这紫钟王出手如此大方，看来那人类的财富也很惊人，他是真的得到了祭塔中的宝藏。他死后，我们各得到三分之一的财富，那也是巨额财富了。这次收获可真大。”

“一个封王高等级强者而已，就算有些底牌，就算请了别的强者，我俩联手，还怕谁？”

血兽王、重箭王被邀请时，彼此暗中交流，就是如此说的，之后便接受了紫钟王的邀请。

紫钟王、血兽王、重箭王三人围坐在餐桌旁，一边享受着美食，一边交谈着。

“紫钟王，那人类现在在悬赏追杀你，你准备什么时候现身？”重箭王问道。

“我得先示弱，”紫钟王笑道，“让他以为我害怕了，畏惧了。哈哈，我现在在焱祭大陆之外，他们在焱祭大陆找，就是怎么找都不可能找到我的。不过现在时间也差不多了，火候也够了。我悄然现身，故意被人类阵营的不朽神灵发现，引那人类入局。”

紫钟王目光冷厉，声音尖利道：“然后我和两位一同出手。两位封王级极限强者联手，能以绝对霸道的实力直接碾碎那人类。不对他动手就罢了，一旦动手，就绝对不能给他一丝逃走的机会。”

“哈哈，痛快。紫钟王，我喜欢你这作风。”血兽王哈哈大笑，浑厚的声音中带着丝丝吼叫，“对，我们以压倒性的实力直接杀死他。我最不喜欢对战时彼此纠缠了，那样太麻烦了，还是以压倒性的实力碾死他最爽。”

“嗯。”重箭王轻轻点头。

“请两位在焱祭大陆外做好准备。”紫钟王笑道，“一旦那人类入局，我会立即通知两位，请两位立即施展瞬移赶到。”

“放心。”血兽王道。

“我们现在就去焱祭大陆外的虚空中静等你的消息。”重箭王道。

紫钟王举杯：“不会让两位久等的。来，让我们为即将获得的宝藏干杯。”

“来，为了宝藏。”血兽王、重箭王举杯。

杯子发出清脆的碰撞声。

第850章

现身

罗峰正在等待着紫钟王的消息，真衍王给罗峰发了邮件，说已经到了雨相山，让罗峰去见他。

雨相山，原始区，罗峰的庄园内。

幽静的厅内，仆人们早已奉上热茶，真衍王端着热茶深闻了一下，而后饮了一口。

“老师，”罗峰从厅外走进来，“你找我？”

“嗯。”真衍王这才放下茶杯，笑着夸赞道，“徒儿，从你家乡地球传出来的这个叫作‘茶’的饮料，还真不错，丝毫不亚于从其他地方传出来的饮料，我越品尝越喜欢。我现在的住处，常备的饮料也多了这一种，而且价格也比其他很多果酒便宜。”

“老师既然喜欢，我让家里准备些最新研制出的茶叶送往混沌城给老师。”罗峰道。

茶业是平海公司在经营。

平海公司在地球原有茶叶的基础上，研制新的茶叶，弄出很多品种的茶树来，比如能够在宇宙很多星球的不同环境下种植的茶树。

要论茶叶品种之多，罗家自然当数第一。

“哈哈，好。”真衍王畅快地答应下来，“我今天来，是听说你以扬的身份卖掉了很多价值昂贵的宝物，而且我稍微查了一下，你得到了祭塔中的宝藏这条消息，在域外战场第七战场焱祭大陆已经传开了。这是真的？”

"真的。"罗峰点头。

关于罗峰的其中一个身份扬，真衍王是知道的。

真衍王吃惊，眼中金光一闪："有麻烦吗？"

"有些小麻烦。"罗峰笑道，"不过弟子能解决，老师尽管放心。"

"能解决就好，你的性格我知道。既然你敢这么说，老师就不担心了。"真衍王点头，好奇地问道，"祭塔中的宝藏价值多少，弄得这么风风雨雨的？"

"数千亿混元单位。"罗峰倒是不隐瞒。

真衍王眼睛一瞪，吃惊道："数千亿？没开玩笑吧？焱祭大陆这种地方冒出的一个宝藏能有数百亿混元单位就算很不错了，怎么有这么多？"

罗峰咧嘴一笑。

"哈哈，好运的家伙，我真衍真是收了一个好弟子啊。"真衍王哈哈笑起来，眼眸中有着一丝得意，"徒儿，你在焱祭大陆上的表现，老师是很满意的，不过你不可骄傲，我满意，你的另外一位老师混沌城主可不一定会满意，他的眼界可比我高多了。"

"弟子明白。"罗峰点头，"老师混沌城主已然站在宇宙亿万个族群的巅峰，想要让老师混沌城主满意，这可不是一件容易的事。"

对于混沌城主而言，数千亿混元单位就是九牛一毛，不值一提。作为虚拟宇宙公司第一掌权人，以他的权限，罗峰在域外战场上的所有动静，混沌城主要查看的话，自然全部能看到，可在罗峰得到祭塔中的宝藏后，混沌城主从未夸赞罗峰，或许在他眼里这根本不值得夸赞。

混沌城主什么时候真正夸赞过罗峰？就是罗峰自创巅峰秘法明月策之时。

"好好努力。

"既然混沌城主收了你为弟子，你就不能有丝毫松懈。混沌城主亲传弟子这个身份无比尊贵，同时也肩负着责任，所有强者都会自然而然地认为，你得比其他强者优秀千倍万倍，这样才能配得上这身份。如果你的表现优异，这很正常，因为你是混沌城主的亲传弟子；如果你的表现不够优异，就会被人暗中耻笑。"真衍王勉励道。

"是，老师。"罗峰郑重地道。

紫钟王为罗峰之前在祭塔内的表现而心惊，可如果紫钟王知道他的对手是混沌城主亲传弟子，那么，罗峰拿出再多的底牌，他也不会吃惊，只会觉得理所当然，很正常。

混沌城主那是何许人啊！

……

罗峰和真衍王在一起聊了许久。

真衍王以罗峰为骄傲，认定罗峰将会是他最优秀的弟子，但从另一方面来看，真衍王心底也没底气，担心自己心爱的弟子得不到混沌城主的重视，所以真衍王自然时刻关心罗峰的成长过程，经常来提点一番。

“听你这么一说，这紫钟王倒是极阴险狠辣之人，而且还颇有心计。”真衍王微微点头，“这种性格的人，既然放出了消息，那么他肯定有后手，绝对不会吓得躲起来。”

“弟子也是这么想的。”罗峰点头，“可他就是不现身。”

“慢慢等吧。”真衍王道，“要有点耐心，虽然你这对手有点能耐，但是老师还是相信你能解决。”

浩瀚宇宙亿万个族群中能够达到封王级极限的强者不计其数，可是能称得上是封王级无敌强者接近宇宙尊者的，却少多了。

绝世秘法、法则感悟、振幅类秘法、重宝、心计……样样不可少。

真衍王见过的强者太多了，经验太丰富了，听罗峰一说就看透了紫钟王的性格。紫钟王阴险、狠辣，不好惹，可是真衍王很清楚他的弟子罗峰，他这个弟子看似普普通通，却能看清自身的一切优点缺点，能冷静地做出最准确的计划。

该低调则绝对低调，该霸道则绝对霸道；就算面临死亡，也会做出冷静的抉择，这就是罗峰！

罗峰这种才叫大智若愚，这种看似普普通通，看似低调的，才是真正可怕的对手。

“你的弱点是自身实力弱。”真衍王道，“千万别大意。”

“弟子已有诸多准备。”罗峰点头，“宇宙中的神秘手段太多，弟子不敢说有绝对的把握，却也有九成的把握。”

嘟嘟——

“罗峰，有通话邀请，也有一封邮件。申请通话和发出邮件的是同一个编号，是同一人发送过来的。”罗峰肩膀上的巴巴塔连忙提醒道。

罗峰手指轻点虚空，出现一块屏幕。他同意了通话邀请，同时也点开了邮件，屏幕上出现了一名身穿黑色铠甲的魁梧的牛角巨人。牛角巨人声音低沉，道：“我发现了机械族阵营的崎尝族族人紫钟王，坐标是……”

邮件内容也是一样的。

“发现了！”罗峰猛地站起。

“很好，我一旦确认无误，就会让军队系统将悬赏金给你。”罗峰道。

“请大人赶紧抵达，时间长了，紫钟王很可能会溜走。”牛角巨人道。

通话关闭。

旁边坐着的真衍王笑道：“紫钟王现身了？”

“现身了。”罗峰点头。

“这是生死战斗，生死存于一线，即使占尽优势也不可大意。”真衍王提醒道，“去吧，我就在你这庄园里静等你的好消息。”

“是。”

罗峰微微一笑，随即意识消失，直接离开虚拟宇宙了。

焱祭大陆，冰雪山脉的洞窟内。

紫钟王正独自盘膝坐在冰冷的岩石上，他的大型探测仪和微型探测仪只开启了探测功能，没有开启屏蔽信号的功能，所以人类阵营中的那名幸运的封侯级强者才能靠探测仪发现紫钟王的踪迹。

“发现我了？一个封侯级的小家伙，”紫钟王轻声道，“就要靠你去引那人类入局了，算你走运。”

紫钟王仔细感应着空间波动。

他是研修空间法则的，已然能够施展瞬移，对空间波动的感应也无比灵敏。

“有特殊的空间波动，是瞬移！”紫钟王眼睛一亮，“那人类入局了！”

就在距离紫钟王大概数千千米处，身穿银甲、身后有一对银色羽翼的人类和一道笼罩在黑雾中的幻影同时出现。

“察勿王，谢了。”罗峰道。

“以后再有如此交易，可以找我。”幻影中传来一阵笑声，随即这道幻影消失不见。

“不会施展瞬移，使我每次只能请封王巅峰级强者帮忙，我要是能施展瞬移该多好啊。可惜，我在法则感悟方面还差得多。”

罗峰摇摇头，同时意识吩咐道：“巴巴塔，发现紫钟王了吗？”

“紫钟王就在3201千米外的冰雪山脉洞窟内，他正盘膝坐在岩石上，他的探测仪虽然是开启状态，但是并未屏蔽外来者的信号探测，显然是有心在那儿等待。”巴巴塔用意识交流道。

“我知道他在设局，他也知道我有所准备。”罗峰轻笑道，“他不傻，我也不蠢，我俩都知道彼此有所准备，也知道只要双方都不退缩，那么这一战无可避免。他显然是自信的，我也是自信的。不过我相信，等到他陨落那一刻，他会后悔的。”

“巴巴塔，情报正确，将悬赏金给那名幸运的封侯级强者。”罗峰道。

“是。”

地位不同，手笔也不同。

“巴巴塔，我们可得给紫钟王来个见面礼啊。”

罗峰轻笑道：“伊琳娜，按照我之前的吩咐，双重袭击。”

“是，主人。”

虫族母巢出现在一旁。

在冰雪山脉洞窟内的紫钟王皱眉坐在那儿：“刚才有连续两次特殊的空间波动，显然是瞬移，一来一去，应该是人类阵营中某名擅长瞬移的强者将那人类携带过来了，而后独自离去。既然那人类到了，怎么一点动静都没有？我在这儿，他都不敢动手不成？”

第851章

激烈的对战

半空，密密麻麻的虫族战士环绕着中央的虫族母巢。有的虫族战士之间间隔百米，有的间隔数十米，形成两颗巨大的圆球。一百万个虎甲虫族王者组成一个巨大的圆球，五十万个虎甲虫族王者、二十万个锋影虫族王者、二十万个猎螳虫族王者组成了另一个巨大的圆球。

近两百万个虫族王者同时蓄积能量。

罗峰的微型探测仪能够将半径20千米的球形空间完全笼罩。如此大的空间，足以让这近两百万个虫族王者排列阵形。

“攻击吧。”站在虫族母巢旁的罗峰微笑下令。

“是，主人。”虫族母皇伊琳娜传音应道。

“第一阵形，攻击！”

轰轰轰——

一百万个虎甲虫族王者全部将蓄积的能量发射过去，一时间天地变色，无数道光柱射出，在远处凝聚为一道让人心悸的光芒，而后瞬间轰击在了一座冰雪山脉上，冰雪直接融化，化为虚无，山脉也直接化为虚无。

轰轰轰——

低沉的让人心悸的能量轰击声响起。

“第二阵形，攻击！”

伊琳娜暂时放弃操控第一阵营，操控第二阵营的五十万个虎甲虫族王者、二十万个锋影虫族王者、二十万个猎螳虫族王者。虫族王者联合释放出无数道光柱，在远处山脉处凝聚为一道巨大的光柱，以摧枯拉朽般的气势直接轰击开去。

“收，全部收入世界戒指。”

罗峰首先将虫族母皇收入世界戒指，紧跟着把虫族战士收入世界戒指。

……

洞窟内一直盘膝坐着的紫钟王暗自嘀咕：“那人类非常谨慎，可能正在小心翼翼地探测吧。”忽然，一股可怕的能量瞬间降临，这股能量的速度是光速——30万千米每秒。双方仅仅数千千米距离，这股能量到达紫钟王位置的时间何等短暂。

待紫钟王发现不对时，攻击已经降临。

“不好！”面对可怕的攻击，紫钟王第一时间施展瞬移。

嗖！

紫钟王消失不见，溜走了。

粗大的光柱横扫而过，扫灭一切障碍物，却未曾出现爆炸声。

虫族军团的合击在何处爆炸，完全是看虫族母皇。百万道能量光柱在聚集的同时就开始压缩，一百道光柱压缩成十道光柱，而后再压缩成一道……最后压缩到极致。

距离、角度、次序都会影响这种压缩。

只有压缩到极致，才会形成大爆炸。

虫族母皇可以让虫族战士的合击在数十万千米处爆炸，或者在数百万千米处爆炸。这次，罗峰很清楚单单虫族战士的合击是没办法重伤有紫色古钟保护的紫钟王的，而且这又不像在祭塔内，紫钟王能施展瞬移。

虽然罗峰有锁空之臂，但是这是罗峰的底牌，关键时刻才能亮出来。

所以罗峰让虫族母皇把虫族战士的合击控制在30万千米外爆炸，目的仅仅是想逼迫紫钟王尽快拿出底牌来。

两大阵形，前后攻击，时间间隔很短。

随后罗峰立即收走虫族母皇，再收走虫族战士。至于真正的大爆炸，那已经是之后的事了。

虽如此，紫钟王在感应到那可怕的能量光柱呼啸而来时，依旧吓得立即施展瞬移。

他直接施展瞬移到了焱祭大陆的另外一处地方。

“好强的能量攻击。”紫钟王深吸一口气，眼眸中有着一丝惊怒，“看来他得到祭塔中的宝藏后，购买了强大的武器。刚才能量合击的威力似乎相当于封王巅峰级强者自爆的威力了。”

“幸好我请的是封王级极限强者，这等攻击对他们没用。”紫钟王在半空待了整整10秒钟，而后才施展瞬移回到了那座冰雪山脉的上空。

大爆炸令一座冰雪山脉化为虚无，令周围无尽大地上出现了一个100万千米深的坑。

“嗯？”紫钟王俯瞰深坑，随即看见远处那身穿银甲的青年，忍不住暗惊，“他一来就能施展这么强的攻击，实在是太嚣张了。他是太自信，还是愚蠢？但从争夺祭塔宝藏的过程来看，他可一点都不愚蠢。

“我不能乱来，一不小心，就可能丢掉性命，还是立即让那两名封王级极限强者来。有危险他们上，哼，我等找到机会再下杀手。”

紫钟王脑海中瞬间闪过诸多念头。

罗峰的目的达到了。

虫族战士的合击将紫钟王吓住了。那等能量攻击，如果是火神源晶，恐怕是价值数十亿积分的火神源晶；如果是机械族的武器，单单能量消耗就很惊人了。敢这么做的，绝对有十足自信。紫钟王不知道罗峰拥有虫族军团，虫族军团的每一个虫族战士都是界主，界主是能够自己补充能量的，不像那些机械武器，每次都需要补充大量的能量作为储备。

“血兽王，重箭王。”紫钟王连忙通过虚拟世界系统联系那两名封王级极限强者。

“那人类来了？”

“他已经到了，不过血兽王、重箭王，依我看那人类颇有些杀招，所以我们不能有丝毫大意，按照第三计划行动。”

“第三计划？”血兽王有些吃惊。

“嗯，不能犹豫，必须一来就下死手。这是两个坐标，你俩分别瞬移到这两个方位，然后……”紫钟王通过虚拟世界系统，迅速进行布局。紫钟王本来还想先单独和罗峰斗上一番，可现在已经被吓得连忙让两大封王级极限强者现身。

焱祭大陆的边缘地带，血兽王和重箭王早就在一座宫殿内等待召唤了。

血兽王和重箭王对视一眼。

“可别藏着掖着，”血兽王声音低沉、雄浑，道，“必须一举灭杀那人类。”

“放心。”重箭王笑道，“我俩联合攻击，我就不信他躲得过。”

他俩毕竟都是封王级极限强者，他们这等身份，肯定有逆天的保命底牌，说是一举灭杀掉罗峰，可也不至于去用自己的保命底牌。

嗖！嗖！

他俩同时施展瞬移。

半空。

身穿银甲的罗峰看向远处的紫钟王。

“紫钟王，我还以为你被吓得不敢现身了呢。”罗峰道，“你一开始不是散播消息想要找到我吗？我现身后，你却消失了。我发布悬赏任务，翻天覆地地找你，你应该早就知道了，却依旧不现身，现在突然现身，看来是有了对付我的十足把握啊。”

“哼，我是散播过消息，可你也躲得挺久的。”紫钟王轻笑道，“看来是购买了一些特殊武器了，机械族的，还是其他族群的？”

“等会儿你不就知道了。”罗峰揶揄道。

“哦？”紫钟王微笑着，可他的长相令他的笑容狰狞。

紫钟王在等。

罗峰也在等。

他俩等的是同一对象。

“先让你得意一会儿，血兽王、重箭王马上就到，就算你有杀招，也是他俩先承受。我倒要看看，你得到祭塔中的宝藏后，到底弄出什么底牌来。但不管怎么样，自身实力才是基础啊。”紫钟王心中冰冷，充满杀意。

“紫钟王，你有什么招都尽管使出来吧，否则不值得我动用杀招啊。”罗峰在心中默默道。

嗖！嗖！

远处半空突然出现两道身影。

“哈哈！”紫钟王脸上出现一丝喜色，“来了。”

“嗯？”罗峰目光冷厉，扫视远处一眼。

那两道身影散发着让人心悸的可怕气息，高大的血兽王全身都隐隐蒙着一层血光，而重箭王更是让罗峰都不由得心底发寒。这两位的气息之强，丝毫不弱于施展振幅类秘法后的苍金王。

“是封王级极限强者！”罗峰暗道，“是血兽王和重箭王！”

战斗前，罗峰自然搜集了情报。

他将026号兵营辐射范围内的所有有名气的强者，比如焱祭大陆，比如星辰塔，特别是封王级极限强者全部了解了一遍，其中自然包括血兽王和重箭王。

“竟然是他俩，有些麻烦了。”罗峰暗道。

“人类。”血兽王的独眼让人心悸。

“人类。”重箭王永远戴着面具，让人无法看到他的表情。

这一刻，这两大封王级极限强者爆发全部战力，冲向罗峰。

嗖！嗖！

这两大封王级极限强者同时施展瞬移。

“死吧！”在数千千米外的半空，紫钟王看到这一幕，不由得兴奋期待起来，“如果自己不用出手，单单血兽王、重箭王就杀了那人类，那多美妙啊。”

“就是这时候。”罗峰在看到血兽王、重箭王施展瞬移的同时立即双翼一振，施展三振穿梭宇宙，呼啸着冲向紫钟王。

嗖！嗖！

血兽王、重箭王刚一出手，就发现罗峰已经在呼啸着飞行了。罗峰瞬间迸发的速度太惊人了，就是他俩也一时间错愕。

“锁空之臂，启动！”

虚秘纹顿时开始在上万千米半径内的空间中荡漾，仿佛水面上的波纹，整个空间的波动在这些秘纹的影响下完全静止了，空间完全被封锁。

“是空间封锁！”血兽王、重箭王、紫钟王都是一惊。

“你们，”罗峰眼神坚定，“都逃不掉了！”

第852章

可怕!

半径1万千米的空间内，若隐若现的虚秘纹遍布各处。凡是虚秘纹辐射之处，空间波动完全停止。这一幕让血兽王、重箭王又急又怒，更是传音问道：“紫钟王，你不是说这人类实力很弱，瞬移、空间封锁都不懂吗？”

“这秘纹……”紫钟王一看一惊，“对，是祭塔内的那些祭祀法则秘纹，一定是祭塔中的宝藏中藏有某种特殊武器，能够让他一个不懂空间封锁的人施展出空间封锁来，这简直太不可思议了！”

“他的确不懂空间封锁，你们发现周围虚空中隐隐浮现的祭祀法则秘纹了吗？”紫钟王传音道，“这和焱祭大陆上经常看到的一些雕刻秘纹很像，他一定是得到了某种特殊武器才能做到这一步的。”

“不懂空间封锁也能靠武器施展空间封锁？”血兽王、重箭王一惊，随即心中兴奋起来。

这种兵器的价值难以估计，绝对算是宝物了。

“赚了！”

“拼了！杀死他，单单这一件宝物，我们就收获颇丰了。”

说来缓慢，实则他们三个暗中交流只是一瞬间，之后杀意更盛。重箭王、血兽王、紫钟王他们三个都闪电般飞向罗峰，仿佛要合力击杀罗峰似的。论速度，重箭王、血兽王这两名封王级极限强者是远超紫钟王的。

“来吧。”罗峰的银色双翼一振，化作一道曲折的光线，逼近紫钟王。

三大强者围绕罗峰，杀意滔天。

“人类，你死定了！”紫钟王咧嘴，露出一丝兴奋的笑容。

“很好，很好，非常好，就是这样。”罗峰感应着三大强者和自己的距离，忽然脸上浮现笑容，“就是这个时候。”

罗峰一翻手，手中出现了两颗升腾着火红色光晕的黑色晶体。这两颗黑色晶体乍一看是球形，实际上却有足足10081个切面，蕴含空间法则的秘纹固定在切面上，黑色晶体中蕴含着让人心悸的能量。

“他拿出什么了？”血兽王独眼一亮，看得仔仔细细。他们三个都是机械族阵营的，源晶是机械族制造出的，在机械族阵营内非常常见，他们虽然舍不得购买源晶，但是对于各个级别的源晶，还是能够一眼认出的。

这一看，他们惊得魂飞魄散。

“天啊，是……是最强火神源晶，竟然是最强火神源晶！”

血兽王独眼中满是惊恐，猛地减速，欲转头逃走。

“是最强火神源晶！”重箭王瞬间蒙掉了，而后他也毫不犹豫地减速，欲转头逃跑。

“什么?!”正兴奋期待着的紫钟王看到这一幕也傻眼了，然后也顾不得其他，立即掉头逃跑。

“疯子，简直就是个疯子！这可是最强火神源晶！”血兽王嘶吼着，“在它面前，就连封王级极限强者都可能陨落，而他居然一次性拿出两颗，一旦爆炸开来，自己就算不死，也将惨得不能再惨了。一颗最强火神源晶可是价值1000亿瑜蓝单位，两颗就是2000亿瑜蓝单位，他怎么拿得出？他怎么敢拿出？难道他就不怕自己也被炸死吗？”

“逃！这是个疯子。”重箭王咆哮着，“紫钟王，你要对付的这个人类是个疯子！”

“逃！”紫钟王也咬牙切齿。

罗峰拿出的的确是最强火神源晶，需要靠诸多手段才能令最强火神源晶内的能量稳定。罗峰凭借混沌城主亲传弟子的身份都花费近1200亿混元单位才购买到四颗最强火神源晶！

像重箭王、血兽王、紫钟王这些非机械族本族的，想要购买一颗最强火神源晶的确需要1000亿瑜蓝单位（1混元单位约2瑜蓝单位）。

当初，紫钟王拿出的那颗价值百亿混元单位的火神源晶，它爆炸的威力相当于封王巅峰级强者自爆威力的三倍。

罗峰现在拿出的这颗最强火神源晶，它爆炸的威力相当于封王巅峰级强者自爆威力的十倍，甚至存在让封王级极限强者都陨落掉的概率！

这次罗峰拿出的是两颗最强火神源晶，即便紫钟王有紫色古钟，紫色古钟能削弱九成的冲击力，可紫钟王也就封王巅峰级，怎么敢硬扛？

“逃！逃！逃！”

血兽王、重箭王、紫钟王都在心中嘶吼，个个都恨不得能施展瞬移。他们这时候才知道罗峰为什么先封锁空间，显然是让他们逃都逃不掉。

“来不及了。”罗峰随意朝两个方向猛地一扔火神源晶，在扔的同时，已经将火神源晶引爆。

其实，血兽王他们三个才转头逃跑，那两颗代表着毁灭的最强火神源晶已经爆炸了，仿佛上百万颗恒星都在一瞬间爆炸似的，两团炽热的白晃晃的光瞬间出现，这两团光拥有着无比可怕的能量。

空间瞬间被这两团光影响，直接化为了最基础的粒子流，空间夹层中的无数空间碎片也直接化成了粒子流。

“疯子，疯子！”血兽王在心中咆哮，“他难道就不怕死吗？他难道有自信在两颗最强火神源晶爆炸面前存活？”

“不！”血兽王发出低吼声。

轰！

血兽王的身后忽然隐隐出现了一道巨大的野兽幻影，那是一只通体长满毛发、血红色的双眸蕴含着无尽星空的奇异野兽。此时的血兽王显然已经拼尽全力，将所有的保命能力一瞬间都施展出来，他不想就这么陨落。

面对那团毁天灭地的耀眼光，血兽王的眼睛无法睁开，光团笼罩了血兽王。

……

“紫钟王到底惹了什么样的对手啊，难道对方已经心存死志，一心求死？”重箭王也是满心的怒火和憋屈。任凭他有万般手段，可还没来得及对罗峰下手，这两颗最强火神源晶就爆炸了。

“我要活下来，活下来！”重箭王在心中怒吼，“我若身死，就只能等到在遥远的未来被复活了。若被机械族复活，等于是把命卖给了机械族。不！”

无声无息，耀眼的光团瞬间笼罩重箭王。

……

“他……他怎么这么疯狂？他的防御是很强，但不至于……难道他有星空堡垒或者神灵基地，可以直接躲在神灵基地内？可神灵基地就是宇宙尊者都买不起，他不可能有。他是有些防御宝物，可在两颗最强火神源晶爆炸下怎么可能活下来？

“我要撑住，然后杀了他，夺了他的宝物。我的手段还没施展呢。”紫钟王憋屈万分。让两名封王级极限强者先上，只是他计划的第一步罢了，他就是喜欢让强者当炮灰，之前探寻祭塔中的宝藏时也是如此，他先是攀附苍金王，而后觉得不妙，便诱导其他强者和苍金王厮杀，最后他才下杀手。

这次也是一样。

他让两个封王级极限强者先上，诈出罗峰的底牌来。现在，罗峰的底牌是出来了，可也太吓人了。

两颗最强火神源晶！

“我得撑下来！”紫钟王身体表面上斑驳的紫色古钟隐隐浮现，同时体内还隐现银色的流光。

毁天灭地的光团笼罩了他。

……

紫钟王他们三个都没想到罗峰会这么疯狂，一来就这么狠。火神源晶虽然爆炸威力大，但是也有致命的缺点，那就是敌我不分。虚空中，可以说半径数万千米内的区域都是它的爆炸范围，罗峰自然也遭到了攻击。

那耀眼的光团也笼罩了罗峰。

天地间一片寂静。

这耀眼的光笼罩半径数千万千米内的大地、岩石、地底宫殿……一切都化为了最基本的粒子流。许久后才迎来了轰隆隆的声响，无形的冲击波朝四面八方冲击，将远处的一座座山直接炸飞，将大地撕裂出一个个大峡谷……

“人类，人类，你死定了，你死定了！”一口古朴的紫色古钟内，紫钟王的意识发出咆哮。

他在第一时间就被震成了粉末。

虽然紫色古钟能抵挡九成的攻击力，但是这毕竟是最强火神源晶爆炸，有杀死封王级极限强者的可能性，且是两颗一起爆炸。紫钟王他们都是在最强爆炸威力的范围内，紫钟王自然是瞬间被完全震碎，他的部分不朽神体更是完全湮灭。

不朽神体损失超过50%!

虽如此，但他活了下来。

“我没死，我没死！”紫钟王在心中咆哮，开始在紫色古钟内凝聚不朽神体，“我没死，就是你死！”

嗖!

一道曲折的银色流光划过白晃晃的天地，直接来到紫色古钟前，这正是展开银色双翼闪电般飞来的罗峰。此时，罗峰手中正持着一柄战刀，刀刃上隐隐有紫光，显然这正是毒影战刀。

哧!

罗峰沿着紫色古钟的边缘直接一刀，刺入了紫钟王那还未完全凝聚的不朽神体内。

“紫钟王，我来送你一程了。”

毒影战刀上的费摩毒液顿时疯狂地侵蚀紫钟王的不朽神体。

费摩毒液侵蚀封王级极限强者的不朽神体或许麻烦些，可侵蚀封王巅峰级强者的不朽神体非常容易，特别是侵蚀一个不朽神体损失超过50%的封王巅峰级强者。

紫钟王瞬间就湮灭了。

第853章

陨落

紫钟王被火神源晶的爆炸震成粉末，刚要凝聚，便发现罗峰到了，他完全蒙掉了：“怎么可能？我的不朽神体被震碎后就立即凝聚，时间何等短暂，他怎么来得及在这个关键时刻赶到我这儿？除非火神源晶的爆炸没震碎他的不朽神体，这根本不可能！”

而事实就是这样，爆炸没震碎罗峰的身体。

当初在祭塔，面对族老虬赤卡在封闭的宝藏室内的自爆，罗峰就能硬扛下来。一颗最强火神源晶爆炸的威力是虬赤卡自爆威力的十倍。宝藏室是完全封闭的，而此时是在无尽虚空中，爆炸余波扩散千万千米，从环境上讲，封闭的环境自然能造成更强大的威力。

所以两颗最强火神源晶爆炸的威力也就相当于虬赤卡在宝藏室内自爆威力的十倍。

当初，罗峰的摩云战衣是封侯巅峰级，坚韧程度相当于封王初等级强者的不朽神体。

现如今，摩云战衣是封王初等级，坚韧程度相当于封王高等级强者的不朽神体。

经过弑吴羽翼、银甲的双重削弱，爆炸威力只剩下千分之一，相当于封王初等级强者自爆的威力，只勉强将摩云战衣震得破裂，无法做到将摩云战衣震得粉碎。

“和虬赤卡的自爆相比，虽然爆炸威力提升了十倍，但是摩云战衣的实力也提升了。你们个个被震得粉碎，可我没事。”

罗峰直接硬扛下这两颗最强火神源晶爆炸的威力，准确说是在弑吴羽翼、银甲、摩云战衣的保护下硬扛下这股爆炸威力。只要摩云战衣能扛住，罗峰自然就没事。

所以罗峰面对这两颗最强火神源晶爆炸的威力，非常轻松。

他和紫钟王的距离也就数千千米，双翼一振，自然呼啸一声就到了紫色古钟前。紫钟王被震成粉末的不朽神体刚开始凝聚，按照罗峰当初的计划，罗峰直接拿出毒影战刀给了他一刀。

这一刀，当真狠！

“他怎么来得及赶到我这儿！”紫钟王满心疑惑，发现罗峰一刀刺来，心中嗤笑，“那最强火神源晶都没能弄死我，你这一刀，连让我的不朽神体破裂都做不到，实在是太——啊！”

哧，一刀刺入。

毒影战刀刺入紫钟王那还未完全凝聚的不朽神体内，费摩毒液瞬间开始侵蚀不朽神体。

“不！”紫钟王完全被费摩毒液的毒性吓呆了，他第一时间选择让不朽神体完全分离，可是，晚了。10克费摩毒液就能杀死封王级极限强者，杀死封王巅峰级强者只需要1克费摩毒液。

一般被刺后，反应再快，也有0.3～0.8克的费摩毒液侵入体内。

紫钟王的不朽神体不足50%，那足足0.72克的费摩毒液瞬间侵入他体内，瞬间侵入到每一块不朽神体碎片上，瞬间侵入每一个细胞……紫钟王根本无法抵挡。

“完了！”紫钟王瞬间明白这一点，“终于，我要死了！”

他的意识中有着不甘、愤怒、后悔，可在死亡前，紫钟王的意识迅速连接虚拟世界系统。

虚拟世界中。

“群发邮件！群发！”紫钟王的意识形成的身体站在厅内，怒吼着。

紫钟王的计划中就有在罗峰即将杀死他的情况下，将机械族阵营的大量封王级强者拖下水。他早已准备好了要群发的邮件，连坐标都写得清清楚楚，就是那座雪山山脉的位置。

邮件如雪片，瞬间就发送给了机械族阵营的大量封王级强者，大量封王级强者迅速赶来。

“那人类出现了，就在那儿！”

“祭塔中的宝藏啊！”

“哈哈……”

“出现了。”

大量封王级强者接到邮件，顿时沸腾了。虽然激动无比，但是这些封王级强者也都不愚蠢，都不可能刚得到消息就立即施展瞬移到坐标的位置去。一来，能施展瞬移的毕竟是极少数；二来，假如是陷阱呢？所以很多封王级强者开始联手，一群封王级强者联合起来，强者多了，实力就强了，即使有陷阱也不怕。

“哈哈……”感觉到意识的消散，紫钟王却仰头发出疯狂的笑声。

他，紫钟王，自命不凡，在某次特殊际遇下得到神秘的紫色古钟，之后，通过紫色古钟杀死了两名封王级极限强者以及好几名封王巅峰级强者，在崎尝族中绝对算得上是强大的存在。他心中还有着成为宇宙尊者的渴望，他渴望成为更强大的存在。

然而，他招惹了罗峰，虽然他准备了详细的击杀方案，但是一切都没来得及实行，最强火神源晶的爆炸和费摩毒液了结了他的性命。

“我死了，你也别想好过！”紫钟王猛地发出咆哮声。

意识形成的身体犹如泡沫，瞬间破灭，消失不见，也永远不会再出现了。

虽然紫钟王属于机械族阵营，机械族的宇宙之主或许会在未来大规模地复活强者，但是对于崎尝族，最多复活崎尝族的封王级极限强者罢了。即使运气好，紫钟王也在被复活范围内，但紫钟王炼化了紫色古钟，紫色古钟会对宇宙之主产生巨大的影响，宇宙运转法则也会因此产生反噬力，复活他的难度甚至不低于复活一名宇宙尊者，所以宇宙之主一旦发现紫钟王炼化了紫色古钟，肯定会放弃复活他的。

拥有重宝，陨落后，反而更难被复活。

复活过程中，如果强行将损毁的重宝复原的话，那付出的代价恐怕是得到重宝的十倍百倍；即使不复原重宝，单单重宝本身的存在也会令复活的难度骤然增加了很大一截。

紫钟王拥有紫色古钟，注定不能被复活，除非宇宙之主愿意承受复活他要付出的惊人代价。

紫钟王，就此陨落！

在距离焱祭大陆非常遥远的区域，机械族阵营的很多封王级强者都在透过虚拟世界系统交谈、联合。

嗖！嗖！嗖！

拥有瞬移能力的强者，将一名名封王级强者携带着，使他们聚集在一起。

“安梦王，这条消息突然就被传开了，而且都是紫钟王发来的，显然是紫钟王群发给机械族阵营的所有封王级强者的，这其中会不会有什么阴谋？”一群长相各异、来自各个族群的封王级强者聚集在半空，他们唯一的共同点就是他们同是机械族阵营的。

“说不定真的有什么陷阱。”

“不过也可能是真的。”

一群封王级强者传音，忽然，其中有一位全身满是岩石、又矮又壮的强者喊道：“我尝试联系紫钟王，虚拟世界系统提醒我，紫钟王已经陨落。”

“已经陨落？”

“死了？”

原本还持有怀疑态度的封王级强者也连忙尝试联系紫钟王，虚拟世界系统给他们的反馈是紫钟王已经陨落。这令他们对之前传开的信息瞬间就相信九成了。虚拟世界系统确认紫钟王已经陨落，代表紫钟王陨落时是连接虚拟世界系统的，虚拟世界系统能探测到紫钟王陨落的情况。

只要陨落时开启虚拟世界系统，虚拟世界系统就能完全确认。

像陨墨星主人呼延博，未曾开启虚拟宇宙系统悄然陨落。他陨落万年，恐怕外界都不知晓。

“赶紧出发！”

“紫钟王都陨落了，厮杀肯定很惨烈。”一群封王级强者立即激动地喊道，

“不过机械族阵营的大量强者肯定都赶去了，我们数量众多，不惧那人类。”

“我们施展瞬移到距离坐标数万千米的位置，即使遇到麻烦，我们也有时间准备。”

“走。”

嗖！嗖！嗖！

这一群强者顿时施展瞬移，赶往战场了。

虽然他们的实力强弱不一，封王初等级的都有，但是他们不惧，因为他们属于同一阵营，不会互相残杀，只要他们联手，安全性自然暴增。要击杀一名封王级强者并非一件容易的事，他们认为紫钟王的陨落，肯定是敌方付出不小的代价才做到的。

焱祭大陆甚至遥远的星辰塔上，一批又一批的机械族阵营的封王级强者开始施展瞬移，赶往战斗之地。

焱祭大陆上的那群封王级强者是最先到达的，至于遥远的星辰塔上的那群封王级强者还得先寻找安全之地，再通过神国传送，最后施展瞬移抵达目的地，这需要好些时间。

……

战斗之地的宇宙空间正在快速恢复。

“啊！”血兽王发出一声低吼，不朽神体完全凝聚。

“不朽神体的损失竟然达到42%，那得花费多长的时间才能恢复啊？”血兽王独眼中满是愤怒和不甘。不朽神体受到损失，灵魂自然也受到损失，想要完全恢复，一者是在漫长的岁月里自己慢慢修复，二者是靠宇宙中的某些特殊宝物。那些宝物无比珍贵，他们哪里舍得去用?

另外一边。

“我的不朽神体竟然损失了59%！”重箭王更惨，“我现在的实力都不足之前的一成，一名封王巅峰级强者都可以压制我！”

虽然最强火神源晶有可能让封王级极限强者陨落，但是谁没点保命的手段呢？特殊的战衣，或许无法像削弱九成威力的弑吴羽翼那般逆天，可削弱两三成威力还是很轻松的。植物生命、金属生命等，这些封王级极限强者几乎个个都拥有。

即使如此，他俩的不朽神体的损失依旧无比惨重。

另外一个方位。

罗峰手持毒影战刀，看着崩解湮灭的紫钟王留下的那些宝物——世界戒指、兵器、铠甲、紫色古钟……罗峰一翻手，便将这些全部收入自己的世界戒指中。

“紫钟王，谢了。”罗峰轻声道。

“嗯？”罗峰猛地转头。

在数万千米外，空间猛地震荡，数十名封王级强者突然出现，紧跟着其他方位的空间也震动起来。

一群又一群的封王级强者开始陆续抵达了。

第854章

震慑

当数万千米外的半空出现第一批封王级强者时，血兽王、重箭王、罗峰，三大强者都动了。

“我的不朽神体损失42%，而那个人类竟然能硬扛那般逆天的爆炸威力，简直不可思议！如果他再来一颗火神源晶，我恐怕就得陨落了。为了祭塔中的宝藏丢掉性命，根本不值得！”血兽王的速度迸发到极限，想要冲出空间封锁的范围。

“逃！”实力受损更严重的重箭王也是同样的选择。

他俩都被炸怕了。

那毁天灭地的一炸，两颗最强火神源晶爆炸的威力让他们胆寒，他们能够熬过第一波，没有信心去迎接第二波大爆炸。他们不约而同地飞向不同的方向。

“这人类只有一个人，他最多追着我俩其中一个，他无法追两个目标。”重箭王、血兽王都是这么想的。

半径1万千米的空间，对罗峰、重箭王、血兽王而言，真的很小，只需刹那就能冲出去。

如果罗峰的速度稍微慢一点，二人就逃掉了，可实力达到罗峰这等层次，关键时刻怎会遗失战机？

“重箭王的不朽神体损失更大，对付他。”

嗖，双翼一振，罗峰追向重箭王。

“哈哈……”血兽王的飞行方向与重箭王的不同，自然是轻易就逃出了空间封锁的范围。

“我就不在这地方多待了。”血兽王瞥了一眼远处数十名表情错愕的封王级强者，冷冷一笑，“这群家伙，祈祷那人类别再发疯吧。再发疯一次，你们这点实力怎么可能熬得过最强火神源晶爆炸的威力！”

“迟则生变。”血兽王不敢逗留。

唰！

血兽王消失不见，已然施展瞬移走了。

……

机械族阵营的安梦王他们这一群封王级强者刚刚抵达，就看到了让他们震惊、错愕的一幕，只见半径数万千米内的无尽大地、山脉、湖泊、云、雾、冰、雪……全部都消失不见，只剩下虚空。

之前那可怕的爆炸余波还在回荡。

单单这股余波，便让数十名封王级强者感到胆寒。

更让他们错愕的是，在他们眼中无比强大、和他们同阵营的重箭王、血兽王这两名封王级极限强者竟然分开逃窜。血兽王逃出空间封锁范围后立即施展瞬移消失，而重箭王则被一名人类追杀着。

“这……这里到底发生了什么啊？”

“疯了。”

“这……这……”

数十名封王级强者的脑袋都发蒙，眼前这一切，他们所看到的这一切，实在是太诡异了。

“到底是什么样的攻击才会令半径数万千米内的一切化为虚无？这是多可怕的攻击啊，就算封王级极限强者，也做不到这等程度吧！”

“太疯狂了！”

“难怪紫钟王陨落了，这里到底发生了什么事？”

“血兽王、重箭王他俩可是封王级极限强者啊，怎么这么狼狈？血兽王逃脱了，重箭王在被追杀。”

他们完全蒙掉了。

只见远处半空又出现了一批封王级强者，接着再度出现一批封王级强者……

一批批封王级强者接连赶来，总数量很快就超过了一百名，可是当他们到来时，也完全惊呆、错愕了。

根据爆炸余波和径数万千米内的虚空，他们能准确判断之前的攻击是何等可怕，完全能够令他们湮灭。

重箭王被追杀的场景，也令他们心颤。

“怎么回事，安梦王，重箭王怎么会被追杀？”后面抵达的封王级强者疑惑，询问道。

“不单单是重箭王被追杀，之前血兽王被吓得施展瞬移逃走了。”

“血兽王都逃走了？他不是重箭王的好友吗？”

“谁知道呢？紫钟王都陨落了，我现在觉得紫钟王他们惹到的人是一个大麻烦。”

“各位，我感觉不太妙，先走一步了。”

嗖，当即就有一名封王巅峰级强者直接施展瞬移走了。

能成为封王级强者的，能活到现在的，哪个不是精明无比？血兽王都逃走了，重箭王在被追杀，紫钟王早已陨落，半径数万千米内都成为虚空，山脉、湖泊等都消失了，这些揭示了一点——这个地方极度危险，这个人类极度危险。

封王级极限强者都落到这个地步，他们这些实力差很多的，如果明智一些，自然是赶紧溜走。

“看。”

“重箭王危险了。”

这些刚到还有些发蒙的封王级强者看到远处的战斗场景，也惊呆了。

……

罗峰在两个目标中选择追杀重箭王，因为重箭王的不朽神体损失更严重。不朽神体损失些许对实力影响不大，可损失越多影响就越大。

不朽神体损失10%以内，对实力几乎没什么影响。

不朽神体损失30%，实力只剩下五成。

不朽神体损失50%，实力只剩下一成。

不朽神体损失70%，连1%的实力恐怕都没有了。

不朽神体损失90%，陷入沉睡，失去意识。不朽神灵在漫长的沉睡中或许会慢慢恢复意识，也可能慢慢损耗不朽神体，直至陨落，总之这时候已经毫无反抗之力。

由此可见，不朽神体损失越多，对实力的影响越大。

“我的不朽神体损失了59%，我的实力恐怕也就比一般的封王高等级强者略强些。”重箭王看到罗峰追来，不由得心中焦急。

唰！唰！唰！

银色羽翼在空中留下三条曲折的轨迹后，罗峰追上重箭王了。

二者的速度显然差距很大。

“重箭王，受死吧。”罗峰目光冷厉。

“人类，别太过分了。”重箭王手中猛地出现一张黑色、银色驳杂的大弓，一箭搭在弓弦上。

宇宙中是很少看到用弓箭的强者的，因为用弓箭还不如用念力操控兵器来得自如，可是真正用弓箭的强者非常可怕，他能借助弓弦的弹力，令自己的力量得到大幅度的提升。

重箭王拉弓射箭，一气呵成。

一道土黄色的流光划过数十千米的距离，天地都为之一震，宇宙空间直接裂开一条裂缝，这条被撕裂的裂缝那般齐整，显然这一箭的威力极凝聚。当流光射在罗峰合拢的羽翼上时，流光未撼动羽翼的一根“羽毛”。银色羽翼连最强火神源晶爆炸的威力都能硬扛下来，自然能轻易挡下这道流光。

“你只有这一次射箭机会。”罗峰双翼一振，完全近身，再也不给对方出手的机会。

“死吧。”

罗峰双翼展开，手持毒影战刀，施展明月策。

罗峰借助自创的巅峰秘法，拥有封王高等级的战斗力。

罗峰凭借弑吴羽翼施展明月策，弑吴羽翼内含奇异的空间之力，撕裂、切割的威力都极强，攻击力更提高了一个层次。

只见弑吴羽翼产生的银色流光直接切割开重箭王身体表面的铠甲，紧跟着，毒影战刀刺入重箭王的不朽神体内。

“什么?! ”欲闪躲却躲不过的重箭王被弑吴羽翼切割开身体表面的铠甲，当他感觉到毒影战刀上的费摩毒液侵蚀自己的不朽神体时，他完全震惊了。

“裂！”重箭王欲分裂不朽神体。

“摩云。”罗峰哪会给他机会，数十条细藤从罗峰的肩部汹涌而出，猛地缠绕住了重箭王。

重箭王本来就损失了59%的不朽神体，加上罗峰刚才的一刀，他实力再度锐减七八成，连摩云藤都能缠绕住他。最诡异的是摩云藤的其中三条细藤上分别有着一根尖刺，这三根尖刺此刻也刺入被缠绕着的重箭王体内。

之前的一刀，加上这连续的三刺，而且三根尖刺上同样有费摩毒液——这样的尖刺罗峰足足制造了九根，每根涂抹30克费摩毒液——可怜的重箭王之前就损失了59%的不朽神体，现在，他的不朽神体最终只剩下12%。

哧！哧！哧！

三根尖刺被连续拔出。

罗峰唯恐尖刺在其体内停留太久，直接毒死了重箭王。

重箭王眼神黯淡，意识瞬间消散，被摩云藤缠绕着一动不动了。

一般来说，不朽神体损失到只剩下10%必定沉睡，但强者的意志各有不同，有些强者当不朽神体只剩下15%、16%时也会陷入沉睡。

重箭王显然陷入了沉睡。

“收。”罗峰立即将沉睡的重箭王直接收入自己的世界戒指内。

根据重箭王和罗峰的交手情形，那些旁观的封王级强者都看得出来，重箭王的实力明显大损，重箭王的战力似乎不及封王巅峰级强者，所以罗峰表现出来的战斗力似乎也不足以让这么一大群封王级强者惊恐，以致很多封王级强者虽然心中疑虑，但是只有极少数走了，大多数都在观望着。

空间接连震荡，一批又一批封王级强者抵达。

“就一个人类？”

“是他，人类扬。”

“杀！”

“夺宝藏！”

第六批足足有二十一名封王级强者，他们刚刚抵达就看到罗峰被一百多名封王级强者“包围”了。他们哪里知道先来的封王级强者是完全被震慑到了，他们来得晚，根本没看到之前血兽王逃走的情景，也没看到重箭王被追杀得陷入沉睡的情景，只当罗峰被包围了。一名封王级强者当先冲上去，随之，这一批封王级强者顿时有大半都出动了。

嗖！嗖！嗖！

一群贪婪的封王级强者，或先或后都化作一道道璀璨流光，直接杀向罗峰。

“无知。”

“不是他们无知，我们如果没看到血兽王逃窜的情景，没看到重箭王被追杀得陷入沉睡的情景，单单看到一个人类被一群封王级强者包围，恐怕也冲上去了。周围都是同阵营的，抢夺到宝藏后根本不用担心被同阵营的抢走。手快有，手慢无啊。”

那些观望的封王级强者暗中交谈。

第855章

刀光

空间封锁一直保持着开启状态，罗峰手持毒影战刀，银色双翼微微扇动，悬空而立，遥看远处那十八道破空袭来的身影。这十八名封王级强者中有两名封王巅峰级强者、六名封王高等级强者、十名封王初等级强者，他们或前或后瞬间就冲入了空间封锁的范围。

“可恶的异族，想杀我，就拿你们立威了。”罗峰默默道。

“杀！”

“杀死这人类！”

“夺取宝藏！”

那十八名封王级强者个个充满无尽的杀意，他们气势滔天，威压如云，直袭罗峰。

只见罗峰双翼猛地一振，便化作了一道幻影，形同鬼魅。

唰！唰！唰！

罗峰在半空留下曲折的轨迹后，刀光直扑其中一名封王高等级强者。那名封王高等级强者全身燃烧着无尽的火焰，双眸也是火焰环绕，手持巨大的铁链，当罗峰袭来时，这名封王高等级强者手中的铁链直接飞出，旋转着缠绕向罗峰。

唰！罗峰划出一条诡异的轨迹，同时手中的毒影战刀锵的一声挡住了锁链的进攻，紧跟着，罗峰就到了那名封王高等级强者的身前，直接施展出明月策。只见一道耀眼的银色刀光划过长空，久久不散，刀光已然撕裂了那名封王高等级强者的铠甲，掠过他的身躯。

虽然仅仅是瞬间掠过，但是留下了0.4克的费摩毒液。

这名全身燃烧着火焰的封王高等级强者忽然惊恐地瞪大了眼睛，紧接着，哗的一声，直接崩溃湮灭了。

“什么?!”

“死了？”

“封王高等级强者怎么瞬间就被击杀了？”

一群在远处观望的封王级强者个个震惊了，虽然他们中有很多曾见到重箭王被追杀到陷入沉睡的情景，但是当时重箭王本来就很衰弱了，他们认为重箭王已经到了快陷入沉睡的地步了，同时，他们猜测重箭王陷入沉睡与摩云藤有关。

可这次，他们亲眼看到一道如河流一样的刀光划过这名封王高等级强者的身躯，这名封王高等级强者便瞬间灰飞烟灭了。这可是处于水平状态下的封王高等级强者，而且摩云藤也没出现。

一般情况下，封王级极限强者才能轻松灭杀封王初等级强者。想要轻松击杀封王高等级强者是一件非常艰难的事，除非是精通灵魂攻击的封王级强者，而灵魂攻击本就非常复杂，它的惊人威力使得修炼的难度高得离谱，一般数十名封王级强者中只有一个专攻灵魂方面的。

罗峰这一刀，令观望的封王级强者以及冲杀上来的十七名封王级强者都震惊了，可战斗容不得那十七名封王级强者多想。

“费摩毒液的损耗果然很大。”罗峰收走那名陨落的封王高等级强者遗留下来的物品，同时双翼一振，扑向一名封王初等级强者，“毒影战刀仅仅是和那条锁链碰触一下，就损耗了约0.5克的费摩毒液，刺穿那名封王高等级强者的铠甲时也损耗0.2克的费摩毒液，真正侵入其体内的只有0.4克。”

费摩毒液的缺点，无比清晰明了。

它是固化在刀刃上的，在与封王级强者厮杀中，兵器发生碰撞，空间破碎，比恒星间的碰撞，威力大了不知道多少，这种碰撞自然会产生损耗。

费摩毒液最佳使用方式，就是击杀紫钟王那样，先震碎对方的不朽神体，令对方毫无反抗之力，然后一刀刺入对方破碎的不朽神体内。

然而要震碎对方的不朽神体，太难了。

“一分价钱一分货，1公斤3000亿混元单位，威力算不错，这个缺点也在承受范围内。”罗峰轻轻松松就躲过这名封王初等级强者的攻击。

一道耀眼的刀光掠过那名封王初等级强者的头部，紧跟着，这名封王初等级强者直接崩解湮灭了。

“击杀封王初等级强者比较轻松，他的实力本就比我弱，也就在破开铠甲时损耗0.1克费摩毒液，0.3克的费摩毒液完全渗透进其体内。”

罗峰又扑向另外一名封王高等级强者。

罗峰的刀光的确很美，明月策是罗峰自创的巅峰秘法，罗峰运用明月策的技巧就连混沌城主都称赞，由此可见，罗峰的刀光是多么赏心悦目。一道如河流一样的刀光横挂长空，一名封王高等级强者陨落。

一道道刀光划过，一名名异族封王级强者陨落。

没有谁能抵挡。

“围攻！”

“围攻！”

剩下的异族封王级强者想要围攻罗峰，可罗峰的速度快得太过诡异，杀来的异族封王级强者没有谁能追上罗峰。只见那银色双翼振动，划出一道道鬼魅的幻影，轻易躲开其他异族封王级强者的攻击，扑向自己的目标。

罗峰和谁厮杀，由罗峰自己决定。

嗖！嗖！嗖！

一道道刀光，美丽得动人心魄，同时也伴随着一道道惊恐声。这些封王高等级强者和封王初等级强者可没有将来让宇宙之主复活他们的能力。

“逃！”

“快逃！”

“我们挡不住他的刀，这人类的刀太可怕了！”

这些封王级强者立即逃窜，就算逃窜，他们的速度又怎能比得上罗峰呢？只见银色双翼振动，罗峰的身影在那些逃跑的封王级强者中绕了一圈，三道刀光划过，又是三名封王级强者陨落。

终于，最后有五名封王级强者惊恐地逃进了远处观望的那群强者中。

虚空中，罗峰手持毒影战刀，目光扫视两百名已抵达的异族封王级强者。整个虚空一片寂静，谁都为刚才那一幕而震惊、胆寒。

十八名封王级强者冲过去，只活下来五名，那五名活下来的异族封王级强者是两名封王巅峰级强者，一名封王高等级强者，两名封王初等级强者。

十三名异族封王级强者全部陨落！

在焱祭大陆漫长的历史上，封王级强者陨落的概率本来就很低，一次性陨落十三名封王级强者更是很久没有出现了，上一次出现这般大量封王级强者陨落的情况，还得追溯到数亿年前的鬼冢王，鬼冢王也因此声名鹊起，成为亿万个族群中的强者。

“竟……竟能连续击杀这么多封王级强者，其中那些封王高等级强者，有的实力已经很接近封王巅峰级了，依旧被杀死了！”

“他的刀法真是绝美，法则似乎被诠释得无比美妙，而且这个刀法不像是空间法则，也不像是金之法则，也不像是其他任何一种法则。”

他们不知道罗峰修炼的是兽神之道，也就是空间法则与金之法则融合形成的融合法则。

这在宇宙中非常罕见，他们这些异族封王级强者没有一个见过。

“怕什么，诸位怕什么？”一名矮小的封王巅峰级强者传音怒吼道，“诸位难道没看到，那人类只敢杀封王初等级和封王高等级的强者吗？他对封王巅峰级强者却从未出手。若非他实力不够，怎么会不动手呢？”

“焚弄王，你难道没看到之前血兽王逃窜的情景和重箭王被追杀得陷入沉睡的情景吗？”

“哼！这就让你们怕了？恐怕那人类也是拿出了底牌才能做到那样吧。大家都看得出，那人类的真正实力应该没达到封王级极限，能做到那般地步，肯定用了某些代价极大的手段。我们都知道那些手段只能用一次，难道还能用第二次不成？我们这边已经聚集超过两百名的封王级强者，难不成我们两百多名封王级强者被一个人类给吓得不敢动手？”

“要上你先上，别在这儿蛊惑其他强者去送死。”

那群观望的封王级强者中出现了相左的意见。

忽然，一个响亮的声音回荡在虚空中。

“机械族阵营的封王级强者们，”所有封王级强者都看向声源处，正是被他们包围的罗峰发出的声音，只见罗峰身穿银甲，背后有一对银色羽翼，手持毒影战刀，微笑道，“大家别担心，封王级极限强者是何等厉害，我哪有轻易击杀他们的手段，确实需要付出一些代价，比如我拥有这个。”

罗峰一翻手，手中出现了一颗美丽的黑色晶体，表面有火红色光晕，晶体有10081个切面，切面上遍布法则秘纹。

在场所有的封王级强者都感觉到了黑色晶体中蕴含着令他们心悸的能量。

“最强火神源晶！”

“一颗价值千亿瑜蓝单位的火神源晶！”

“有一定可能令封王级极限强者陨落、封王巅峰级强者必死的火神源晶！”

在场的两百多名封王级强者顿时骚动起来，甚至很多强者眼中都有了惊恐之色。这可是最强火神源晶啊，爆炸威力大得离谱，一旦这颗火神源晶爆炸开来，就算他们两百多名封王级强者齐心合力去抵挡，恐怕也得陨落九成。他们中没有一个是封王级极限层次的。

面对那骚动起来的两百多名封王级强者，罗峰只是笑了笑，透过虚拟宇宙系统联系察勿王，同时也关闭了空间封锁。

罗峰这次只是立威，只是震慑那些家伙，让他们知道自己并不好惹。

罗峰一共才四颗最强火神源晶，之前就消耗掉了两颗。如果罗峰一口气将焱祭大陆上的机械族阵营的封王级强者几乎全部杀死，且不说他并不想这么做，而且这绝对会引起机械族阵营很多超级强者的暴怒，一些封王级极限强者很可能联手对付他，还有一些有强大背景、底牌的强者，也很可能来对付他，那就麻烦了。

“震慑即可，在没足够实力前如此猖狂会遇到麻烦。”罗峰暗道，“而我现在的实力显然还不够，和各大族群的最强者硬碰硬，我还差很多。”

……

当察勿王施展瞬移出现在罗峰一旁时，面对两百多名封王级强者包围着罗峰这个情景，他被吓了一跳。

“这么多异族封王级强者！”察勿王吓住了，“扬，怎么回事？”

“别担心。”罗峰手中握着那颗最强火神源晶。

察勿王看到罗峰手中那颗最强火神源晶，又被吓了一跳，随即看了一眼那两百多名异族封王级强者，也猜测到这些异族封王级强者恐怕是被这颗最强火神源晶给吓住了。他心中也不由得钦佩罗峰：“这扬还真是胆大啊！能招惹两百多名异族封王级强者，也得有点能耐才行啊。”

“走。”罗峰传音道。

“好。”察勿王立即带着罗峰，嗖的一声消失不见，已然离开了。

远处两百多名封王级强者眼看着罗峰和其朋友离开，没有一个敢阻拦，他们完全被那颗最强火神源晶给震住了。

第856章

刀河王

两百多名封王级强者都被震慑住了，眼睁睁地看着罗峰离开，可他们中没谁感觉到丢脸，因为在漫长的生命中，他们一次次经历生死劫难，早就有了一定的行动准则。他们对一个拥有宝藏的弱者进行理所当然的抢夺，认为弱者不配拥有那等宝藏。

可是罗峰是弱者吗？

重箭王陷入沉睡、血兽王逃窜、紫钟王陨落、十三名封王级强者陨落，这一系列的战绩，在场两百多名封王级强者谁能做到？

“好强大！”

“太厉害了！”

“就刚才那么一会儿，十三名封王级强者就全部陨落，实在太可怕了！”

“可恶的紫钟王，陨落前还吸引我们前来，根本就没安好心。他明明知道连重箭王、血兽王都对付不了那人类，还吸引我们来，真该死！”

“该死的紫钟王！”

站在半空的一群群封王级强者交谈着。

刚才罗峰的表现已经完全震慑住了他们，也令他们从心底认同了罗峰的实力。罗峰毫无疑问是一个真正的强者，这样的强者拥有祭塔中的宝藏，他们认为那是理所当然的事。

这样的强者都不配拥有宝藏的话，他们两百多名封王级强者中又有谁配呢？

“这人类扬，虽然表面上看起来低调得很，但是其可怕程度，绝对不比封王级极限强者低。以后，这第七战场上不能招惹的强者中，又多了一个——扬。”

“诸位，这人类难道就没有封号？”

“我等只知道他叫扬，的确没听过他有封号。”

“没听过。”

“我等也没听过。”

“那人类扬的刀法堪称绝美，一刀出，刀光凝结成河，久久不散。一道刀光便可使一名封王级强者陨落，十三道璀璨的刀光悬挂长空，便有十三名封王级强者陨落，我看，就叫他刀河王吧。”

“刀河王？”

“名字不错，一听这名字，我就能回忆起刚才的场景。”

……

就在这些充当观望者的封王级强者的交谈中，他们给他们认同的人类强者扬取了这一封号。有些强者的封号是在其封侯、封王时己方的一些超级大势力赐予的，可还有些强者是靠一些惊人的事迹，或者某些战绩，让其他强者共同认定一个封号。

毫无疑问，这种被共同认定、被其他强者传开的封号，更有公信力。

这场风波就此了结。

这场风波成就了人类强者——刀河王。他击杀紫钟王等十四名封王级强者，杀得封王级极限强者重箭王陷入沉睡，杀得血兽王逃窜。如此赫赫战绩，也令刀河王之名传得更快。

机械族阵营拥有虚拟世界系统，那两百多名封王级强者和自己的朋友们谈论着刀河王，描述着刀河王是何等厉害。

百传千，千传万，万传十万。

虫族阵营、人类阵营、妖族阵营也很快得到了消息，为这条消息的内容感到震撼。

这条令人震撼的消息再次疯狂地传播。

“什么?!使十四名封王级强者陨落了？”

“重箭王都沉睡了？那可是封王级极限强者，怎么可能这么惨？”

“人类刀河王？”

“刀河王太厉害了吧。”

“有那么强？”

……

而那逃回机械族兵营的血兽王自然也听到兵营中机械族族人的交谈。这座兵营是离焱祭大陆最近的机械族兵营，消息自然传得最盛。在成就刀河王之名的那一战中，他血兽王自然成了垫脚石。

“血兽王都吓得逃窜”，这话早就传开了。

“可恶！”血兽王气得咬牙切齿，“那个人类根本就是靠最强火神源晶，如果不靠最强火神源晶，他哪里会是我的对手！

“可恶！可恶的人类！”血兽王心中咆哮，同时他也收到了一些朋友的通话申请和邮件，询问他到底怎么回事，这让血兽王感到很难堪。

“我的不朽神体受损严重，损失42%，如果继续留在域外战场，我的那些敌人肯定会趁我虚弱时对付我，先回去吧，回到族群内，好好修炼，潜心恢复。”血兽王透过兵营的传送通道，抵达机械族的疆域。

机械族疆域的一个隐匿之地，血兽王直接通过神国传送，回到了他的神国。

茫茫神国，无边无际。

哧！那座悬浮在神国最高处的神殿忽然发出耀眼的红光，无尽的红光笼罩整个神国，神国的草原、平原、山区……各个区域生活着的无数独眼男女都仰头看着那无尽的红光，随后全部激动地行礼。亿万个族人全都激动、崇敬地嘶喊着他们本族的语言：“神！神！神！”

呼喊声如海啸，席卷无尽神国。

神国核心，神殿中。

血兽王高坐在王座上，聆听着神国内无数族人那发自心底、发自灵魂的呼喊声，脸上不由得露出一丝淡淡的笑容，原本愤怒的心情也好了很多。

嗖！

远处一道流光飞来，而后一道又一道流光破空飞来，全部飞入神殿中。仅仅片刻，便有九名不朽神灵站在神殿中，这九名不朽神灵的灵魂都被血兽王所控制，他们自然都绝对臣服于血兽王。九名不朽神灵中仅仅有两个是血兽王同族的族人，其他皆是异族的不朽神灵。

九名不朽神灵中只有一个是封王级强者，其他都是封侯级强者。

“主人！”九名不朽神灵恭敬地弯腰。

“从此刻起，我便长留在神国，亿年后再出去，我的领地由巴诺迩扶持我的家族进行管理。”血兽王浑厚的声音在上万千米高的神殿中回荡。

“是，主人。”一名长着蛇头的不朽神灵恭敬地应道。

“主人，你的伤……”麾下其中一名独眼男子担心地道。

“你等都退下吧。”血兽王声音低沉道。

“是！”九名不朽神灵恭敬地弯腰，随即都退去，整个神殿只剩下王座上的血兽王。

这时，血兽王的心情已经平静，喃喃道：“刀河王。”

他虽然恼怒、不甘，但是也认同刀河王是个非常可怕的对手。一是刀河王能够拿出两颗最强火神源晶，至少自己的全部身家是不够买两颗最强火神源晶的；二是刀河王还能直接扛住两颗最强火神源晶爆炸的威力。

单单这两点，就令刀河王无比可怕。

“你之前默默无闻，此役，是你成名之役，我成了你的垫脚石。不过我知道，能够硬扛两颗最强火神源晶爆炸威力的封王级强者，绝对不会局限于这点成就。”血兽王默默道，“除非我能突破成为宇宙尊者，否则难以和你相比了。亿年后，再出去。”

轰隆隆——

神殿之门，关闭。

血兽王开始了漫长的修炼生涯。

血兽王这类强者，他们很多寿命都很长，像真衍王，亿年的岁月对他而言只是他生命中一个较为短暂的时期罢了。

关闭神殿，潜修亿年，对许多强者而言，是一件很普通的事。

……

初始宇宙，混沌城中。

真衍王一直关注着罗峰的成长，当人类扬猛地爆发，杀死十四名封王级强者，使重箭王陷入沉睡，使血兽王逃匿，这等彪悍的战绩使得人类扬赢得了刀河王之名时，真衍王自然迅速得知了。

“简直不可思议！就算用了宝物，可罗峰毕竟只是一个界主，怎么能强成这样？连封王巅峰级强者都被击杀了，而且封王级极限强者都被杀到陷入沉睡！”真衍三有些发蒙，“不管其中有什么原因，罗峰毕竟只是一个界主。”

很多宝物对使用者都有苛刻的要求，实力不够是很难发挥其用途的。

像将甲是需要百倍界主之力的不朽神体才能完全催动，罗峰也是成为黑武者后，外加《无名秘典》修炼到第二层，再加上兽神变，才能使用将甲的。

由此可见，一般人就算拥有宝物也是很难发挥其用途的。

“真衍。”一个浑厚的声音直接在真衍王脑海中响起。

真衍王一惊，立即恭敬地应道：“混沌城主。”

“罗峰是刀河王的消息乃绝密，绝不可外传。”那个浑厚的声音在真衍王脑海中回荡。

“是。”

无数具异族尸体遍布混沌墟，混沌城主盘膝坐在寂静的废墟中。

“罗峰仅仅界主之身，凭借火神源晶、费摩毒液、弑吴羽翼等击杀了封王级强者，而且用的还是地球人的身体，能做到这一步……”

混沌城主虽然也想重点关注罗峰，但是他毕竟是人类族群最巅峰的存在，有很多族群大事需要他决策，还有很多更重要的事需要他参与，他最多偶尔关注一下罗峰。

他很清楚宇宙是公平的，一名界主，就算得到很多宝物又能发挥出多少战力？杀到封王级极限强者陷入沉睡，这是多艰难的事。

“和焱神族的王甲有关？且不说使用王甲的秘法，单单对使用者的不朽神体的要求也极其苛刻，一般只有实力达到封王初等级的人，才能完全发挥王甲的作用，我这弟子的地球人身体难道能发挥出王甲的战力？”混沌城主轻声道，“看来得寻个时间，好好和他谈谈。

“刀河王，界主，能混出封王称号，颇有意思。”混沌城主随即闭上眼，不再多想罗峰的事了，他现在更关注身处险地的本尊。

第857章

研究

当刀河王的成名之战被传开时，人类阵营中很多和扬交好的封王级强者都联系扬，热情无比。

罗峰道：“也是被逼迫得没办法了，血兽王、重箭王他们都要杀我，我不拼就得死，所以就拼成这样了。”

‘运气，运气而已。”

“哈哈，谢谢。”

……

罗峰一一回复着朋友，而后越来越多的人都来联系罗峰，罗峰不胜其烦，干脆关闭了虚拟宇宙信息的接收。

体内世界。

身穿银甲的罗峰正站在苍茫的山巅上，山巅上摆放着一些宝物，都是那些封王级强者遗留下来的宝物，有一件件古朴、强大的兵器，一些看似不凡的完好的铠甲，以及一些世界戒指、空间戒指。

罗峰的目光落在那一口古老的紫色古钟上。

“紫色古钟，”罗峰轻声道，“我得好好研究你一番。”

为了研究紫色古钟，地球人本尊回到体内世界，至于外界，则让金角巨兽分身携带弑吴羽翼，在一座山脉的洞窟中暂时潜伏着。论实力，金角巨兽分身可比地球人本尊要强得多，也不惧碰到什么强者。

“这种文字……”

斑驳、古老的钟体上是密密麻麻的文字。文字虽是方块字，但不是罗峰见过的任何一种文字。

“巴巴塔，你认识这种文字吗？”罗峰用意识问道。

巴巴塔可是经常在虚拟网络上乱逛，罗峰能够查看的文字，巴巴塔可都记住了。

“我知道的文字数不胜数，却不认识这种文字。”巴巴塔道。

“哦。”罗峰点头，没再追问，聚精会神地看着紫色古钟。

紫色古钟高约3米，钟口直径也近3米，上面有无数文字。看着看着，他发现这些密密麻麻的文字隐隐有些联系，仿佛被无形丝线串联起来，形成了奇异的秘纹。

“看不懂。”罗峰摇头。

“先炼化再说。”罗峰的手轻轻碰触在钟体上，隐隐有一股炽热气流传来，仿佛在触摸烙铁。当即一丝念力渗透进入，这成了无主之物的紫色古钟迅速吸收念力中包含的精神印记，轻而易举地便认罗峰为主人。

轰隆隆——

一阵轰鸣。

古老的信息从紫色古钟汹涌地传入罗峰脑海中，片刻后停止。

“战斗秘法‘魔音火神钟’？”罗峰眉头微皱。传入他脑海中的是一套运用紫色古钟战斗的秘法，不过仅仅是第一层，但只要第一层练成，就能完美驱动紫色古钟，也能得到第二层的内容。

可练成第一层的条件很苛刻，需练成火之法则、悟透空间法则的空间封锁。

“难怪紫钟王能够将火神源晶爆炸产生的能量束缚向一个方向，并用来灭杀苍金王，原来他练成了第一层。”罗峰嘀咕，“仅仅第一层，要求就这么高，看来这是一件适合宇宙尊者使用的宝物。”

修炼第一层大成，威力就这么离谱，但使用条件苛刻，显然再往上就得是宇宙尊者才能符合条件了。

“融合。”罗峰尝试将紫色古钟融入体内，可紫色古钟刚碰触到皮肤就被阻拦了，体内的将甲印记似乎都震颤了一下。

“嗯？”罗峰眉头一皱，心念一动，将身体表面的银甲直接收起来，同时把将甲珠逼出体外。此时的罗峰只穿着一套摩云战衣，再度尝试融合紫色古钟。

紫色古钟瞬间便融入体内，和肌肉、脏腑融合为一体。

“原来是这样。”罗峰摇头，“那紫色古钟对我还真是犹如鸡肋，食之无味，弃之可惜。”

紫色古钟是宝物，对灵魂攻击、物质攻击都能抵挡超九成，是一件在防御上丝毫不比将甲差的宝物，但将甲还能赋予罗峰一万倍界主之力，紫色古钟没有这个能力。将甲的融入条件很苛刻，其他人根本没办法使用，紫色古钟却没有这么苛刻的要求，只要人的精神印记融入其中，即可成为其主人。

必须承认它是一件宝物，可是对罗峰还真没什么用。

同时融入身体的防御类宝物的数量是有限制的。比如融入在皮肤上的战衣，只能融入一件，一个强者绝对不可能同时穿十件甚至百件战衣。

将甲珠、兵甲珠都是融入肌肉、脏腑的宝物，与身体完全融为一体，所以罗峰也只能穿一件兵甲或者一件将甲，不可能同时穿几件兵甲或者同时穿几件将甲，而且要融入将甲珠，必须先将兵甲珠逼出体外。

要融入紫色古钟，必须把将甲珠逼出体外。

将甲珠和紫色古钟，罗峰只能选其一。毫无疑问，罗峰肯定会选将甲珠。

“这的确是宝物，应该还是给宇宙尊者使用的宝物。”罗峰轻声道，“可惜，地球人本尊有了将甲，金角巨兽分身也有了更好的王甲。将甲、王甲才是最适合我的。”

虽有些失望，但是罗峰的心情还是很愉悦的，毕竟紫色古钟依旧算是一件重宝，价值远远超过之前的5600亿混元单位，而且罗峰心中还有一个想法：或许紫色古钟能帮到真衍王。

“看看我这次的另外一个收获。”罗峰一闪，瞬间离开了体内世界，进入了一枚世界戒指的一方世界。

一方世界中，无尽的沙漠中正躺着一个散发着无尽威压的不朽神体。虽然这个不朽神体陷入了沉睡，但是那威压依旧那般可怕。

“重箭王，”罗峰微笑着站在他面前，“当时你受伤很重，最佳选择是立即自爆。自爆了，那么无数年后或许还有机会被复活，虽然会因此背上复活导致的巨额债务，但是比成为奴仆要好。当时的你依旧寄希望于能逃掉，你肯定想不到，你会直接陷入沉睡。”

被杀到陷入沉睡是很罕见的。

重箭王是真的没想到，摩云藤的三根尖刺刺入他体内的瞬间侵蚀他的不朽神体，令他陷入沉睡。

“从今天起，你便是我罗峰的奴仆。”罗峰看着眼前的重箭王，直接施展出万心控魂秘法。不像当初控制虫族母皇伊琳娜那般，伊琳娜虽然也陷入沉睡，但是那是受到呼延博灵魂秘法的影响而陷入沉睡，罗峰当时一操控，伊琳娜就醒了，开始了反抗。

重箭王受伤太重，重到失去了意识，现在的他，根本没有丝毫反抗之力。

片刻——

“成功。”罗峰露出笑容。

看着面前躺在沙漠中依旧没有意识的重箭王，罗峰眉头渐渐皱起来。

自己是控制了重箭王，可这对重箭王的伤势没有丝毫帮助，重箭王依旧是沉睡状态。一个陷入沉睡的重箭王，对自己根本没用。

“得让他的实力恢复，得让他的不朽神体恢复完好。”罗峰思索着，“宇宙中也的确有促进不朽神体恢复的宝物，可价格昂贵，为了封王级极限的灵魂奴仆，付出那么大代价，值得吗？

“不过他是绝对忠诚的奴仆，又能施展瞬移，有他帮衬，我闯荡宇宙就方便多了。先去研究看看。”

……

罗峰这次击杀了紫钟王等十四名异族封王级强者，收获了一些铠甲、战衣、兵器、世界戒指……宝物的确是五花八门。比如紫钟王就有一套银色战衣，这套银色战衣在鸿盟中就价值500亿混元单位，能抵挡五成的物质攻击。

五成和九成，区别很大。

削弱五成物质攻击，相当于让紫钟王的物质防御达到之前的两倍；削弱九成物质攻击，相当于让紫钟王的物质防御达到之前的十倍。

由此可见，紫色古钟、将甲、王甲这类宝物的价值何等高昂。如果将甲、王甲的使用条件不那么苛刻，价格就更惊人了。

即便使用条件苛刻，王甲在鸿盟中也被标出500亿混元单位的价格。

罗峰花费两天多时间，通过虚拟宇宙、鸿盟，最终确认了战利品的价格。

重箭王的财富，大概价值600亿混元单位。罗峰是拿下重箭王手指上的戒指，强行进入查看重箭王的宝物的。

十三名封王级强者的财富全部加起来，是500亿混元单位。

紫钟王的财富，则是1200亿混元单位，且没有算上紫色古钟。

累加起来，有2300亿混元单位加紫色古钟。

“还是对付紫钟王这种有特殊奇遇的强者得到的收获多啊。”罗峰嘀咕，“那些普通的封王级强者，十三个加起来的财富才500亿混元单位。

“杀的封王级强者太多会引起动荡，会引起一些超级存在的注意，紫钟王这种最好。不过这种有特殊奇遇的，奇遇越奇，底牌越狠，”罗峰暗道，“击败他们也越困难。

“比如我，谁杀了我，恐怕就真发达了。但杀我不是那般容易的。”罗峰暗道，“被逼迫到最危险境地，只能召唤老师混沌城主来了。老师一出现，任谁都得傻眼。弑吴羽翼也是老师给我的。此等至宝，如果不是老师赐予，想要获得，简直是做梦。”

抢夺弑吴羽翼？那就是在做梦。

“若让老师出面，我也太失败了。”罗峰摇头。

“现在该怎么办？战利品该怎么处理？沉睡的重箭王又该怎么处理？”

罗峰现在有了烦恼，是幸福的烦恼。

第858章

苏醒

罗峰在仔细地查询怎么才能让沉睡的重箭王苏醒恢复的过程中，得知了一个好消息和一个坏消息。

好消息是重箭王虽然是封王级极限强者，但是封王级极限都是靠身体振幅类秘法在瞬间令不朽神力威力实现暴增，总能量却没变。

就像金角巨兽分身施展《本尊天地》实力能大增，可实力大增的原因是身体缩小、肌肉密度变大。

沉睡状态下的重箭王自然不能维持身体振幅类秘法，此刻的重箭王如同陷入沉睡的普通封王巅峰级强者。

所以让重箭王苏醒恢复和让一名封王巅峰级强者苏醒恢复，没区别。

坏消息是让重箭王苏醒所需的宝物非常昂贵。沉睡的时候，重箭王没有意识，无法主动吸收力量，但只要苏醒了，重箭王就有了意识，就可以主动吸收诸多宝物中蕴含的神秘力量，可以迅速恢复。

让重箭王苏醒，虽然只是将不朽神体从12%提升到接近20%，但需要630亿混元单位。

让重箭王完全恢复，需要580亿混元单位。

实际上，很多封王级极限强者的全部财富也没多少，而且那是他们经过无数年慢慢积累而成的。比如血兽王宁可安安稳稳地潜修亿年，也不愿花费那么多财富。

026号兵营。

“买了。”坐在冰雪山脉之巅的罗峰一咬牙，“不管怎样，这可是一名封王级极限强者。这名封王级极限强者，只要活着就有进步空间，我可以提供一定的资源，肯定比他单独修炼要快得多，说不定实力还能再提升些。”

论实力，重箭王是比罗峰强。

论资源，重箭王是异族，哪里及得上人族出身的罗峰？人族强大，罗峰又是混沌城主的亲传弟子，得到的资源的确惊人，稍微给自己的灵魂奴仆一些，灵魂奴仆就能得到很大的提升。

接下来的日子，罗峰开始大规模地买卖宝物。

这次的宝物比不了上次获得的宝藏，宝藏太多，处理起来复杂，这次处理起来容易得多。

半月后。

罗峰得到了2300亿混元单位。

罗峰花费约1200亿混元单位购买了令重箭王苏醒和实力完全恢复的各种珍贵物质，又花费约300亿混元单位购买了一颗最强火神源晶，以作补充，剩余800亿混元单位，加上上次剩下的100亿混元单位，罗峰手中共有900亿混元单位。

罗峰不急着用。

不管是自己想要在《本尊天地》上有所提高，还是想让摩云藤、千藤食星草有所提升，这点财富都远远不够。

这让罗峰感叹：“辅助植物生命、机械族兵器等这些外在手段，完全是用无数钱砸出来的。”

刀河王成名之战的一个月后，世界戒指内的一方世界中。

一个完全根据重箭王体形定制的外沿长10米、宽4米，内沿则略比重箭王体形宽阔些的营养舱停放在沙漠上。

穿黑衣的罗峰看着躺在沙漠中沉睡着的重箭王，无形的世界之力延伸出来，世界之力托着重箭王使他躺在营养舱内。

罗峰轻轻按动按钮。

营养舱表面透明的舱盖关闭，同时内部开始自动放出一些呈液体状的奇异物质，其中融解了许多珍贵宝物，最昂贵的要数一片三禁波洛叶。这些价值630亿混元单位的宝物中，那片叶子就占了过500亿混元单位。

哧！哧！哧！

液体包裹着重箭王，神秘之力开始融入其体内，随即液体开始隐隐翻滚起来，出现一个个气泡。

“开始了。”罗峰轻声念道。

“重箭王，如果没有成为我的奴仆，你不知道会沉睡多少年。”罗峰看着面前的营养舱，随即一笑。

如果给重箭王选择的机会，重箭王绝对不会选择成为罗峰的奴仆。自身实力再弱也是独立的，身为奴仆，实力再强也是奴仆。重箭王被罗峰杀到陷入沉睡，只能怪自己的实力不够强。

时间一分一秒地过去，舱内的液体颜色正在逐渐变淡。

大概三天后，一直站在一旁的罗峰清晰感应到了重箭王隐隐有了一丝意识波动。

“快了。”罗峰露出一丝笑容。

一旦有了意识波动，就快了。

仅仅一个小时后，重箭王的意识便完全恢复。

营养舱内液体瞬间变得清澈，奇异物质完全被吸收殆尽。

透明舱盖开启。

重箭王直接一闪，落在沙漠上，看着面前的罗峰，心中忍不住感叹：“一朝跌倒就成了永远的奴仆，不过罗峰却舍得用珍贵宝物让我苏醒，也算是一个好主人。”

灵魂被控制后，会自然而然地对主人产生好感，无比尊崇主人。

“主人。”重箭王躬身行礼。

“嗯。”罗峰看着面前的重箭王。

此刻，重箭王的身体表面浮现的铠甲呈黑色，面具也是黑色的，他无比恭敬且谦逊地躬身，可是8米多高的身高，令罗峰有一种和三层楼高的巨人对话的感觉。

“缩小一点，和我身高相当。”罗峰道。

“是，主人。”

重箭王的体形迅速缩小，片刻后就变成了与罗峰一般高。他微微躬身，规规矩矩的。

“嗯。”罗峰点头。

不朽神灵是可以轻易改变不朽神体的大小的，不过这对实力会有影响。真正的体形才能发挥真正的战力，重箭王的体形缩小成这样，实力会减弱三成。

“平常就这样吧，战斗时就恢复原有体形。”罗峰道。

“是，主人。”重箭王恭敬地道，“不过我刚刚苏醒，不朽神体都不及20%，实力受损严重。”

“不急，我会让你在短时间内恢复完整实力的。”

罗峰一翻手，一口斑驳的紫色古钟出现在半空，而后直接落下，咣的一声落在沙漠上。

重箭王转头看去，这一看他的眼睛就亮了，紫色古钟有古老、强大的气息。任谁看来都能发现这是重宝。

罗峰见状一笑。

“这……这可是重宝！”重箭王有些激动，“这种重宝一般是宇宙尊者才能拥有的，封王级极限强者中拥有这等重宝的极少。”

“你试试看。”罗峰笑道。

之前的精神印记罗峰已经解除，紫色古钟现在是无主之物。

虽然罗峰一开始是想将紫色古钟给真衍王，但是紫色古钟不一定对真衍王有用。精通火、空间这两大法则的强者才能更好地运用紫色古钟，真衍王精通的是土、空间两大法则。

紫色古钟对真衍王是否有用，真衍王是否需要紫色古钟，还无法确定。

所以罗峰先把它留着，让紫色古钟发挥更大的用途。

“是。”重箭王激动无比，伸手抚摸着紫色古钟，随即烙下精神印记。

紫色古钟直接融入重箭王体内，重箭王身体表面隐隐有古钟幻影，而后幻影直接消失。

“嗯？”重箭王眼中掠过一丝担忧。

“主人，”重箭王恭敬地道，“精通火之法则和空间法则的强者才能更好地驱动它，而我是靠土之法则才成为不朽神灵的，虽然对火之法则也有所感悟，但是未大成。”

“哦？”罗峰看着他。

重箭王焦急，连忙说道：“不过我得到了火之法则的承认。虽然成为不朽神灵后，不朽神体早成为土之法则的一分子，很难感悟其他法则，但我毕竟得到过火之法则的承认，感悟起来还是有希望的。”

罗峰一笑：“好，紫色古钟就暂且给你使用，即使你无法使用紫色古钟的其他能力，单单防御也对你极为重要。你尽快将火之法则悟透吧。

“这是你恢复实力所需的宝物。”

罗峰一扔，一枚空间戒指直接飞向重箭王。重箭王接过后，略一探测，大喜：“谢主人。”

“赶紧将实力恢复，我闯荡宇宙中的一些危险之地，还需要你在一旁辅助。”罗峰笑道。

界主能感悟各种法则，每一种法则对界主来说都很亲密。

不朽神灵的灵魂完全融入不朽神体，成为不朽神体的一部分。不朽神体是由不朽神力组成，是法则本源的一分子。比如感悟土之法则的界主成为不朽神灵后，那么他再去感悟火、水、光线、风等法则，就会遭到其他法则的强烈排斥，感悟难度飙升万倍甚至百万倍。

当然也有特殊情况。

若早就得到了某种法则的承认，那么就不会产生排斥，可感悟起来依旧艰难得多。

金、木、水、火、土五种法则的上一层法则，便是空间法则。

金、木、水、火、土五种法则完善后再成为不朽神灵，这时候去感悟空间法则，虽有排斥，但还有提升的可能，只是比在界主期时艰难得多。

风、雷电、光线三种法则完善后再成为不朽神灵，这时候去感悟时间法则，也有提升的可能。

若只是悟透了风之法则，却硬要去研究空间法则，在界主期还行，可一旦到了不朽级，那根本就是无法修炼的。

……

时间流逝，转眼又过去了三个月。

重箭王终于恢复了之前的实力，达到了巅峰状态。

第859章

去星辰塔

“主人，你想去星辰塔？”别墅内，管家装束的重箭王站在一旁，略显惊愕地道，“主人不是打算离开域外战场的吗？怎么想去一趟星辰塔？”

罗峰坐在沙发上，端着酒杯，笑道：“我的军功早就达到要求了，既然来到了域外战场，不去逛逛域外战场上最危险的区域，难道不遗憾吗？论危险程度，星辰塔是域外战场上最危险的地方之一，焱祭大陆可是比它整整低了一个层次。”

“的确是这样。”重箭王恭敬地道，“焱祭大陆中的封王级强者少得可怜，全部加起来才那么点，而星辰塔中聚集了四大阵营数十万的封王级强者。”

“这么多？”罗峰惊愕，“鸿盟内的封王级强者一共才三百多万名，这域外战场第七战场的星辰塔中怎么会聚集这么多封王级强者？”

罗峰还没仔细了解星辰塔。

“不多。”重箭王道，“鸿盟和人类阵营是不同的概念。凡是加入鸿盟的，那绝对都人类的铁杆盟友族群。大大小小的战争，各种利益争斗，鸿盟内的族群完全以人类为首。域外战场上的人类阵营却不同，这是一个相对来说比较松散的阵营。鸿盟只是人类阵营的其中一分子。宇宙中有亿万个族群，而域外战场是强者最多的战场，很多和鸿盟没关系的族群也会和人类交涉，派出族人以人类阵营身份进入域外战场。

“所以说域外战场是四大巅峰族群的战场，也是无数异族的战场，强者数量当然会多得离谱。

“域外战场上的所有封王级强者加起来，啧啧，就算只有整个宇宙所有封王级强者的1%，也很可怕了。

“这是一个原因。

“另一个原因是，星辰塔是域外战场上一个非常特殊的战场，比其他危险之地更容易吸引强者。

“至于星辰塔的特殊，主人轻易查探一下就知道了。”

“哦？罗峰坐在沙发上看着前方，同时下令，“投影。”

室内出现一块投影屏幕，投影屏幕和罗峰的光脑屏幕连接，光脑在虚拟宇宙网络上搜索信息，然后通过投影屏幕显示出来。

投影屏幕上显现出了一座巍峨的九层塔，呈方形锥体，和地球上C国的一些塔非常相似。这座巍峨的九层塔周围环绕着无穷无尽的星云旋涡，色彩斑斓的星云旋涡让人忍不住沉迷其中。

之后一条又一条信息出现在屏幕上。

星辰塔，高9光年，自亿万年前四大巅峰族群开辟域外战场时就在这一方时空了，无数年来时刻吞噬着宇宙中的无尽能量。吞噬能量之汹涌，形成了九旋星云，看似星云，实则是无比可怕的能量旋涡。

九旋星云共有九层，越往里，旋涡的撕扯之力越可怕。

第四层，封王级强者就几乎扛不住了，宇宙尊者才能安然在其中。

第七层，就算宇宙尊者都会被撕扯湮灭。

……

古老的星辰塔通体呈黑色，是何种材质制造而成的不可考，经历四大巅峰族群的大规模战争都没有丝毫损伤，据说高高在上的宇宙之主也无法破坏星辰塔丝毫。

星辰塔内孕育宝物镇封星辰，每一颗镇封星辰都有普通行星大小，只要将其炼化了，使用者便可透过镇封星辰封印强者。若将敌人击败后封入镇封星辰内，那么敌人将永无逃出的可能。

这等宝物，连宇宙尊者都想得到。

高9光年的星辰塔内孕育着不计其数的镇封星辰。

所以那些镇封星辰虽是重宝，但在星辰塔内无比常见。

无奈——

除非那些镇封星辰主动出世，就算是宇宙中超级存在，也无法从星辰塔中强行拿走那些镇封星辰。

……

一条又一条信息，看得罗峰目瞪口呆。

“这……这……”罗峰惊愕地道，“那九旋星云深处，连宇宙尊者都必死无疑？还有，宇宙尊者级的重宝镇封星辰，不计其数？”

“是的。”重箭王感叹道，“听说，只有高高在上的宇宙之主才能安然进入九旋星云深处。至于镇封星辰，你看后面的图片，图片中的确有很多颗镇封星辰，我也在星辰塔中闯荡很多年，看到过的镇封星辰加起来也有数百颗，看得到却得不到。除非镇封星辰主动出世，否则我们怎么都不可能得到。我们所说的出世，是指镇封星辰主动挣脱星辰塔的束缚。听说当年四大巅峰族群的超级强者刚发现星辰塔时，还曾为了星辰塔的所有权发动了一次大战。”

“大战？”罗峰好奇。

罗峰虽然地位高，但是才活了数千年，很多事情就显然不如重箭王这种寿命漫长的强者知道得多了。

“嗯。”重箭王点头，“当年四大巅峰族群开辟战场，选定一个地方后，便开始扫荡，那些负责扫荡的宇宙尊者发现星辰塔时，也发现九旋星云的可怕，更发现他们的攻击丝毫撼动不了星辰塔，顿时认定星辰塔是重宝，立即召唤族群中的宇宙之主那等超级存在。为了星辰塔，四大巅峰族群来了一次大战，据说不少宇宙尊者都因此陨落，至于后来胜负如何就不得而知了，只知道就算纵横宇宙无敌的宇宙之主们，也奈何不得这星辰塔，只能任由星辰塔无数年来一直待在这那儿。”

罗峰微微点头。

宝物是可以变大的，不过一般都是有限制的。像弑吴羽翼这等至宝在身体支持下能达到数光年之高，这也并非不可，前提是罗峰得有那等实力。

星辰塔，高9光年，仿佛原来就这么大似的，里面孕育着无数的镇封星辰，连宇宙之主都奈何不得。

“宇宙中的无数族群都说星辰塔是至高至强的宇宙奇物，是令宇宙之主都为之痴狂的重宝。”重箭王感叹，“可这等重宝，放在那方星空亿万年，却没有任何一个强者能够带走它，这也成就了它的赫赫威名。”

“厉害。”罗峰感叹。

无主之物，单单吞噬能量形成的旋涡就能轻易湮灭宇宙尊者；曾引起四大巅峰族群疯狂对战，可事后四大巅峰族群没有一个能带走它；媲美紫色古钟的封印类重宝镇封星辰在其中不计其数。

星辰塔足以让无数族群为之疯狂！

“巅峰族群是宇宙中最强大的族群。”重箭王道，“四大巅峰族群都没能带走星辰塔，这让宇宙中无数强者都认定了，靠蛮横地抢夺是没用的，星辰塔这等至宝应该在等待自己的主人，或者说根本就没有谁有资格当它的主人。”

罗峰感叹。

“传言无数，强者们心底都渴望自己说不定有机缘能成为星辰塔的主人。机缘，毕竟是说不清道不明的。”重箭王笑道，“正因为无数强者都有这等想法，所以在星辰塔中的各族封王级强者就格外多。而且，星辰塔中偶尔会突然有镇封星辰出世。每一颗镇封星辰都是封印强者的重宝，足以让封王级强者为之疯狂，加上那里连宇宙之主都破坏不了，怎么战斗都没事，自然成为最好的战斗之地。”

罗峰点头。

宇宙中的确有适合宇宙之主使用的重宝，像弑吴羽翼宇宙之主也可以使用，可作用就很小了。宇宙之主使用的宝物，很多自然是坚不可摧的，宇宙之主也破坏不了，很正常。

“开眼界，长见识了。”罗峰赞叹，“得去看看。”

“重箭王，我们出发。”罗峰起身。

“现在就走？”重箭王有些错愕。

“对。”罗峰眼眸中有着一丝兴奋。

“是，主人。”重箭王立即恭敬地应道。

罗峰乘坐陨墨星号飞船在暗宇宙中前行，在暗宇宙中足足前行了两天，终于抵达最接近星辰塔的穿越点。

虚空荡起丝丝涟漪，边缘锋利的血红色三角形飞船出现。在飞船控制室内，罗峰正单独站在那儿，至于重箭王则暂时待在世界戒指的一方世界中。论战力，罗峰自身也不弱，足以在星辰塔中闯荡。若遇到危险，再让重箭王出马也不迟。若是早早将底牌拿出来，是很不明智的行为。

“啊！”罗峰身侧，巴巴塔兴奋地跳着，遥指前方虚空，“罗峰，你看，你快看，星辰塔！啊，好大的星辰塔啊，高9光年啊！一座塔都比焱祭大陆大了那么多，我们现在距离它那么遥远，我感觉它大得不可思议。”

仿佛遮盖了半边宇宙的高耸的巍峨的星辰塔，悬浮在星空中。

璀璨的星云旋涡以塔身为中心，疯狂吞噬着周围无穷无尽的能量。这九旋星云看似美丽璀璨，实则是强者的噩梦，宇宙尊者都会被其撕扯得湮灭。

“不可思议，太不可思议！”罗峰看着星辰塔，喃喃道。

“怎么这个表情呢？你不是看过它的信息吗，怎么这么吃惊？”巴巴塔看向罗峰，嘀咕道。

罗峰这时候是完全蒙掉了。

在宇宙飞船宇宙穿越成功后的瞬间，他便感觉到一股难以想象的可怕召唤瞬间降临。那股召唤超越了兵甲、将甲、王甲对他的召唤，甚至超越了黑色金属板，不但令他每个细胞都在战栗，甚至连灵魂都在战栗。

“是与《无名秘典》同一系列的至宝在召唤我？”罗峰有些不敢相信。

第860章

入塔

星辰塔即便没有被人操控也能吞噬能量形成九旋星云，九旋星云有毁天灭地的威力，由此能看出，这高9光年的星辰塔被称作至高至强的奇物，就算有些夸张，也不会夸张太多。

“如此至高至强的奇物竟然会对我产生那般强烈的召唤?

“我能得到星辰塔?

“我能成为星辰塔的主人?”

罗峰自己都不敢相信，可那令灵魂都战栗的召唤那么强烈，显然是星辰塔发出来的。

“罗峰，罗峰，”旁边的巴巴塔蹦跳着喊道，“想什么呢?”

“没什么。”罗峰深吸一口气，冷静下来。

“冷静，愈是关键时刻就得愈加冷静，不能头脑发昏。

“星辰塔能在域外战场这方虚空中待亿万年，宇宙中的那些霸主也强求不得，由此可见其珍贵、奇特。”罗峰暗道，“老师能将弑吴羽翼给我，可星辰塔，老师给不了我，也不可能给我。单单孕育无数颗镇封星辰这一点，就说明星辰塔要比弑吴羽翼强太多了。

“能让四大巅峰族群为它开战，这等至宝，若真落到我手里，我敢用吗?”罗峰暗道，“一旦发现我拥有星辰塔，很多宇宙霸主肯定出来抢夺星辰塔，即使他们无法操控星辰塔，也很可能将我弄成灵魂奴仆，间接控制星辰塔。”

实力和宝物是对应的。

没有足够的实力，就没资格获得那等至宝。

像弑吴羽翼，之前在茫茫宇宙中只有混沌城主知道它的存在，其他强者根本不知道弑吴羽翼的特殊性，所以混沌城主才敢将其赐予罗峰。

星辰塔，名气太大了。

茫茫宇宙，亿万个族群，谁不知道星辰塔？

罗峰在没有足够实力前得到它，那就是一场灾难。就算罗峰得到了它，也只能选择将星辰塔藏匿起来，一直等到有足够的实力时才能公开使用它，才能够不惧宇宙霸主们的抢夺。

“想太多了，先去看看星辰塔。这股召唤至少能证明一点，星辰塔和《无名秘典》应该有关联。”罗峰乘坐陨墨星号飞船，迅速朝星辰塔飞去。

望山跑死马。

星辰塔明明看起来大到可以遮盖半边宇宙，可近乎光速飞行的陨墨星号硬是飞行了十余天才抵达。

虽然罗峰能让重箭王在施展瞬移时携带自己，但星辰塔的召唤令罗峰头脑一阵阵发热，所以罗峰选择飞行十多天，这十多天也让他完全平复心底那股狂热了。

星辰塔底部没有星云旋涡环绕。

这塔共有九层，第一层有九个入口，许多封王级强者和来碰运气的封侯级强者都是随意选一个入口进入。

“到了。”

嗖！

一道银色流光停下，身穿银甲、背后有银翼的罗峰停在入口前。

站在星辰塔面前是根本无法看到星辰塔的尽头的，高9光年是何等概念？

“尝试看看，看看星辰塔能否认我为主人。”罗峰深吸一口气。

说不紧张是假的，再冷静，可心底深处依旧炽热、激动。罗峰伸出手掌轻轻碰触这高百万千米的巨大的黑色塔门，一阵冰凉，碰触这门时，罗峰心底有着一丝期待。

当初兵甲、将甲等都是主动飞入体内，轻易就能操控，不知这星辰塔……

"嗯？"罗峰眉头微皱，手碰触星辰塔塔门，星辰塔一点反应都没有。

一丝念力渗透，欲将精神印记烙印在星辰塔上。

念力渗透后，犹如溪流入大海，直接被吞噬殆尽了。星辰塔依旧是无主之物，罗峰根本无法操控它。这使得罗峰有些急了，又尝试用鲜血渗透，又变换位置，不再对塔门尝试，而是对与星辰塔同样材质的地面尝试。

失败，失败，依旧失败。

"怎么回事？怎么会一点反应都没有？就算无法操控，好歹也该有一点反应。我得到弑吴羽翼时，也没这样过。"罗峰满心疑惑，"我感觉得到星辰塔让我全身产生无尽的受召唤之感，这股召唤从塔身传过来，可我怎么尝试，星辰塔都没一点反应。"

嗖！

远处出现一道身影，那道身影一闪就到了罗峰旁边。

"刀河王？"这道身影热情地喊道。

罗峰转头看去。

这是异族强者言鹫王，他长相狰狞，面部边缘有三根弯角，口有獠牙，还有类似蝎子的尾巴，四条腿。他在024号兵营，拥有封王巅峰级实力。

罗峰何等记忆力，自然知道言鹫王，也一眼便认出了他，笑道："言鹫王。"

"哈哈，这么巧。"言鹫王笑着，面目更显狰狞，但他的笑容其实很友善，"我听过刀河王你的事，一直想一见，竟能在星辰塔门前碰上，刀河王你刚才是在尝试让星辰塔认你为主人吗？"

罗峰错愕。

"稍等，我也来试试。"言鹫王在一旁，或是滴血渗透，或是烙印精神印记，他尝试了一遍后，转头摇头道，"看来我没这等机缘。凡是第一次来星辰塔的各族强者们都会尝试一下让星辰塔认自己为主人，万一成功，说不定就走大运了，可惜无数年来，无数异族强者都没能成功。"

罗峰笑着点头："哈哈，我也没能成功。"

"刀河王，你我一道闯荡星辰塔，如何？"言鹫王建议道，"星辰塔内危机重重，还有数十万名异族封王级强者，战斗起来的确很可怕。"

邀请也是看实力的。

言鹫王独自前来，显然他没有适合的邀请对象，刀河王名声在外，言鹫王非常希望和罗峰一道闯荡星辰塔。

“不了。”罗峰笑着拒绝。

言鹫王听了，便不再多说。

二人虽然同属人类阵营，但是对二人来说，对方是异族。言鹫王对罗峰的想法、隐私等，自然不会刨根问底，他笑道：“那我就先进了。”随即他化作一道残影迅速蹿进塔内。

罗峰略等待一会儿后，独自步入星辰塔。

罗峰既然认定星辰塔和他有些特殊关联，很多时候其他强者在场会很麻烦，所以他宁可独自前行。

而且他有重箭王，不需要与封王巅峰级强者言鹫王一起走。

……

罗峰走在苍茫的塔内，一步跨出便是数万千米，身影模糊，行进迅速，只听到耳边轰隆隆的声音不断。

关于星辰塔，罗峰之前查了不少信息，也和重箭王聊了许久，罗峰很清楚星辰塔的内部结构。

星辰塔仿佛一座摩天大厦，这座摩天大厦内有一个个“房间”。星辰塔内的“房间”实际上是一个个禁地空间，每一个禁地空间都和其他禁地空间有通道暗中相连。

同时无数个禁地空间时刻处于移动中。

也就是说，即使在星辰塔内一动不动，随着时间流逝，自身坐标也是在不断变化的。

罗峰此刻就在一个禁地空间内，进该禁地空间的通道已然消失。

这个禁地空间内是无尽的沙漠，最边缘包括天空最高处有无形的阻碍，怎么都无法靠近。

“探测仪、世界投影、念力都只能在这个禁地空间内探索，无法穿透这个禁地空间到另外的禁地空间，瞬移也只能在这个禁地空间内施展，无法瞬移到另外的禁地空间。”罗峰很清楚这一点。

要离开，也简单。

施展神国传送就能离开星辰塔。如果不施展神国传送，那么得在一个个禁地空间中穿越。想要进行穿越，前提是先找到连接两个禁地空间的通道。

“星辰塔，高9光年，有无数个禁地空间。”罗峰环顾这个禁地空间。

轰隆隆——

沙漠震动起来。

“嗯？”罗峰一惊，转头看去，只见沙漠不断震动，同时隐隐有什么庞然大物要从沙漠中爬出似的。

“没听重箭王说过。”罗峰连忙将重箭王召出。

嗖！

重箭王出现在一旁，恭敬地道：“主人。”

同时他也注意到了沙漠在震动，脸色不由得变了：“这么大动静？”

“主人，星辰塔中危机重重，每个禁地空间都可能藏有危机，只是一般不会被引发，就算被引发，危险程度也不同，所以在星辰塔中还是与异族强者厮杀更为危险。

“如果禁地空间中的危机真的爆发的话，那就麻烦了。动静越大代表越危险，主人你是刚刚进来的吗？这个禁地空间怎么这么大动静？”

“这是我进入的第一个禁地空间。”罗峰看着沙漠，沙漠不断凸起，仿佛有怪兽在苏醒。

无数沙粒从旁边滚落，渐渐地，火红色的甲壳从沙漠中浮现，一个长1000多千米、有上万只密密麻麻的利爪、身体由奇异金属构成的蜈蚣出现。

蜈蚣的一双碧绿色眸子正俯瞰着罗峰，满是杀机。

“这……这是千公里级的禁地护卫？”重箭王眼睛瞪得滚圆，转头看向罗峰，“主人，你进入第一个禁地空间就引出禁地护卫，还引出千公里级的？我在星辰塔中待了过万年，闯过无数个禁地空间，碰到的最强禁地护卫才百公里级。”

罗峰微微皱眉：“明明感觉得到星辰塔对我的强烈召唤，却无法使它认我为主人。无论使用什么方式，星辰塔都没什么反馈。但我刚刚进入第一个禁地空间，就引出这么强的禁地护卫，这至少比一点反应都没有要好得多。”

罗峰、重箭王都仰头看着那个庞大的禁地护卫。

第861章

禁地护卫

“禁地护卫，按照之前我查看的资料，据传是由金属制造的机械傀儡。”罗峰道．“虽然是机械傀儡，但是很高端。一是不怕灵魂攻击，二是一般的攻击很难震坏它们体内的能量核心。”

“主人，”重箭王看着那在沙漠上的庞大的禁地护卫，连忙传音道，“想要从正面攻破这个禁地护卫，根本不可能，灵魂攻击又完全无效。虽然它的能量核心很稳定，很难被震坏，但是我们也只有这一个选择了——通过强力攻击，破坏其能量核心。”

“我懂。”罗峰点头，眼睛一直停留在那个禁地护卫身上。

罗峰、重箭王都在看着那个禁地护卫。

那个禁地护卫俯瞰罗峰他们，仿佛狮子老虎看着瑟瑟发抖的野兔，眼神中完全是戏谑。

一个刺耳的叫声从那个禁地护卫的口中发出，声音仿佛冲击波，所过之处，空间都出现有规律的涟漪。这股冲击波袭击罗峰、重箭王，令罗峰、重箭王脑袋震荡。

当罗峰清醒后，发现那个禁地护卫不是从沙漠中消失了，而是出现在自己的头顶上空。

那个禁地护卫庞大的躯体仿佛垂天之云，完全遮盖住了罗峰、重箭王，它飞扑而下，密密麻麻的利爪中同时有数十只利爪分别抓向罗峰和重箭王。

哧哧——

数十只利爪，每一只都有数十千米长，每一只都仿佛纤细的镰刀，在利爪末端还有着九道分叉。这时候，这数十只抓向罗峰他们的利爪还旋转着，仿佛绞肉机，宇宙空间都轻易被撕扯搅碎。

“哼！”罗峰手持血影战刀，低哼一声，猛地冲天而起，施展刀法，朝利爪与庞大身体的连接处劈去。

一道银色刀光瞬间出现。

一只利爪被劈得咔嚓一声断开，周围的其他利爪疯狂围着罗峰，肆意、疯狂地攻击起来。

“真是坚不可摧，我这一刀竟然都没办法破开这个牢笼。”罗峰看着这十几只铺天盖地围绕而来的利爪，脸色微变。

罗峰本来是想要直接攻击禁地护卫的腹部的，这样才有可能震坏其体内的能量核心，可现在被利爪环绕，他根本无法碰触到其腹部。

嗖，罗峰双翼一振。

在那围绕而来的十几只利爪面前，他只能不断闪躲。虽然那些利爪多且长，但是罗峰闪躲的速度无比诡异，他硬是能闪躲开来。

“破！”在不远处，同样被围攻的重箭王则咆哮起来。

罗峰余光一扫，只见被十几只利爪围攻的重箭王，气息滔天，早施展不朽神体、振幅秘法，手持古老的长弓，拉弓射箭，弓呈满月。当箭射出的瞬间，单单弓弦反弹力便将空间震成粒子流，箭更是形成两道鬼魅的幻影。

前后两道幻影，同时攻击向上空，所过之处的空间纷纷裂开。

“重箭王的双重箭！”罗峰眼睛一亮。

明明是一支箭，却能形成两道幻影的效果，这可不是所谓空间法则上的幻影，而是配合强大的不朽神力以及法则运用秘法所施展出的弓箭秘法。

当初重箭王被罗峰杀到陷入沉睡，那时重箭王的实力已经十不存一，不朽神力强度不够，根本无法施展双重箭这一绝学。

砰！砰！砰！

利爪刚刚碰触两道幻影就被撞到一旁，根本无法影响这两道幻影。

轰隆隆——

两道幻影最终轰击在那个禁地护卫的腹部。

这是封王级极限强者完全爆发的一击。

……

第一道幻影虽然已经消散，但是硬是撕扯开了那个禁地护卫的腹部，腹部出现一个伤口；第二道幻影更是完全将其腹部贯穿，其腹部竟然出现了一个巨大的窟窿。

这令那个禁地护卫抽搐起来，原本围攻罗峰的那些利爪也停止了围攻，都抽搐着。

“这么厉害？”罗峰惊讶道。

“主人小心。”重箭王一闪就到了罗峰身侧，郑重地传音道，“禁地护卫的防御无比厉害，别说我，就算是封王级无敌强者也无法强行撕裂禁地护卫的躯体。据我估计，这个禁地护卫应该本身实力相对弱小，但它或许还有其他手段。”

罗峰一惊。

嗖！嗖！

罗峰、重箭王都迅速一闪，和那个禁地护卫拉开距离，无奈身在禁地空间内，根本无处可逃。

罗峰仔细地观看着抽搐的禁地护卫，其腹部窟窿边缘竟然开始龟裂起来。

咔嚓，咔嚓，咔嚓。

一声声脆响，那个禁地护卫竟然从腹部直接断裂成两截，而断裂处的金属开始缠绕，再度形成一个蜈蚣头来……

眨眼间，一只蜈蚣变成了两只蜈蚣，一个禁地护卫变成了两个禁地护卫。

两只蜈蚣都怪叫着，飞扑而来。

“一只变两只，难道还会两只变四只不成？”罗峰双翼一振，划出一道幻影，远远避开。

其中一只蜈蚣划过长空，无数只利爪在虚空中爬动，虚空中荡起阵阵涟漪。它不断追击着罗峰，速度还挺快，无奈罗峰闪躲、改变方向的速度极快，就算是重箭王也远远不如，这只蜈蚣拼了命也碰不到罗峰丝毫。

而另外一个方向，另外一只蜈蚣和重箭王厮杀起来，重箭王再度给那只蜈蚣来了一箭。

砰！砰！砰！

重箭出，空间重重破裂，只只利爪被撕裂。

重箭最终轰击在那只蜈蚣腹部。

砰！那只蜈蚣腹部硬是被射穿。

重箭王怒吼着闪电般直冲而上，大量利爪铺天盖地压来，欲阻挡他，可重箭王早已拿出箭，闪电般地射出一箭，将那些欲阻拦他的利爪撕裂。重箭王想趁机冲进蜈蚣体内。

就在重箭王冲到腹部窟窿口处，即将冲进去的瞬间，忽然——

哧！

一道金色幻影从蜈蚣腹部窟窿口猛地探出，快如闪电，重箭王来不及闪躲。

那道金色幻影直接刺在重箭王身体表面的紫色钟影上，重箭王整个人被撞飞，他被撞飞的瞬间又射出了一箭，破开那些利爪的阻碍，直接飞了出去。

嗷——

一个刺耳的吼声响起，回荡在整个禁地空间，沙漠都震荡起来。

两只巨大的蜈蚣停下，落在地面上。

罗峰、重箭王聚在一起。

“怎么回事？这么麻烦？”罗峰皱眉传音道。

重箭王也看着那两只大蜈蚣。

其中一只蜈蚣腹部窟窿处，就是之前突然冒出一道金色幻影处，此刻正在蠕动着，似乎有什么要冒出来似的。

“主人，”重箭王传音道，“星辰塔中真正危险的还是那数十万名封王级强者，至于塔内本身虽然是危险重重，但是对我这等封王级极限强者而言，应该不会有什么麻烦，还不至于逼迫我燃烧不朽神体，可这次，似乎不太对劲。”

“据我所知，只有一种情况才会出现这么大的麻烦。”重箭王道。

“说。”罗峰也觉得不对劲。

重箭王是封王级极限强者，如果被逼迫得燃烧不朽神体才能解决禁地护卫，那么其他封王巅峰级、封王高等级强者，不就没命了？星辰塔本身是不可能这么危险的，一个用来战斗的地方都危险成这样，怎么会有这么多封王级强者进来？

“星辰塔内一般都很平静，除非有镇封星辰要出世，才会出现各种特殊的情况。”重箭王眼睛一亮，有些炽热。

“镇封星辰出世？”罗峰一怔。

“等解决这两只蜈蚣后，主人可以通过虚拟宇宙系统问问在星辰塔内的朋友，说不定也有强者遇到麻烦。”重箭王道，“如果有一群强者都遇到了麻烦，那说明真的有镇封星辰要出世，但同时，星辰塔内就会有一场大的杀戮。”

罗峰屏息。

击败封王级强者容易，封印难，击杀更难。

镇封星辰就是一件封印类宝物。如果实力只比对手稍强点的话，凭借镇封星辰就能强行将对手封印其中，令对手永远都无法逃脱出来，就算是宇宙尊者恐怕也休想从里面出来。

当然，用镇封星辰来封印宇宙尊者会麻烦得多。

镇封星辰是重宝，是让亿万个族群的无数强者为之疯狂的重宝。

若镇封星辰出世，强者聚集，或许还有其他强者从各地赶来，由此可以想象，为了抢夺镇封星辰，杀戮会是何等惨烈。

每一颗镇封星辰出世，都代表着一场大杀戮。

“主人，你刚进星辰塔就能遇到镇封星辰出世，看来就该主人得到镇封星辰。”重箭王道。

哧！哧！哧！

其中那只腹部有窟窿的蜈蚣，此刻窟窿正在扩大，同时一个金色怪物从中缓缓爬出，正是一只约有20米长的金色蝎子。那只蝎子的尾巴锋利、弯、长，重箭王一看便瞳孔一缩。刚才就是那蝎子的尾巴偷袭了他。

第862章

危机感

两只庞大的蜈蚣都是数百千米长，而那只金色蝎子仅仅20米长。蜈蚣和金色蝎子就好似巍峨大山和蚂蚁。

哧，金色蝎子的尾巴轻轻一甩，空气猛地炸响，出现一条条裂缝。金色蝎子那双血红色的晶石眸子死死地盯着罗峰、重箭王。

嗷——

金色蝎子猛地发出一个刺耳的吼声。

两只巨大的蜈蚣乖乖叫了一声，然后趴下，显得恭恭敬敬。金色蝎子缓缓爬着，边爬边审视着罗峰、重箭王。

罗峰也盯着那只金色蝎子。

“主人，这只金色蝎子的实力很强，我和它只是瞬间交手。”重箭王连忙传音道，“虽然它不懂得任何法则，但是纯粹攻击上应该比一般封王巅峰级强者略强些，它的尾巴应该是它攻击力最强的部位。”

罗峰盯着金色蝎子，传音道：“发现它的弱点了吗？”

“没有。”重箭王道，“之前我和那只蜈蚣对战，发现蜈蚣身躯的防御比较弱，我的箭能射穿，之后发现里面藏有金色怪物。所以，我推断当初在设计禁地护卫时，为了藏金色怪物，禁地护卫腹部的防御就设计得比较弱吧。至于这只金色怪物，防御要强得多，应付起来会很麻烦。主人，和它们不适合硬拼，我们还是拖延时间吧。时间长了，说不定我们就能发现禁地空间的通道，这样就能迅速离开。这些禁地护卫是无法离开本身所在的禁地空间的。”

“嗯，就按你说的办。”罗峰仔细盯着那只金色蝎子。

罗峰总感觉，虽然那只金色蝎子是在看着自己和重箭王，但是更多注意力是放在自己身上的，反而不太在意更强的重箭王。

嗷——

金色蝎子又忽然发出一个刺耳的吼声。

远处一直乖乖趴着的宛如两座蜿蜒山脉的巨大蜈蚣忽然动了，它们飞扑向重箭王。因为它们体形太大，而罗峰和重箭王靠得很近，所以罗峰、重箭王都以为那两只巨大的蜈蚣要攻击他们两人。

罗峰立即双翼一振，躲闪开，重箭王也躲闪开。

“和它们硬拼，还是可以的，或许可以用火神源晶，但太不值了，所以还是拖延时间，拖延到发现禁地空间的通道为止。”罗峰想。

两只巨大的蜈蚣怪叫着竟然同时追杀重箭王，一左一右。它们庞大的体形仿佛两朵巨大的火红色云团，那无数密密麻麻的利爪宛如山林，云团和山林笼罩向重箭王。

重箭王身体表面隐现紫色钟影，他可是封王级极限强者，又有不死之身，还有紫色古钟护体，就算最强火神源晶爆炸，都难损伤其不朽神体。这两只巨大的蜈蚣看似厉害，看似压制着重箭王，可实际上伤害不了重箭王一星半点。

“怪事。”罗峰发现两只巨大的蜈蚣都在攻击重箭王，一怔。

嗷——

一直在远处、盯着罗峰的金色蝎子终于动了。

嗖！金色蝎子的尾巴一甩，犹如一道金色闪电，直接蹿向罗峰。

“先看看这只金色蝎子的实力到底如何。”罗峰非常相信自己的防御能力，加上金色蝎子体形不像蜈蚣那般大，被蜈蚣困住很麻烦，可面对金色蝎子仅仅20米长的体形，罗峰只要一闪，便能随时逃掉。

只见金色蝎子对战身穿银甲、背后有银色羽翼的罗峰，一道金光，一道银光，瞬间在半空交手。

砰！

璀璨的银色刀光和蝎子的螯撞击，而比螯还要快的尾巴划过一道金色流光，直接刺向因为强烈撞击而脚步不稳直接倒飞的罗峰。罗峰反应也快，羽翼来了一个简单的遮挡动作。

哧，锋利的尾尖和弑吴羽翼发生撞击。

面对这曾经将封王级极限强者都直接撞飞的一击，罗峰直接化为一道银色流光倒飞开去。至于金色蝎子也是踢到了铁板，丝毫无损的弑吴羽翼产生了巨大的反震力，令金色蝎子翻滚着往后飞了一段距离。

“重箭王说得没错。”罗峰双翼猛地一振，直接在半空骤然停下，遥看金色蝎子，“金色蝎子的尾巴的确强得惊人。对付这种机械傀儡，使用费摩毒液一点用都没有。”

“那接我另一招吧。”罗峰手持血影战刀，瞬间化为一道流光扑去。

金色蝎子也化为流光扑去。

硬碰硬，它丝毫不惧。

罗峰手持刀劈去，金色蝎子欲用一双大螯抵挡。

罗峰的右翼猛地一振，银色羽翼瞬间施展出明月策。明月策原本就是为了配合羽翼攻击而创造的秘法，罗峰改造后用在了刀法上。一直警惕罗峰手中战刀的金色蝎子突然遭到银色羽翼的攻击，有些慌乱。

因为彼此距离太近了，罗峰是在超近距离下瞬间施展明月策的，所以金色蝎子才感到非常突然。

银色羽翼边缘锋利无比，它作为至宝，论边缘锋利程度，甚至超过了罗峰手中的战刀刀锋。

哧！银色羽翼仿佛无可匹敌的神灵，空间被神灵用裁纸刀轻易就切开了一条裂缝。一道银色流光沿着这条裂缝，掠过金色蝎子。在碰触的一瞬间，经过弑吴羽翼转换形成的特殊空间之力直接钻入金色蝎子体内。面对特殊空间之力，不朽神灵的不朽神体都会遭到侵蚀损坏，而金色蝎子在抵抗特殊空间之力方面显然也较弱。

金色蝎子发出怪异的声音，好似铡刀切断金属条。金色蝎子整个翻滚着倒退开去。

金色蝎子体内已经产生了损伤，但表面上毫发无伤。

金色蝎子翻滚着跌落到远处的沙漠中，扬起一阵沙尘，然后一动不动了。

远处一直攻击重箭王的两只蜈蚣立即猛地飞来，也不顾重箭王了。飞扑而来后，其中一只蜈蚣猛地张开嘴巴，直接吞噬金色蝎子，随即看了一眼罗峰、重箭王，便开始往沙漠里钻。

两只巨大的蜈蚣朝沙漠里钻，沙漠一阵动荡，紧跟着，恢复平静，蜈蚣消失不见了。

重箭王飞来，落在罗峰身旁。

“这么容易就被击败了？”罗峰皱眉道。

时刻注意罗峰的重箭王连忙道：“主人，我之前也只是和它的尾巴有过瞬间撞击，至于它身体的抵抗能力，我也不清楚。可能主人刚才的一击，令它体内的能量核心受到损伤了吧。它毕竟体形小，攻击力更容易传递到体内，伤害其能量核心。”

听到重箭王的解释，罗峰心底也赞同。机械傀儡的确是这样，想要毁灭它们身体很难，一般击败它们的方法都是震坏其体内的能量核心。

可罗峰总觉得不对劲。

“重箭王这么多年都没遇到过这么麻烦的禁地护卫，我第一次来，进入第一个禁地空间，就遇到这等麻烦事情。还有，那金色蝎子是重箭王引出来的，可是，金色蝎子不去对付重箭王，对付的是我。而且我能感觉到金色蝎子、蜈蚣的眼神似乎是有情感的，它们是真正充满杀机的，是真的想要杀了我。

“难道我来到星辰塔，引起了它们的敌视？”

罗峰眉头微皱，他思考着自己进入星辰塔内后发生的一切。

虽然自己能够感应到星辰塔对自己的无尽召唤，但是又无法成为它的主人，显然得到星辰塔不像自己得到兵甲、将甲、王甲那般简单。星辰塔这种在浩瀚宇宙中都无比珍贵的至宝，本身也不可能这么简单。

越是这样就越得小心。

“星辰塔对我很特殊，有两种情况：一种是对我友好，另一种是敌视，它很可能给我布下了重重杀机。”罗峰暗道，“假如我是创造星辰塔的人，也不会将这等至宝随意给一个后辈吧。难道仅仅靠运气就能得到这等至宝？不可能。星辰塔对浩瀚宇宙中最巅峰的存在而言，都算是无比重要的至宝了。”

罗峰或许会激动，或许会兴奋，可在激动、兴奋时依旧能冷静思考。

罗峰不会认为自己真的运气逆天，轻易就能得到星辰塔这等至宝。

“我有感觉，星辰塔很可能是我的丧命之地。”罗峰目光扫过禁地空间的沙漠。刚才金色蝎子、蜈蚣它们蕴含情感的眼神，那眼神中的杀意，让他心中有些发寒。

他心中发寒，不是因为金色蝎子、蜈蚣，而是因为它背后的星辰塔。

“若星辰塔过去有主人，可能它的主人便是《无名秘典》的创造者。我侥幸得到《无名秘典》，难道说星辰塔就是对我这种靠运气得到《无名秘典》的人的一次真正筛选？”罗峰暗道，“成功，生；失败，死？”

罗峰脑海中闪过一个个念头。

“主人，主人，我发现通道了。”重箭王连忙喊道，将思考中的罗峰惊醒。

“哦，通道？”罗峰朝四周看去。

“主人，在那边。”重箭王连忙在前面带路。

嗖！嗖！

二人很快来到远处。

沙漠中央有一个旋涡，无尽的旋涡中黑漆漆的，隐隐有点点光芒。

“这就是通道入口，像这种样式的通道入口，我走过很多次了。”重箭王连忙说道。

“嗯。”罗峰点头，“我们走吧。”

他俩当即一步坠入沙漠旋涡中。

第863章

警惕

他俩落到了岩石桥的桥面上，显然已经离开了原本的禁地空间。

“这是……？”罗峰环顾周围，不由得一惊。

无尽虚空中，一座岩石桥蜿蜒盘旋，延伸向远处。这座岩石桥没有任何承重物，就这么悬浮在虚空中一直延伸下去。

“主人，这就是通道。”重箭王在一旁，恭敬地指向岩石桥的尽头，那是一片虚无，“走到这条通道尽头，就是下一个禁地空间的入口。”

“这下面是什么？”罗峰俯瞰，岩石桥下是无尽虚空，“能飞下去吗？”

“飞下去没事。”重箭王笑道，“走在通道上，运气好，还能看到镇封星辰呢。镇封星辰的所处位置很危险，有无形阻碍物阻挡，不能靠近。如果强行靠近，几乎都是陨落这个结局。我就看过不少颗镇封星辰，运气好，一两年就能看到一颗；运气差，千年时间也能看到一颗。当年那些偶然看到镇封星辰的异族封王级强者非常激动，有些拼命去抢夺镇封星辰，却因此陨落。”

“一两年看到一颗？”罗峰俯瞰下方，“我想，我已经看到它了。”

“啊！”重箭王一愣，连忙俯瞰，随即吃惊得瞪大了眼睛，“还真是！”

无尽虚空深处，正隐约有一颗星星在徐徐翻滚着。这颗堪比普通行星体积的星星，正隐隐散发着让人心悸的气息。这颗镇封星辰，周而复始，以恒定的速度在无尽虚空中缓缓滚动着。

“重宝。”罗峰轻声道。

重箭王道：“镇封星辰只能看到却得不到。星辰塔中的镇封星辰非常多，单单被拍摄记录下来的就很多了，还有很多没被发现。可惜，如果镇封星辰不主动出世，即使是四大巅峰族群中那些无可匹敌的宇宙霸主，也无法强行得到。”

“嗯，继续往前走吧。”

“又是一颗镇封星辰。”重箭王走在岩石桥上，俯瞰下方，惊叹道。

罗峰边走边看岩石桥下方无尽虚空深处，偶然就能看到一颗缓缓滚动着的镇封星辰。

一颗颗隐隐约约的镇封星辰分别在虚空深处的不同方位，以恒定速度缓慢滚动着，亿万年来，永不停止，直至出世。

罗峰行走在岩石桥上时，收到了通话申请，当即分出一丝意识进入虚拟宇宙接受了通话邀请。

“扬。”

“天阵王。”罗峰惊诧，笑道。

天阵王可是人类。

虽然罗峰加入鸿盟的时间还很短，但是和很多人类封王级强者都有过交谈。鸿盟内有很多人类封王级强者，他们或者在闭关潜修，或者太过孤傲不愿结交朋友，或者在探寻宇宙秘境，等等。虽然罗峰没能和他们认识，但是他们的一些简单资料，罗峰也收集了。

“我也在星辰塔，通过军队系统发现近距离内有你的坐标，所以立即找你来了。”天阵王道。

罗峰点头。

军队系统能随时探测到每个士兵的坐标，而后在虚拟宇宙中进行整合，就算是在星辰塔这种特殊环境中，军队系统依旧能发现战友、盟友的坐标。

“我刚才已经联系了好些个朋友，因为我突然遭到禁地护卫的攻击，给我造成了不小的麻烦，这很罕见。我联系了一些朋友后，发现其中有三位也遇到了同样情况，你呢？”天阵王道。

“啊，你们也是？我也遭到了禁地护卫的袭击。”罗峰道。

“事情严重了，看来一颗镇封星辰即将出世的可能性很高了。”天阵王道，“扬，若有镇封星辰出世，星辰塔会让临近的一些强者自然而然地聚集起来，并向镇封星辰出世的所在地聚集。每次镇封星辰出世都会有一场大杀戮，你也得小心。不多说了，我进入下一个禁地空间了。”

“好，你也小心。”

结束了和天阵王的通话后，罗峰又接到了六名盟友的通话申请，都是在罗峰周围10亿千米范围内的战友、盟友。他们也都遇到了一些麻烦，都怀疑镇封星辰要出世了，特别是在和朋友们一番交谈后，更加意识到镇封星辰出世的可能性很大。

“镇封星辰，真的要出世了？”罗峰心中警惕。

虽然镇封星辰是重宝，但是拥有锁空之臂、将甲、王甲、弑吴羽翼、紫色古钟的罗峰，眼界很高，又受到星辰塔的召唤，当然不可能因为一颗镇封星辰即将出世而头脑发昏。

“一般经历漫长岁月才偶尔有一颗镇封星辰出世，我一来，就有一颗要出世？巧合吗？不像。”

罗峰愈加警惕，询问道：“重箭王，镇封星辰出世时会发生什么情况？”

“情况不一，但是星辰塔内会出现各种奇异的情况，一个个禁地空间发生串联，会自然而然地将周围的众多异族强者引导汇聚起来，最后就是一场血腥的杀戮。”重箭王解释道。

“嗯，我们走吧。”罗峰点头，不再多说，很快便走到了通道的尽头。

罗峰看了一眼岩石桥下无尽虚空中一颗颗隐约可见、缓缓滚动的镇封星辰，将重箭王收入世界戒指，然后独自跨出通道的出口，进入了另一个禁地空间。

这是一片海洋。

罗峰刚进入后，通道入口就消失不见了。

罗峰站在风平浪静的海面上空，环顾四周，寻找通往下一个禁地空间的通道入口。

正常情况下，通道入口是非常容易找到的，最慢时，花费一天时间也能找到。

原本风平浪静的海面忽然汹涌起来，发出哗哗的海浪拍打声，紧跟着轰隆一声炸响，接着是刺耳、高亢的声音响起。

一个碧蓝色、颈部扁平、全身满是金属鳞甲、类似蛇类的怪物猛地从海水中蹿出，它在海面之上的部分约有2千米长，它的下半身在海面之下，向下看，隐约能看到蹄爪。

整个海洋都因此震荡、咆哮起来。

这个怪物用那双金黄色的眸子盯着远处空中的罗峰。

“又碰到禁地护卫？”罗峰暗自嘀咕。

……

星辰塔对罗峰似乎真的不友善，从第一个禁地空间到第九个禁地空间，罗峰去每一个禁地空间都引出了其中的禁地护卫，而且战斗风格、方式、危险程度也不一。第七个禁地空间是罗峰遇到的最危险的一个禁地空间，当时罗峰遇到的是身高仅仅1.2米的黑色金属猩猩。这头矮壮的猩猩手持着两柄大锤，速度却快得惊人，灵活无比。

体形越小就越灵活。

黑色猩猩是罗峰遇到的最灵活的一个禁地护卫，速度、闪躲方面快媲美罗峰了，它手中的两个大锤比重箭王的双重箭还可怕得多。

重箭王被打得只能当盾牌，除非燃烧不朽神体，否则没一点反抗战力。

罗峰第一次竭尽全力使用弑吴羽翼，时而硬扛那大锤，时而不断闪躲。双方足足厮杀超过半个小时后，罗峰终于发现了通道入口，他俩这才出了第七个禁地空间。当罗峰、重箭王逃出时，那头金属猩猩还在愤怒地咆哮着。

“幸亏只是金属傀儡，无法燃烧不朽神体。”罗峰嘀咕。

“疯了，疯了，这个禁地护卫，单单论战力，已经完全超越封王级极限强者了，甚至接近封王级无敌强者了。如是成为神灵，能燃烧不朽神体，稍微燃烧些许就能爆发千倍的战力，我们便毫无抵抗之力了。”重箭王也为那个禁地护卫的战力而震惊。

……

之后，罗峰再也没遇到禁地护卫了。

罗峰在星辰塔中，不断地闯。

“第二十一个禁地空间。”罗峰盘膝坐在一颗火球上，火球托着罗峰，直接飞向第二十一个禁地空间。

第二十一个禁地空间是一个沼泽世界。

此刻在这个沼泽世界的上空，正聚集着两群异族不朽神灵，其中一群是机械族阵营的，共有二十二名不朽神灵，全部都是封王级，其中有两名是机械族族人。

机械族的封王级强者！还是两名！

另一群是虫族阵营的，仅仅六名封王级强者，可气势上明显更高。因为这六名封王级强者中有一名是不朽级虫族母皇控制的封王级极限傀儡，这名封王级极限傀儡在这里，自然代表那可怕的不朽级虫族母皇也在这里。

任何一个不朽级虫族母皇都代表着无可匹敌的可怕战力。

“没想到一来就碰到他们。”

“这下麻烦了。”

“不过我们也不惧，等镇封星辰出世，我族的命陨王肯定会出现，我们机械族族人联手，还惧那虫族？”

两名身穿黑色铠甲的机械族族人对视一眼，他们身旁跟着的二十名封王级强者显然以他们为首。

机械族族人数量稀少，任何一个封王级机械族族人代表的都是一个可怕的机械帝国，而且极其可怕。

正常情况下，封王级机械族族人比不朽级虫族母皇要弱些，虫族母皇没有封王的说法。

只要是不朽级虫族母皇，就代表了她是宇宙尊者之下最可怕的存在。她操控着不朽级虫族军团，虫族军团一次合击，便可以让宇宙中无数族群的封王级强者胆寒。

……

哧，远处空间产生一条裂缝。

一道身影从中飞出，而后悬于沼泽上空。

机械族阵营与虫族阵营，这两个阵营的强者早就处于僵持状态，对刚到来的罗峰，两方一开始都没在意。

忽然——

“是刀河王！”

“是人类的刀河王！”

“哦，是杀得血兽王逃匿，重箭王陷入沉睡的刀河王？”

机械族阵营和虫族阵营的强者很快就警惕起来。

刀河王名声在外，他们也不敢小瞧。

“这是……？”来到第二十一个禁地空间的罗峰，看着远处两群隐隐敌对的异族封王级强者，特别是那散发强大气息的封王级极限傀儡，心中一紧。

第864章

晨混王

罗峰仔细看去，远处沼泽上空有两群强大的异族封王级强者，一群数量多，一群数量少。数量多的一群中有两名格外显眼的机械族族人，他俩都穿着黑色铠甲，被其他异族封王级强者簇拥着，显然地位不凡。

“可惜，不认识。”

罗峰收集过不少资料，可更多是关于焱祭大陆上的封王级强者们的。

至于星辰塔内的数十万名异族封王级强者，很多都是其他阵营的，想要搜集资料也不是一件容易的事。

“另外一边。”罗峰目光一扫。

数量少的一群中只有六名异族封王级强者，可从双方僵持的状态来看，从他们的眼神和自然而然流露出的气势来看，罗峰判断数量少的一方反而占上风。

“是他！”罗峰猛地盯着远处六名异族封王级强者中的一名，他气息格外强大，丝毫不弱于苍金王、重箭王。他面容丑陋，身高约3米，全身满是黑色角质层，有八根柔软的黑色触角从脸庞边缘垂落。那一对被角质层挤压的小眼睛射出让人胆战的光。

他，巴遗族，骷针王。

骷针王在整个域外战场第七战场的名气极大，不过名气大并不是因为他是封王级极限强者，也不是因为他来自强大的族群巴遗族，而是因为他是灵魂奴仆，被不朽级虫族母皇控制的灵魂奴仆。他在这里，他的主人也在这里。

“不朽级虫族母皇！”罗峰心中一紧，“南惩！”

南徳是她曾经报给罗峰的一个名字。在虫族内，根本没封侯、封王的说法，所以那名不朽级虫族母皇自然也就单单叫南徳，没有南徳王的叫法。

整个第七战场的绝大多数强者了解情报时都会收集有关她的资料，因为她是不朽级虫族母皇。

“不朽级虫族母皇南徳控制的封王级极限、封王巅峰级傀儡就有好些个，其中巴遗族的骷针王是她控制的傀儡中防御最强的一个，所以一般都是骷针王在外行动，而南徳和她的不朽级虫族军团在世界戒指中。”罗峰暗道，“难怪机械族一方实力那么强，还被压制。”

罗峰这才意识到，这里是星辰塔，是整个域外战场第七战场上危险程度最高的战斗之地之一，像在焱祭大陆上想要找一名封王级极限强者都难，想要找一名擅长灵魂攻击的封王巅峰级强者也很难。可在星辰塔中有众多族群，在这里，封王巅峰级强者多的是，封王级极限强者和擅长灵魂攻击的封王巅峰级强者，虽然数量不是特别多，但是也有不少，甚至还有一些极可怕的存在，比如不朽级虫族母皇南徳。

因为族群、宝物，不朽级虫族母皇南徳的实力很强大，算是接近封王级无敌了，号称宇宙尊者之下无敌。可是和真正的封王级无敌并媲美普通宇宙尊者的真衍王相比，南徳的实力还是略微差一点的。不朽级虫族母皇南徳等存在，若真的对战宇宙尊者可就傻眼了，没有一丝反抗之力。

由此可以看出不朽级虫族母皇南徳和真衍王的一些差距。

可在域外战场第七战场，不朽级虫族母皇南徳已经算是最顶尖的存在之一了，毕竟真衍王这种存在，宇宙亿万个族群中都很罕见，数量稀少至极。他们都在寻找机缘，想要跨入宇宙尊者级，没几个会进入域外战场，因为域外战场对他们来说没有挑战性。

空中。

机械族阵营、虫族阵营、罗峰，三方都悬浮在半空，同时在探测着整个禁地空间，寻找通道入口。

罗峰也没去套近乎，也不喜欢套近乎，而且那两方都是人类的敌对阵营，随时都会对他下手，何必去套近乎？

“你就是刀河王？”一个沙哑的声音响起。

罗峰转头看去，说话的是机械族阵营中的一名身材较为高大的异族强者。他有一张铁饼似的脸和黑色的大嘴，从人类的审美而言，这样的容貌显得老实、憨厚。这名看起来老实憨厚的异族强者正似笑非笑地看着罗峰。

“你是谁？”罗峰看向他。

“我，晨混王，紫钟王的好兄弟。”晨混王咧嘴道。

“紫钟王的兄弟？”罗峰皱眉看了他一眼。

自己当初搜集紫钟王的情报时，可没搜集到这一点。不过晨混王、紫钟王都是机械族阵营的，说不定真有点瓜葛。

旁边机械族阵营的其他异族封王级强者们都在看热闹。虽然他们对罗峰抱有警惕之心，但是不管是他们还是虫族一方的，都有俯瞰罗峰的资格。在绝对实力上，他们两方才是真正的强大。

“紫钟王的好兄弟晨混王，你叫我有事吗？”罗峰看着他。

“刀河王，”晨混王嗤笑一声，“挺嚣张的嘛。不过你得弄明白，这里是星辰塔，不是焱祭大陆。在星辰塔，特别是在这儿，不管是在我们面前，还是在虫族面前，你刀河王都没有一点嚣张的资格。”

“哈哈……”旁边传来一阵笑声。

从机械族一方传来笑声，虫族一方也在一旁看热闹。

罗峰见状，眉头微皱。他感觉到机械族阵营对他的敌意很大，特别是这晨混王，更是对他充满鄙视以及杀意。

当初自己在焱祭大陆杀了十四名机械族阵营的封王级强者，这些机械族阵营的强者对自己心存敌意，也可以理解。

“我在你们两方面前是没有嚣张的资格，我也没有嚣张，可是你小小的晨混王，也在我面前嚣张？”罗峰嗤笑。

“你找——”晨混王怒吼，声音却戛然而止。

只见罗峰身侧突然出现一道高大的身影，那是一名戴着黑色面具的瘦高男子，他散发的那股强大气息，绝对可以和这个禁地空间内的虫族一方、机械族一方最强者媲美。

“重箭王！”

“是重箭王！”

“气息好强，是他的完美状态。”

“陷入沉睡的重箭王怎么在这么短的时间里就完全恢复实力了？”

机械族阵营和虫族阵营的强者都大吃一惊。

之前双方虽有些警惕罗峰，没太把他放在眼里，但现在机械族阵营和虫族阵营这两方的强者个个心中重视起来，个个收敛笑容，不再那般不屑、狂妄自大了。他们都感到了威胁。

能够让陷入沉睡的重箭王恢复完美实力，得付出超过千亿混元单位的代价。单单这笔财富，就能说明罗峰的强大。

而且，罗峰和重箭王联手，更不好惹。

罗峰看了晨混王一眼，随后不再看他。

“主人。”重箭王恭敬地站在罗峰身后。

“重箭王，记住，你的紫色古钟千万别暴露。你和紫色古钟，都是我的大底牌。”罗峰用意识交流道。

“明白。”重箭王用意识应道。

封王级极限强者很可怕，拥有紫色古钟的封王级极限强者就更可怕了。曾经拥有紫色古钟的紫钟王不好惹，但紫钟王仅仅是封王巅峰级，这个层次的紫钟王就曾灭掉两名封王级极限强者，可想而知，现如今的重箭王是何等厉害。

罗峰看了一眼远处的两方阵营。他很清楚，在强者的世界中适当地展露实力是赢得尊重的一种方法。如果一直隐藏实力，只会被欺压。

忽然——

“找到通道入口了。”

“入口？”

嗖！嗖！嗖！

两方阵营的强者立即朝通道入口飞去，罗峰和重箭王也朝通道入口飞去。虫族一方离通道入口最近，罗峰离得也比较近，机械族阵营离得最远。

三方势力都朝通道入口飞去。

“刀河王，我机械族和虫族的强者先进去，你还是待在后面吧！”晨混王传音喝道。

罗峰转头朝后面看去，晨混王和一大群异族封王级强者一道飞来。晨混王眼中有着一丝快意。

谁让之前罗峰让自己难堪呢？自己说这番话倒也恰在其时，实力决定次序，实力强的自然可以先离开。

“哼。”罗峰转头，继续和重箭王朝通道入口飞去。

“刀河王！”晨混王脸色一僵，随即满腔怒火，准备动手。

“找死！”罗峰猛地转头。

重箭王直接行动，猛地一个反身，直扑向晨混王。二者的距离并不算远，一个往前飞，一个往后扑，瞬间交手。

此时的重箭王双手各持一柄弯刀，弯刀边缘隐隐有一丝紫色光晕。

两道光一闪而过，划过晨混王的不朽神体。晨混王的不朽神体被切成三段，晨混王却幸灾乐祸地道：“不燃烧不朽神体，封王级极限强者也不可能杀了我。你动手就是挑衅，到时候机械族的那两名封王级强者动手，就是你的死期！”

“啊！”紧跟着，晨混王眼眸中出现了一丝惊恐、不甘。

两柄弯刀都涂有费摩毒液，晨混王的不朽神体被侵蚀得完全崩解湮灭。

晨混王，陨落。

虫族一方、机械族一方的异族封王级强者都呆滞地看着晨混王的不朽神体完全崩解，他们无法想象，晨混王，一个封王巅峰级强者就这么死了。

重箭王手持弯刀，冷漠地看了一眼晨混王死后遗留的铠甲、兵器，厉声道：“欲杀我主人者，死！”

第865章

强者云集

晨混王就这么陨落了？

机械族阵营的封王级强者不由得震惊，立即猜出：这位名气极大的刀河王肯定有特殊手段，肯定购买了宇宙中某些特殊武器。重箭王虽然是封王级极限强者，但是也做不到秒杀封王巅峰级强者，所用的两柄弯刀肯定有一些特殊之处，可能是由某些特殊材质打造而成的。

“真奢侈。”

“这刀河王的来历肯定不一般。”

“他之前没什么名气，据说是得到祭塔中的宝藏后才不一样的。那祭塔中的宝藏估计很惊人，足够他购买那些奢侈、可怕的武器。”

机械族阵营的封王级强者和虫族阵营的封王级强者也都迅速做出推测。

机械族阵营、虫族阵营对刀河王的重视程度再次提高不少，再也没哪个敢随意嘲笑罗峰了。

虽如此，但机械族阵营的是一群封王级强者，且有两名机械族族人在，重箭王轻易就杀了机械族阵营的强者，他们怎么可能忍得下这口气？

自己的一名战友被杀了，自己还一声不吭，这也太丢脸了。

“刀河王，你这是何意？”被簇拥着的两名机械族族人中穿黑色铠甲、皮肤略呈青色的那个喝道。

重箭王已经飞回罗峰身侧，显得很恭敬，可在场的谁也无法忘记重箭王的出手狠辣。

“机械族的强者，”罗峰冷漠地道，“我对机械族一方的强者还有虫族一方的强者并无挑衅，而且刚才是晨混王辱我，并想要杀我！当真以为你们人多就可以肆意辱我？我就不敢动手？我的尊严，不容侮辱！

‘晨混王既然敢如此做，就要承受被我杀死的后果。”

罗峰的目光向机械族一方一扫：“相信你们机械族一方的众多封王级强者都看到了一切，明白了缘由，如果你们依旧想要为晨混王出头，我会迎战。我本与诸位没有仇怨，是不想战斗的，保存实力迎接即将出世的镇封星辰才是最重要的。现在浪费实力，只怕到时候会后悔，让其他强者占了便宜。”

机械族一方的众多强者不由得看了一眼前方的虫族阵营。

现在三方实力，罗峰最弱，机械族稍强，虫族最强。若是机械族一方和罗峰火拼，最后都被虫族一方一锅端了也并无不可能。

“哼，镇封星辰出世最重要，希望你能活过这次大杀戮！”那名出头的机械族族人喝道。

“希望你们也是。”罗峰咧嘴一笑。

随即，双方不再废话。

虫族一方暗自失望，可这也在意料之中。

宇宙中实力相差不是太离谱的超级强者们是很少进行真正生死断杀的。

罗峰在给对方一个台阶下，大家都心知肚明，至于事后算账不太可能。

这些机械族阵营的强者，谁会为了一个已经陨落的晨混王去和能奴役封王级极限强者的刀河王死拼？

表面上气势汹汹，可实际上还是以自己的利益为重。

“天下熙熙，皆为利来；天下攘攘，皆为利往。”罗峰心中念叨，“历史上的先辈早就看透了一切。”

虫族一方、机械族一方、罗峰和重箭王，三方进入了下一个禁地空间。

他们刚一进入就发现了禁地空间中正有两群封王级强者隐隐僵持着，一方是人类阵营，另外一方是虫族阵营。

“天阵王。”罗峰一眼就看到人类阵营中那名披散着棕色长发、穿黑色战衣的三眼男子。

这人正是天阵王，是封王巅峰级强者。

因为他擅长在幻境中攻击、灵魂攻击，所以威胁程度丝毫不低于封王级极限强者。

这种精通幻境、灵魂攻击的，只需要稍微燃烧不朽神体施展灵魂攻击，连封王级极限强者都能被威胁。

“扬。”天阵王眼睛一亮。

“锵武王。”罗峰与重箭王飞了过去，和人类阵营中那些封王级强者交流。这群封王级强者中真正的人类也就天阵王一个，其他都是异族。

“扬。”

“刀河王。”

“刀河王。”

“刀河王。”

人类阵营的众多封王级强者看到罗峰身侧乖乖的重箭王，都心中暗惊：“当初重箭王被杀得陷入沉睡，大家都猜到重箭王会被奴役。要让陷入沉睡的重箭王在这么短的时间内完全恢复实力，代价之高昂，我等得仰望啊！”

他们一个个不由得对罗峰更加热情，有交情的热情地喊着扬，没交情的也热情地喊着刀河王。

这些人类阵营的封王级强者自然而然地就以罗峰、天阵王为核心了。

而另一边，虫族的两支队伍也会合了，只听得他们一声声地说：“骷针王，骷针王，南惩大人呢？”

从这些话中就能听出，虫族的两支队伍会合后，虫族一方的核心人物毫无疑问依旧是那没有露面的不朽级虫族母皇南惩。

“骷针王？”天阵王眉头微皱，“骷针王是南惩麾下防御最强的傀儡。骷针王在这里，南惩肯定也在这里，没想到这么早就遇到了南惩。”

“现在不遇到，等到后面也会遇到的。”罗峰一笑。

“有把握对付南惩？”天阵王看向罗峰。

“没有。”罗峰道，“你呢？”

“完全没希望。”天阵王也摇头，“任何一个不朽级虫族母皇都是灵魂方面的大师，连骷针王这种封王级极限强者都被控制被奴役了。在灵魂攻击方面，她比我还强，我哪里有一丝希望？”

“嗯。”罗峰点头，“是啊，不朽级虫族母皇很可怕，本身就是灵魂方面的大师，麾下又有不朽级虫族军团。”

“强者越多，她对我们的威胁就越小。”天阵王传音道，“现在不朽级虫族母皇南徳很厉害，一个就能震慑我们各方，可随着强者数量越来越多，她对我们的威胁就小多了，特别是镇封星辰出世时，聚集的封王级强者将多得可怕。只要部分强者合击，就算宇宙尊者都扛不住，都得躲着点，不敢硬拼。”

罗峰点头。

封王级强者的数量多到一定程度就很可怕了。

……

时间流逝，罗峰从一个禁地空间到另一个禁地空间。

每到一个禁地空间都能遇到其他强者，也使得封王级强者的数量越来越多。这一幕也让所有强者都认定肯定有镇封星辰即将出世。只有镇封星辰即将出世时，星辰塔才会让强者们不断汇聚。

“骷针王！”

“骷针王！”

“是骷针王！”

“骷针王在这里，不朽级虫族母皇南徳肯定也在这里。那个老怪物也来抢夺镇封星辰，我们得到镇封星辰的希望就更小了。”

虽然强者的数量越来越多，但是不管是人类阵营、妖族阵营，还是机械族阵营，谈论的核心几乎都是骷针王和南徳。

不朽级虫族母皇南徳，毫无疑问是现在这一大群熙熙攘攘的封王级强者中最强的。

而罗峰正和人类阵营的强者们站在草原上空。

“我遇到骷针王、击杀晨混王都是今天的事，这才通过二十几个禁地空间，没想到已经聚集了两千六百多名来自宇宙各地的强者了。”罗峰朝远处看了一眼：“机械族阵营有六百多名强者，虫族阵营有八百多名强者，妖族阵营有五百多名强者，人类阵营有六百多名强者。”

两千六百多名强者中，罗峰虽然能认出的比较少，但是从概率判断，超过90%的都是封王级。

“还没到目的地就有这么多强者聚集了，等到了镇封星辰出世的所在地，那得有多少啊！”罗峰感叹，“人类经历漫长岁月，就算算上已经陨落却再度复活的封王级强者，也才十万名封王级强者。”

可放眼宇宙，亿万个族群的封王级强者加起来，那数量就多得离谱了。

单单星辰塔内聚集的数十万名封王级强者，就已经超过人类族群的了，显然，一个族群无法和亿万个族群相比。不过巅峰族群之所以强大，是因为拥有巅峰战力的人多。

哧！

远处空间忽然出现一条裂缝，又一大群强者熙熙攘攘地进来。

罗峰瞥了一眼：“数量又更多了。嗯？似乎是两个阵营的，一个是虫族一方的，另一个是人类一方的……不，是三个阵营。”

罗峰眼睛一亮。

这一大群强者的确分成了三个阵营，虫族一方是一百多名强者，人类一方是三十多名强者，妖族一方仅仅一个。

“玄墓王！”

“玄墓王！”

“玄墓王！”

“是玄墓王！”

早就在这儿的两千六百多名强者几乎都将目光落在了那单独而来的玄墓王身上。

玄墓王背着一柄巨大的血红色战刀，全身覆盖着一层血红色鳞甲，类似狼的头上长着一根独角，脸上有一条青纹和一条红纹，有九条鳞甲尾巴。他脚踏虚空，眼神令空间都在颤抖。

在场虽然有两千六百多名强者，但是竟然完全安静下来，气势竟被这一名强者给压制住了。

拥有不朽级虫族母皇南徳的虫族阵营在那一瞬间也被压制了。

“玄墓王，是他！”罗峰瞳孔一缩。

第866章

镇封星辰

域外战场第七战场上有好些个无比可怕的存在，他们在各自的阵营中都是独占鳌头的。罗峰清楚，自己就算拼尽所有的底牌也不是任何一个的对手。当实力差距太大的时候，其他手段就根本不起作用。

若说不朽级虫族母皇南惩算一个，那玄墓王更是其中一个。

南惩，以其不朽级虫族军团纵横整个战场。

玄墓王，凭借一柄血墓刀，杀戮无尽，创下赫赫威名。

论名气，玄墓王更大一点。

至于战力，二者谁强谁弱很难说。比如在空间狭小的区域，不朽级虫族军团的实力会受到影响，而玄墓王此时完全可以蹂躏整个军团。如果在空间大的区域，不朽级虫族军团可以痛快地施展各种合击，那就可怕了。

玄墓王来自岐魍族，本性孤傲，因得罪强者太多，在域主时就直接逃到域外战场，开始了漫长的域外战场杀戮生涯。玄墓王从域主一直成长到接近封王级无敌强者，岐魍族早就将他当作族群的未来支柱，将他当年的仇人一一解决，且奉上诸多资源供其成长。

罗峰脑海中浮现一则信息。

“厉害，从域主成长到这等地步，如果各方面再圆满点，就能和我的老师真衍王媲美了。”罗峰暗道。

南惩、玄墓王都是接近封王级无敌层次的强者。

二者看似差距不大，可越往后提升越难。二者想要再圆满些、再提升些，太难了。像真衍王这种在不朽级就达到封王级无敌的存在，在整个宇宙亿万个族群中都少得可怜，数量比宇宙尊者的数量都要少很多。

……

时间流逝，强者们不断聚集。

他们在一个个禁地空间内聚集，而后一起朝下一个禁地空间前进，在每个禁地空间逗留的时间从半小时到半天不等。两天后，罗峰他们这一支队伍的人数已经非常惊人了。

“单单这里的强者就有十六万多名。”天阵王在罗峰一旁惊叹道，“这还没抵达最终聚集地。最终之地，各支队伍会合，人数将会多得可怕。”

罗峰目光掠过人类阵营中的一名强者，那是一名身后足足背着七柄不同样式的剑的人类男子。他全身穿着隐隐散发古老气息的紫色铠甲，手上戴着由特殊材质制成的黑色手套，额头上有七个不同样式的剑之印记，整个人散发的气息之强大，连远处妖族阵营的玄墓王都受到了影响，也爆发出血腥般的气息。

“七剑王！”罗峰心中轻叹。

七剑王，人类强者。

人类阵营的强者已经有五千多名了，超过九成都是封王级强者，单单封王级极限强者就有数十名，还有数十名擅长灵魂攻击的封王巅峰级强者，所以人类阵营的核心不再是罗峰、天阵王，而是七剑王。

“按照老师真衍王所说的，七剑王有希望追赶上老师和天羽王他们几位。”罗峰暗道。

七剑王走的是精神念师流派，年少时便从巨斧斗武场中脱颖而出，被巨斧斗武场吸纳成核心天才，且是以那个时代的第一天才这个身份被吸纳。或许论天赋，论进步速度，七剑王赶不上科谛，也赶不上罗峰，但他还是比伯兰他们要强很多。

金角巨兽分身、魔杀族分身达到界主级时，地球人本尊依旧是域主级，这才会使进步速度看似骇人，实际上却没表面上那么夸张。

成为不朽神灵后，七剑王被巨斧斗武场的某位宇宙之主收为亲传弟子，而后更是风生水起，修炼短短数万年，已经接近封王级无敌强者，和真衍王、天羽王等相比，都差不了多少。

人类高层很看好七剑王，认定七剑王非常有希望成为宇宙尊者，所以人类高层全力栽培七剑王，再加上七剑王老师的指点、引导和七剑王自身的一些特殊际遇，造就了现如今的七剑王。

“这可是宇宙之主的亲传弟子。”

“是哪位宇宙之主？”

“不知道，听说是人类中巨斧斗武场一方的。”

“人类真是强大啊！我族一个宇宙之主都没有，他们人族内部有五大势力，每个势力中都有宇宙之主。”

人类阵营内部悄然议论着。

不谈七剑王本身的战力，单单宇宙之主亲传弟子这一身份，就足以让人类阵营一方以他为首。因为这样的存在肯定不会陨落，陨落了也会被宇宙之主复活。

“罗峰，你的身份如果暴露，会比七剑王更耀眼呢。”巴巴塔用意识交流道，“你可是被混沌城主收为亲传弟子，而混沌城主可是虚拟宇宙公司第一掌权人，又坐镇人类圣地混沌城，而且你又是在界主时就被收为亲传弟子的。”

“不用耀眼，赶紧闭嘴。”罗峰传音道。

“真凶。”巴巴塔不爽，不再理会罗峰。

“七剑王？”罗峰看了一眼七剑王，“我在界主时想要击败七剑王很有难度，可若是成了不朽神灵，击败七剑王将会很轻松。可惜，我只是界主。”

“第三分身没有最好的选择。没有孕育出第三分身，绝对不能突破。我的修炼时间短，法则感悟也不高，也不急着突破。”罗峰早就为第三分身花费了无数心思，在鸿盟、宝库中查看了很多特殊生物的毛发、血液等。

能购买到的、比金角巨兽分身强的有好些，却达不到罗峰的心理预期。

宇宙中有一些非常逆天的特殊生物，有些甚至在宇宙中仅仅有一个，比如兽神。罗峰想要某个界主级逆天生物的毛发。

……

在这里的四大阵营共十六万多名强者，他们来自宇宙各地，长相各异，有血肉类生命，有能量生命，有金属生命，有植物生命……

植物生命是一个极大的类别，不仅有摩云藤、食星草这类意识很弱的，也有一些聪明程度不低于人类的。有些植物生命的模样和人类酷似，只是内部的生命构造不同罢了。

轰隆隆——

山脉被轰出了一个深不可测的巨大洞窟，里面隐隐有星辰流光运转。

“通道入口！”

“是通道入口！”

顿时，四大阵营都骚动起来。四大阵营的强者浩浩荡荡地进入巨大的洞窟。按照距离远近，人类阵营是排在第三位的。进入后，他们感觉时空转换，直接落在了巨大的石峰上。

无尽的虚空中悬浮着一座又一座石峰，石峰间的距离很近，一座座石峰仿佛一颗颗鹅卵石按顺序排列着，在虚空中形成一条大道。

罗峰早有了经验，知道这是虚空通道，通过通道就能抵达下一个禁地空间。

罗峰落在巍峨石峰的一块岩石上，遥看远处无尽虚空，倒吸一口凉气：“这么多强者！虚空通道仅仅是禁地空间之间的通道，平常强者的数量会很少，可这次，得超过十万名了吧。”

一座座石峰在无尽虚空中悬浮，每一座石峰上，还有半空，都聚集着大量不朽神灵，数量多得简直让人咋舌。

“鸿盟中的人类封王级强者才十万名。”天阵王站在罗峰一侧，轻声笑道。

“而且鸿盟中的十万名封王级强者质量没这么高吧。”罗峰也道。

“当然没这么高。”天阵王感叹，“这一路过来，从一个个禁地空间聚集的强者越来越多，那些实力稍弱者，看到这么庞大的队伍，有些就打退堂鼓了，唯恐丢了性命，在中途，就故意和我们分开不再过来了。”

放弃很容易。比如众人是一起沿着通道出去，只要不跟着一起走，等到通道入口下一次出现时再单独离开，自然就“掉队”了。

“而且很多无比自信的强者，包括原本是在第七战场其他危险之地的强者，一听说镇封星辰即将出世，恐怕也会赶来。

“星辰塔内的强者也是如此，他们通过神国传送，尽量朝出现特殊情况处靠近。”天阵王感叹，“所以这十多万名强者中厉害的强者有很多。你看，机械族的命陨王，我族的七剑王，还有那边的塔龙王……哪个不是声名赫赫，现在都聚集在这儿了。这条虚空通道聚集这么多强者，估计这条虚空通道就是镇封星辰的出世之地。”

“嗯。”罗峰点头。一般都是在通道中看到镇封星辰，所以镇封星辰出世很大概率会发生在通道内。

“镇封星辰！”

“看，镇封星辰！”

“显现了！”

“镇封星辰显现了！”

来自宇宙各地的十六万多名强者一下子骚动了，几乎所有的强者都俯瞰下方，天阵王、罗峰也俯瞰下方。

只见下方无尽虚空深处出现了气流旋涡，那气流旋涡深处，一颗星星缓缓滚动着上浮。

第867章

结盟

轰隆隆——

那庞大旋涡产生的轰隆声这才传递到罗峰耳边。

巨大旋涡中，那颗镇封星辰的上浮速度越来越慢，似乎受到极强的阻碍。

“好多镇封星辰！”

“得有数千颗吧。”

“啊！”

一阵惊呼声。

只见在那巨大旋涡四周，隐隐约约显现出一颗颗缓缓滚动的镇封星辰，这些镇封星辰的直径在9000千米到9万千米之间，一眼看去，足有数千颗镇封星辰。数千颗镇封星辰以同样恒定的速度缓缓滚动着，它们全部都围绕着旋涡中心滚动，旋涡中心那颗已经浮起的镇封星辰是最耀眼的一颗。

这一幕让十六万多名强者的内心都有些狂热了。

“很多强者都迫不及待了。”罗峰目光一扫。

“扬，”旁边的天阵王连忙传音道，“想不想得到那颗镇封星辰？别告诉我你不想。”

罗峰看了一眼身侧的天阵王，不由得一笑：“如果不想，还来这里冒险？不过，我们得到那颗镇封星辰的概率太低了吧，在场可有十多万名强者，其中更有南慜、玄墓王、塔龙王等可怕存在，这种存在足足有九个。”

“他们是强，可在场有十多万名强者，个体战力已经被影响被削弱了，谁敢违逆众多强者？就算是宇宙尊者，被十多万名强者围攻，也只有陨落的结局。”天阵王连忙道，“我已经联系其他几名封王级极限强者，还有一千名战友，你跟我一起与他们暂时结成同盟，共同进退，一起夺宝？”

“上千名强者形成同盟？”罗峰惊讶。

“嗯。”天阵王道，“我已经向虚拟宇宙系统申请了一个临时会议厅，我们都有权直接进入。”

在域外战场或者宇宙秘境的不朽神灵在紧急情况下是会经常使用临时会议厅的。一旦申请成功，所有受到邀请的强者都有权直接进入临时会议厅。临时会议厅可做他们商讨紧急决策之所。

这当然是一笔不小的花费，可对封王级强者而言，也不算什么。

“我现在广发邮件，并且传音提醒他们。我们必须赶快行动，才有一丝机会。”天阵王道。

“诸位，我是天阵王，我已经发送邮件给诸位，诸位看完后，请立即前往临时会议厅。”天阵王一个传音，令周围上千名人类阵营的不朽神灵对视，随即个个都用意识连接虚拟宇宙系统，开始查看邮件。

在虚拟宇宙其中一个位面空间内有一座座岛屿，每座岛屿上都有美轮美奂的会议厅，这些就是临时会议厅。只要向虚拟宇宙系统申请，就可以在某段时间内一直使用临时会议厅。

临时会议厅内有巨大的圆桌，在圆桌旁，有一个个岩石雕刻的王座，足足有一千多个王座。

嗖！嗖！嗖！

一道道身影出现在王座上，强者越来越多。罗峰、天阵王也出现在王座上，仅仅10秒左右，一千多个王座上便坐满了人类阵营的不朽神灵们，且几乎都是封王级强者。

“各位，”天阵王说道，“按照过去镇封星辰出世的规律，从它显现到出世，需要慢慢突破星辰塔本身的阻碍，会有好些时间，我们的时间还算宽裕。可是，镇封星辰出世吸引了宇宙各个族群的大量强者，连玄墓王、塔龙王等都一个个出现，如果我们不联手，那么一点希望都没有！”

“对，我们来这儿，不是看塔龙王他们夺宝的。”一名坐在远处、气势极强的不朽神灵说道，他穿着厚重的铠甲。

“强者的数量极多，镇封星辰一旦出世将会引发一阵混战，队伍人数太多也无法配合得好，一千多名，数量刚好。”天阵王继续道，“我等一个或许不如玄墓王他们，可是我们几乎个个都是封王级强者，而且其中封王级极限强者共有十一个，擅长灵魂方面的封王巅峰级强者也有八个。”

罗峰听得暗叹：“这次获胜的概率真高。正常情况下，一百名封王巅峰级强者中很难产生一名封王级极限强者，这次主要是很多实力较弱者离去，强者迅速赶来，才会使得封王级极限强者有这么多。”

“我们有上千名强者，我等联手，就算是塔龙王、玄墓王他们，也不敢单独和我们硬碰硬。”天阵王道，“我们联手，就有去拼一拼的资格。”

“那颗镇封星辰最后归谁？”远处王座上立即有不朽神灵喊道。

“很简单，刚开始我等先合力靠近那颗镇封星辰，”天阵王笑道，“至于谁能得到那颗镇封星辰，就看运气了。我们中无论谁得到，虽然我们的同盟会立即自动解散，但我们是战友，都不可能自相残杀。至于应对其他抢夺镇封星辰的强者，那就看得到那颗镇封星辰的人的逃命本领了。那时候还妄图得到战友的帮忙，即使由我出面，恐怕也没谁会去做吧。”

“哈哈……”

“哈哈……”

上千名不朽神灵发出一阵阵笑声，笑声回荡在临时会议厅内。

“至于布局就没必要了，我等自发联合，相互辅助，相信能成为封王级强者的不会如此愚蠢和我们作对。”天阵王道，“我等只有一个目标——在那颗镇封星辰出世时，尽量靠近那颗镇封星辰。至于能否得到那颗镇封星辰，就看各自的运气和手段了。”

“我的提议大家是否同意？”天阵王看向四周，“有不同意见，尽管提。”

整个临时会议厅一片寂静，没有一个人开口。

能修炼到封王级的都不是拖拉之辈，这种同盟是针对塔龙王、南惩等可怕存在而自然成立的。

十六万多名强者来这儿，不是来玩的，大家都是有野心的。

“很好。”天阵王露出笑容。

“我等同盟，成了。”远处的一名人类强者也笑道，那是封王巅峰级强者藏奇王。一般在这种同盟内，人类强者会自然而然地成为核心。

“我等合力，至于能否得到那颗镇封星辰，能否保得住，能否逃得掉，就看各自手段了。”

“好。”

“好。”

“战斗。”

各种声音响起，甚至有些封王级强者还喊出了本族的语言，所有强者内心都充满了渴望。

得到镇封星辰后逃走还是有希望的。比如罗峰他们中某位得到那颗镇封星辰后，立即冲入己方阵营当中，那么同阵营的或许有些不满但不敢攻击，而且其他阵营的强者也没办法合力攻击。一旦合力攻击，势必波及人类阵营的其他强者，自然会遭到人类阵营强者的反击。

混乱中，有活下来的希望，但陨落的概率更高。

来这儿的强者都想搏一搏，都敢搏一搏。

罗峰站在半空，环顾开去，能清晰地看到虚空中一座座悬浮着的山峰上，一些强者开始自然而然地靠拢，显然都在暗中结盟。来到这儿的强者，很多实力不如塔龙王、玄墓王、七剑王……可没有一个强者愿意当“绿叶”。

就是罗峰，虽然小心谨慎，警惕着星辰塔内的一切，但他也希望自己能有机会带走一颗镇封星辰。

“扬，蚕雨王，”天阵王传音道，“我等九人都是人类，自当更加团结。”

“嗯。”罗峰点头。

“那是当然。”远处有着雪白长发、白胡子的矮小男子说道。

天阵王、罗峰、蚕雨王是九名人类中最强的，其次就是封王巅峰级强者和封王高等级强者。

九名人类中并没有人是封王初等级实力，更别说封侯级了。

“可惜那七剑王不会帮我们。”藏奇王传音叹息道，“如果他和我们一起，我们——”

“我们就成炮灰了！”天阵王喝道，“七剑王何等实力，而且地位极高，你难道没发现有些强者已经跟随在他身侧了？他可是宇宙之主的弟子，财富肯定极多。他用财富收买一些强者，那些强者自知得到那颗镇封星辰的概率很低，现在既能得到七剑王给予的好处，又能结交七剑王，自然都愿意。”

“是我，我也愿意。”藏奇王嘀咕。

“你这家伙。”天阵王哭笑不得。

“别闹了，看下面。”蚕雨王连忙喊道。

罗峰他们同盟中的九名人类都看向下方，只见下方旋涡中的那颗镇封星辰正在竭力地往上浮，可无形的阻力在拼命地阻拦它。随着那颗镇封星辰的上浮，罗峰他们甚至肉眼都能看到一阵阵波动，波动笼罩着无数颗镇封星辰。

不管是那颗要出世的镇封星辰，还是其他数千颗缓缓滚动的镇封星辰，全部都被波动笼罩着。

“那是星辰塔的力量，这力量封住了无数颗镇封星辰，我们无法靠近。”天阵王轻声道，“如果强行穿透那一层阻碍，几乎必定陨落，所以在场没有一个强者敢硬闯，都在等这颗镇封星辰主动出世。大家也小心点，等会儿这颗镇封星辰就会破开阻碍，虽然阻碍被破，短时间内没有波动镇压下方数千颗镇封星辰，我们能够闯入到下方去，但是千万别去。镇封星辰不主动出世，连宇宙之主都无法强行带走它。

“贪婪的结局只有一个——陨落！”

时间一分一秒地过去，那颗镇封星辰往上冲的力量越来越强。

哧哧哧——所有强者都能清晰地看到那笼罩下方数千颗镇封星辰的镇压之力产生的波动。

时间流逝，宇宙各族强者都俯瞰下方，都在蓄势待发，都在默默期盼。

砰！

一声低沉的炸响，随后空间震荡起来。

嗖！

那颗一直竭力往上冲的镇封星辰顿时一飞冲天，化作一道耀眼的彩光，笔直飞向上空。

这颗镇封星辰，出世了！

第868章

刺杀

当那颗镇封星辰一飞冲天的刹那，仿佛平静的湖面被丢下一颗石子，湖面瞬间就破碎，浩浩荡荡的不朽神灵们轰然而动，各种远程攻击同时爆发。

轰隆隆——

原本宁静的虚空仿佛脆弱的纸片，瞬间粉碎。只见无数片空间碎片在乱飞着，令各族强者们飞行起来困难得多。

“空间封锁。”

“空间封锁。”

那颗镇封星辰出世的瞬间，就有一大群封王巅峰级强者施展了空间封锁，他们十分不愿看到其他强者施展瞬移到那颗镇封星辰旁，得到那颗镇封星辰。

“快，冲！”

“冲！”

“空间已经封锁，瞬移已经无用，我们联合，赶紧！”

天阵王等一个个焦急下令。

刚准备让重箭王带着自己瞬移的罗峰，看到空间瞬间化为无数碎片，看到空间自我修复速度远远赶不上被破坏的速度，又看到空间被大量强者强行封锁，只能道：“重箭王，放弃瞬移，我们飞过去。”

“是，主人。”

“记住，你的不朽神力要时刻环绕在我周围，防止有强者对我使用灵魂攻击。”罗峰用意识命令道。

罗峰最大的弱点就是灵魂防御不强。兽神吼、三十二倍多的灵魂振幅、封王级的法则感悟，再配合坚定到可怕的意志，以及金角巨兽分身天生就强大的意识……诸多结合，罗峰的灵魂防御媲美封侯高等级强者。

再加上银甲、弑吴羽翼，就算精通灵魂攻击的封王高等级强者也很难灭杀罗峰，但是已经能给罗峰造成困扰。精通灵魂攻击的封王巅峰级强者还没燃烧不朽神体就能给罗峰造成极可怕的威胁，而如果燃烧不朽神体，即使是封王初等级强者，也能在灵魂方面灭杀罗峰地球人本尊。

幸好精通灵魂方面的强者很少。

之前罗峰没吃过苦头，可这里有十六万多名不朽神灵，精通灵魂方面的强者肯定很多。

虽说地球人本尊只是一个分身，即使被灭罗峰也能再度孕育，但分身的灵魂突然被灭，在如此危险的环境下罗峰的处境会很糟糕。

“是，主人。”

重箭王跟随着罗峰，呼啸冲向远处的那颗镇封星辰，同时上千名强者也一样冲向那颗镇封星辰。

“挡住!

“挡住！”

天阵王急忙传音喊道。

罗峰他们这批强者集体释放出不朽神力，合力形成能量护罩、盾牌，挡住袭来的可怕攻击。

轰！轰！轰!

大混战!

四大阵营的十六万多名不朽神灵，超过95%都是封王级，他们或者五百名，或者一千名，或者两千名……早就暗中形成一个个同盟。此刻一些零散的攻击，还有偶尔的合力攻击，虽无法做到如虫族军团那般精确一致，但威力已经大得让人心颤。

抵挡这样的攻击，只有一个办法——同数量的强者合力来防御。

“疯掉了！”罗峰完全屏息。

罗峰根本不敢以自己引以为豪的防御抵抗那些合力攻击。

“挡住！”

“小心！”

“冲冲冲！”

包括天阵王在内的几名封王级极限强者或者擅长灵魂攻击的封王巅峰级强者，都在焦急地传音。

“不好。”罗峰在阵营中自然是安全的。

他看到远处那颗镇封星辰所在处已经有大量强者围绕过去，那边的轰鸣声、爆炸声也是最强烈最可怕的，这令罗峰脸色一变：“刚才我们是在人类阵营之中，人类阵营的强者聚集在一起，虽然是分成了一个个同盟，但是不会互相残杀。远处的攻击，偶尔才会有一次合击落在我们头上，这时我们才需要集体防御。总的来说，不算太危险。

“可越接近那颗镇封星辰……这完全就是混战了。”

罗峰有感觉，自己同盟内恐怕会出现第一位陨落的不朽神灵。

“冲冲冲！”

罗峰他们这支由上千名强者组成的队伍，齐刷刷地朝那颗镇封星辰飞去。同一刻，还有数十支队伍也冲向那颗镇封星辰。而落在后面的团队，则咬牙施展出一次次合击，朝那颗镇封星辰所在处轰去。

轰隆隆——

那颗镇封星辰所在处轰鸣声不断，空间都完全化为粒子流。

虽然一支支队伍都在靠近那颗镇封星辰，但没谁敢再往里冲。

各支队伍的一次次合力攻击几乎都落在那颗镇封星辰上，已然达到能毁灭宇宙尊者的威力。那颗镇封星辰不愧是宇宙尊者也重视的宝物，遭受这样的轰击硬是丝毫无损。随着一支支队伍冲到最前面，后方队伍数量越来越少，轰击自然弱了。

接近那颗镇封星辰的队伍数量一多，他们就能轻易挡住后面的轰击。

说来缓慢，实则飞速。

那颗镇封星辰出世后的第12秒，终于没有再被轰击了。那颗镇封星辰按照惯性斜着朝下方飞去。

“夺宝！”

“夺宝！”

一名名强者都疯狂冲向那颗镇封星辰，几乎瞬间就冲到了那颗镇封星辰的表面。这毕竟是一颗媲美行星的星星，这么多强者全部落在上面都不觉得拥挤。

这些强者都以最快速度将不朽之力渗透进那颗镇封星辰，欲烙印下自己的灵魂印记。要控制一件重宝，得将灵魂印记完全烙印其中，这需要一点较为短暂的时间。

超过万名强者，最快的一个和最慢的一个，他们的烙印速度恐怕都没有相差0.1秒。如此短的时间，那么多灵魂印记，自然都失败了。

烙印印记，必须是单独烙印，受不得干扰。

重宝只能有一个主人。

罗峰他们这支队伍是第二批落在那颗镇封星辰上的，此刻那颗镇封星辰上已经有超过三万名的强者。

“这样怎么可能得到？”罗峰抚摸着那颗镇封星辰，烙印失败，他暗自摇头。

那颗镇封星辰上的强者越来越多，四万名，五万名，六万名……

轰！

远处一道可怕的合力攻击瞬间降临。

在那颗镇封星辰上的面临攻击威胁的数千名强者几乎不约而同地防御起来，轻易挡下这一击。

双方交手的冲击力，导致那颗镇封星辰以更快的速度坠下去。

轰！轰！轰！

一道道轰击从远处攻击而来，那颗镇封星辰上的强者们一次次轻易地抵挡。

“是他们。”罗峰一眼看去，只见远处还有三万名左右的强者悬浮在半空，他们分成一支支队伍。塔龙王、玄墓王、七剑王等九名可怕的存在率领各自的队伍站在远处，根本没冲过来。

“实力强者和实力弱者的夺宝方式不一样。”罗峰暗道，“天阵王等强者，只能尽量以最快的速度抵达这颗镇封星辰，而塔龙王等存在不必如此，就算某个幸运的强者得到这颗镇封星辰，他们也有把握杀死那名强者，夺得宝物。”

“快逃！”

“快逃！”

凄厉的声音从各处传开，很多强者都朝四周焦急地传音，个个疯狂地逃离那颗镇封星辰。

轰隆隆——

那颗镇封星辰以极快的速度坠下去，而下方是那无形的阻碍。这无形的阻碍是星辰塔自身的能量形成的，虽然被那颗镇封星辰刺破撕裂，但是被撕裂后的无形阻碍化为了狂暴的能量。有些想要逃跑却遭到周围敌对阵营攻击的强者，即使没死，也被轰得倒飞开去，碰触到下方那些狂暴的能量波动。

不管是封王初等级强者还是封王巅峰级强者，抑或是封王级极限强者，一旦坠下并来不及闪躲，被一些狂暴能量波及，就会瞬间化为飞灰。有些强者的兵器会因此损毁，有些强者的世界戒指会破裂，不过好的世界戒指或许能幸存。

“好可怕的威力。”罗峰也为之咋舌。

那无形的阻碍在过去是稳定的，并压制住无数颗镇封星辰，也压制住下方的可怕能量。

但是现在，无形的阻碍本身就化为了狂暴的能量，加上无形阻碍下方的可怕能量，这些都是星辰塔孕育出的神奇之力，轻易就能使一个个封王级强者湮灭。谁敢碰触，则必死无疑。

那数千颗镇封星辰所在地，危险得让所有强者都胆寒。

“宝物！”

“潜什王的世界戒指！”

“是我的！”

那些在狂暴能量冲击下幸存的遗物会被冲击出来，很多强者去抢夺那些遗物，而且能轻易收走宝物。

一片混乱的同时，九名强者都带着各自的团队站在那里，丝毫不急。

“镇封星辰岂是这么容易就得到的吗？”穿着金色铠甲、皮肤泛着黑色光芒的机械族强者命陨王冰冷地看着远方，“他们一个个太焦急了，连万千出口都没出现，就算现在得到那颗镇封星辰，逃都逃不掉，只会沦为靶子。”

命陨王却忘记了，其他强者没他这么强，如果不早点下手，傻乎乎地在远处看着，等到最后时刻根本没资格插手，一点希望都没有。

“抢夺那颗镇封星辰是此次行动的第二目标，七剑王才是此次行动的第一目标。”命陨王看了远处的七剑王一眼。

机械族内有人类七剑王的详细情报。

七剑王是机械族现在欲刺杀的人类天才中排名第三的，排名第一的是天赋堪比科谛的界主罗峰。按照机械族的资料，罗峰被混沌城主直接收为亲传弟子，而且罗峰现在应该就在域外战场，且有好些不朽神灵死在他手上，只是后来销声匿迹了。估计是知道危险，隐藏起来了。

排名第二的，是人类中的梦燧王。

第869章

等待

人类是四大巅峰族群之一。

能在机械族的刺杀名单中排名前三的，个个都是天赋、心性、际遇都非凡的存在，比如七剑王。机械族已经确定七剑王拥有七剑这一整套重宝，也拥有虚空之握等几件重宝，并且据他们推测，七剑王应该得到了宇宙中某个可怕的传承。

“这人类七剑王得到的传承很可能源自宇宙第一势力祖神教，且是祖神教的超级传承之一。”命陨王默默道，“任他发展下去，将来或许会成为人类中又一可怕存在。这可能性极大。

“必须要击杀他，即使他的老师能逆转时空复活他，复活一名拥有可怕传承且实力接近封王级无敌的强者，代价绝对不小于复活一名宇宙尊者。他的那套重宝七剑，还有虚空之握等，也将落到我手里。”

命陨王看了一眼远处七剑王率领的队伍。

七剑王背着七柄剑，悬空而立，遥看那颗镇封星辰，不急不躁。

“准备。”命陨王悄然下令。

机械族是一个等级极其森严的族群，等级类似金字塔结构，层层分明。智能生命的习性令他们无比团结。在场地位最高的是命陨王，其他机械族强者绝对听从其命令。至于还有些属机械族阵营的强者也得遵循虚拟世界军队系统的严令，除此之外，巨额奖励也会吸引他们倾尽全力。

“目标，七剑王，第六方案。

“启用分解塔。

“攻击！”

……

当不朽级虫族母皇南惩、塔龙王、七剑王、命陨王等一个个在远处默默观看时，那颗镇封星辰被轰击得直往下坠，已经坠入危险区域。

一个个封王级强者陷入危险区域，顿时接连陨落，令其他强者又惊又怒。

“遗物！”

“世界戒指！”

“抢！”

“抢！”

已经陨落的封王级强者的遗物顿时引起其他强者一阵抢夺。

“哈哈……下方就是危险区域，危险区域满是星辰塔本身的镇封之力，一旦陷入危险区域就必定陨落。我们平时很难击杀其他封王级强者，可在这儿，只要将他们打进那危险区域，对方就必死啊！”

绝大部分强者杀起来了，场面顿时混乱了。

若说当初冲向那颗镇封星辰时，他们还是一支支队伍，可一落到那颗镇封星辰上时就不是了。待遇到危机，个个飞离那颗镇封星辰时，各大阵营已经混乱，周围的强者都是来自不同阵营的。

砰！砰！砰！

轰！轰！轰！

念力兵器攻击、灵魂攻击、能量攻击、机械武器攻击……破裂的宇宙空间碎片中，不少倒霉的封王级强者被轰进了危险区域，直接湮灭。

“抢！”

“快抢！”

“哈哈，我来到这儿等的就是这一刻，那颗镇封星辰哪里是我能得到的？借助这危险区域，我能杀死一个个其他阵营的封王级强者，说不定一次就能得到数百亿甚至上千亿混元单位！”有六条手臂的汉子激动道。

不管是人类还是机械族、妖族、虫族，抑或是其他族群，都在杀戮、抢夺。

“全部都疯了！一颗镇封星辰可是只有一个主人啊！”罗峰俯瞰危险区域一

眼，“这个危险区域让拥有不死之身的封王级强者轻易被杀死，对那些封王级极限强者来说，这是难得的机会，他们都发疯了。”

忽然，一道碧绿色的旋转光波瞬间横悬在无尽长空，直接射向七剑王。

来自宇宙各地的封王级强者都愣住了，罗峰、重箭王也都愣住了。

罗峰一眼看去，远处正是机械族的命陨王和其率领的过百名机械族族人，机械族族人个个都手持着3米多高的塔状科技武器，命陨王则在一座近20米高的超大型塔内。

近九百名封王级强者同时燃烧些许不朽神体，每八名或者每九名封王级强者辅助一名机械族族人，将燃烧不朽神体产生的可怕能量灌入塔内。

那100多个塔同时产生可怕的能量传输网络，让能量最终聚集在命陨王的那座超大型塔内。

一道碧绿色的旋转光波从超大型塔内射出。

“分解塔！”七剑王一直很平静的面容顿时大变，眼眸中也有着惊怒，“机械族为了杀我，还真是舍得！”

“燃烧！按照之前我说的防御方案！”七剑王传音怒喝。

作为在场九名超级存在之一，七剑王在统御这支队伍前就布置了防御方案和攻击方案。

他麾下的所有封王级强者没有一个迟疑。

机械族那边攻击的是七剑王，如果他们不出手，七剑王必死无疑，同时波及开的能量足以灭杀他们。

所以这群人类阵营的强者个个都燃烧着不朽神体。

怪异的是，他们直接将燃烧不朽神体产生的能量散到半空。

七剑王猛地张开嘴巴，一个黄金色的池子从其口中飞出。

这个黄金色的池子边缘雕刻着一个个古老异兽，其中便有兽神。诸多雕刻遍布池子边缘，池中则是干涸的。当它飞出的瞬间，就疯狂吞噬周围人类阵营强者散发的能量。

轰隆隆——

能量汹涌。

古老的黄金色池子吞噬能量后，威力暴增，直接辐射开金色罩子，将人类阵营的上千名强者全部笼罩。

砰！

分解塔射出的那道旋转的碧绿色光波轰击在这金色罩子上，金色罩子上浮现出一道道古老、强大的异兽幻影。

“果真是祖神教！”远处机械族的命陨王见状，不由得咬牙，“我的推测果真是对的。”

这是七剑王第一次展露那古老的黄金色池子。

罗峰也看呆了。

分解塔属机械族阵营中的超等单兵科技武器，价格丝毫不比一件重宝低，可没想到七剑王拿出了那古老的黄金色池子。单单黄金色池子爆发时那一阵阵异兽气息，便让在场的强者都知道，它绝对是一件很可怕的宝物。

而且机械族阵营的命陨王是有预谋的，他们施展的是最强一击，而七剑王虽然有防御方案，但应对得比较仓促。

那些人类阵营的封王级强者都是比较仓促地燃烧不朽神体的，可即使能量供应得少，那分解塔想要以点破面，依旧失败了。

由此可见，黄金色池子的威力远超分解塔。

“强！”

“可怕！”

众多强者为之惊叹，更加对得到那颗镇封星辰没一点把握了。

四大阵营混乱，近十万名强者在疯狂厮杀。凡是因为厮杀而使不朽神体碰触到那危险区域的，一个个都陨落了。

咻！咻！咻！

破碎的虚空震荡起来。

一个个出口出现在周围各处，足有数千个出口突然出现。

“万千出口！”

“万千出口出现了！”

只要查看历史上镇封星辰出世的详细过程，就会知道镇封星辰出世后一旦杀戮过甚，会自动出现万千出口。

沿着任何一个出口都可以迅速抵达禁地空间。

每一个出口都代表一个不同的禁地空间。

只要进入出口就等于是逃走了。

“逃！”

“逃！”

“我们赶紧走！”

极少数实力较弱者完全被众人争夺镇封星辰的疯狂给吓住了，朝最近的出口飞去，一个个离开。

“快！”

“他们逃掉就没这机会了！”

一些封王级极限强者、封王巅峰级强者完全是在拼命，想要趁机借助危险区域击杀些异族强者，夺取那些异族强者死后的遗产。

罗峰虽然来到了这儿，但是对得到镇封星辰没有其他强者那般狂热，对于趁机去杀大量异族封王级强者，他也不愿。

他心底牵挂着整个星辰塔。

“那股强烈的召唤远超将甲、王甲对我的召唤，甚至超越黑色金属板，但我无法使它认我为主人。

“我一来就引起诸多动静，还引起一颗镇封星辰出世。

“宇宙中有这么巧的事吗？或许有，可概率太低。”

罗峰默默想着，他不认为那颗镇封星辰出世是偶然。

罗峰一直认定其中有一些特殊情况，所以相对于星辰塔对他的召唤，单单一颗镇封星辰出世，他自然不会特别在乎。

所以罗峰从一开始对那颗镇封星辰的出世就没太放在心上。队伍冲，他也冲，冲上那颗镇封星辰后，他没乱跑，而是和天阵王、藏奇王等一些人类强者距离不远。

而后那颗镇封星辰坠入危险区域，他也随着浩浩荡荡的人群一起逃。

总之，罗峰一直在人群中悄然观察着一切，仔细观察此次这颗镇封星辰出世和历史上其他镇封星辰出世有什么不同之处。

可至少到现在看来，还没什么特殊之处。

“若我的推测是真的，在这颗镇封星辰出世过程中，星辰塔就该有特殊情况出现啊。”罗峰一直在等待着那一刻的到来。

第870章

大变局

罗峰一直待在浩浩荡荡的人群中，一直和天阵王、藏奇王、驱武王等一起行动。四大阵营现在实在太混乱了，封王级强者们互相残杀，使得不少宝物悬浮于空中，有时候罗峰他们小队也能得到一些。

“短短半分钟，我也得到上百亿混元单位了。”罗峰惊叹，“难怪那些封王级强者发狂。”

此刻，这茫茫虚空中有着万千出口，不过在可怕的战斗余波中，时而有出口崩溃，也会诞生新的出口。

“大家小心！”天阵王猛地传音，急切道，“我遭到灵魂攻击了！”

“什么?!”

“天阵王，你遭到灵魂攻击了？”

驱武王、藏奇王、罗峰都大惊。

“有十余名妖族阵营的强者杀来，其中有魑芒王，他也是擅长灵魂攻击的封王巅峰级强者。我和他交手多次，没有必胜的把握。”天阵王连忙传音道，“他们已经来了！”

罗峰、驱武王、藏奇王他们已经看到远处一支由十二名妖族强者组成的队伍直接杀向他们。

“天阵王！”妖族队伍中长相丑陋、有动物般的四蹄、长脖颈的不朽级生物传音喝道。

‘驱武王！”一条长10多千米的双头龙咆哮着。

“刀河王！”

妖族的这支精英队伍显然盯上罗峰他们了。

罗峰他们这边，驱武王、重箭王都是封王级极限战力，罗峰的刀河王之名早就传开，完全能将刀河王当成封王级极限强者对待，天阵王也可以被当成封王级极限强者对待，唯有藏奇王名气小点。总之，罗峰他们这支队伍中，可以说大概有四人是封王级极限战力，这也是之前罗峰他们能一直安安稳稳的原因。

而妖族队伍敢过来自然也是有信心的。

那十二名强者中竟足足有六名强者拥有封王级极限战力，且魑芒王与天阵王在星辰塔中交手多次，双方一直都奈何不得对方。他虽然杀不死天阵王，但是缠住天阵王是没问题的。

“我们退。”驱武王连忙下令。

嗷——

伴随着妖族阵营中那头双头龙低吼一声，罗峰他们所在区域的时间流速被强行控制了。

时间静止!

“破！”

罗峰他们这边都是灵魂在咆哮，个个发力，时间流速瞬间恢复正常。

“哈哈，天阵王，你这次死定了！”魑芒王猖狂大笑着，笑声刺耳。

“杀，难得的机会！”

妖族的这支精英队伍个个疯狂无比。

因为他们觉得杀的强者越多得到的财富也越多，特别是刀河王还得到过祭塔中的宝藏，能让沉睡的重箭王在短时间内恢复，早就名声在外。

在十多万名强者的混战中，这两支队伍的战斗很不起眼。

罗峰他们这边一共五名强者，其中有四人算得上拥有封王级极限战力。

妖族那边一共十二名强者，其中有六名强者算得上拥有封王级极限战力，其他六名封王巅峰级强者联合起来，也能抵得上一名封王级极限强者。

罗峰他们这边的确处于弱势。

两支队伍的战斗一开始就陷入疯狂当中。

“我只能挡住魑芒王！”天阵王急切传音道。

“我只能暂时抵抗两名封王级极限强者的联合攻击。”驱武王也急了，“刀河王，你撑得住吗？”

“交给我。”罗峰咬牙。

虽然罗峰有最强火神源晶，但是火神源晶爆炸时是敌我不分的，更何况敌方算得上有六名封王级极限强者，他们联合防御，完全能扛住一颗最强火神源晶爆炸的威力。除非罗峰一次性用三颗，这还有点希望，但恐怕罗峰这边也会完蛋。

“先对付那些封王巅峰级强者。”罗峰下令给重箭王。

罗峰双翼一振，带着重箭王一起，速度快如闪电，妖族那边根本追不上罗峰。

“追不上。”

“这刀河王太快了。”

“先解决天阵王和驱武王，然后我等合力解决刀河王。”

妖族那边迅速做出决策，不再管罗峰。

罗峰却不会放过他们。

罗峰和重箭王直扑妖族阵营那些封王巅峰级强者。

哧！哧！

重箭王手持两柄弯刀，两道刀光划过，一名封王巅峰级强者陨落。

罗峰也和封王巅峰级强者火拼起来，弑吴羽翼撕裂对方的防御，然后使用毒影战刀，一刀便能削弱对方50%左右的不朽神体，令对方实力锐减，再一刀，便差不多使其陨落了。

眨眼的工夫，重箭王解决了三名封王巅峰级强者，罗峰解决了一个。

“啊！”妖族阵营的四名封王巅峰级强者嘶吼着陨落，同时罗峰他们一方的藏奇王也嘶喊一声，被轰进了下方的危险区域。

藏奇王陨落。

砰！砰！砰！

驱武王同时遭到三名封王级极限强者的围攻，非常艰险地避开危险区域，侥幸逃过一劫。这令他心惊胆战，连忙说道：“扬，天阵王，我们赶紧逃，我扛不住了！”

“我无法逃！”天阵王也急了，他同时面对魑芒王和一名封王级极限强者的联手攻击，很艰险。

罗峰也急，一刹那，己方就危险成这样了，连藏奇王都陨落了：“重箭王，你去帮助驱武王，你的防御强，完全能硬扛两三位封王级极限强者的攻击。”

那杀死藏奇王的封王级极限强者正飞向驱武王，驱武王很可能会遭到四位封王级极限强者的围攻。

“是，主人。”

“我去帮助天阵王。”罗峰双翼一振，飞向天阵王。

按照罗峰的计算，重箭王能够抵挡两三个对手的攻击，他和驱武王联手就算遭到四名封王级极限强者的围攻，也能稳稳地防御住。

天阵王却危险了。

他和魑芒王实力相当，此刻遭到魑芒王和一名封王级极限强者的围攻。

天阵王之所以还能撑住，是因为已经燃烧不朽神体，他在拼命啊。而魑芒王和其帮手也同样燃烧不朽神体。显然双方杀得疯狂。

噗!

一道模糊的巨大的锤影狠狠地砸在天阵王的身上，天阵王喷出一口鲜血，整个人猛地下坠。

而下方就是危险区域。

“天阵王！”罗峰双翼一振，划出一条弧线，立即从下方托住天阵王。

那可是燃烧不朽神体的攻击，可想而知天阵王受到的这股冲击力何等可怕。罗峰这一托，天阵王的速度猛地减缓，罗峰却坠向危险区域。

“扬！”天阵王急切地看向罗峰。

哧!

一个无形的灵魂幻术攻击从那俯冲而下的魑芒王手中施展出，直接轰击在罗峰身上。

遭到灵魂幻术攻击，一时间，罗峰的身体失去控制，顿时急速下坠，这令远处帮助驱武王的重箭王脸色大变，眼中满是焦急、惊恐：“主人！”

“扬！”天阵王满脸焦急、痛苦，连忙俯冲向罗峰。

看似痛苦无比的天阵王眼眸中却有一丝兴奋。

“哈哈……这次我可真的要一步登天了，我要发达了！

“当年我用灵魂幻术控制住了魑芒王，偶然灵光一闪，让魑芒王继续留在妖族阵营中，我果真是明智啊！”天阵王心中激动万分。

天阵王是灵魂方面的大师。

天阵王一路成长起来，有过诸多坎坷。成长的诸多坎坷，令他有了特殊的处世观念。他热情交友，有了像罗峰等一大批好友，只要和天阵王成为朋友的，都会认为天阵王是一个非常不错的可以深交的强者。

天阵王暗中的疯狂一直不为人所知。

天阵王和魑芒王的确有过数次交手，在第三次交手时，天阵王就凭借灵魂幻术最终控制住了魑芒王，将魑芒王变成了他的灵魂奴仆。灵魂被控制从表面上是看不出来的，特别是妖族的通信系统太一般，也没有人类、机械族的所谓军队探测系统。

妖族阵营的强者领取军功都需要提供证据，彼此只能通过简单通信系统交流，这导致魑芒王被天阵王控制时，那简陋的通信系统根本发现不了魑芒王灵魂中的变化。

于是魑芒王继续留在妖族阵营内，天阵王偶尔让魑芒王带着妖族朋友一起行动，然后他去“巧遇”，里应外合，联手解决。这种事情，他做过三次，甚至有一次，他和魑芒王在里应外合下控制了一名封王级极限强者雾鯆王。

这次镇封星辰出世，天阵王马上意识到这是一个大好的机会。

当天阵王碰到罗峰时，他当时就大喜：“哈哈，刀河王，这可是一条大鱼。听说他得到了祭塔中的宝藏，还让重箭王实力完全恢复了，他的财富恐怕比一般的封王级极限强者要多得多。”

于是，在天阵王的暗中命令下，他控制的魑芒王、雾鯆王立即邀请妖族阵营的强者联合袭击他们。

魑芒王、雾鯆王都是被天阵王控制的。

一开始，在魑芒王和另外一名封王级极限强者攻击天阵王的时候，天阵王、魑芒王都燃烧不朽神体，都装作拼命杀死对方的样子，接着，二者突然攻击那名封王级极限强者。两个灵魂方面的大师燃烧不朽神体攻击那名封王级极限强者，他们的第一目标是控制那名封王级极限强者，控制不成则杀死。

第一目标成功了。

“老天都在帮我啊，控制封王级极限强者何等艰难，就算燃烧不朽神体，就算我和魑芒王都精通灵魂攻击，就算里应外合，概率都很低，没想到竟然让我又成功一次。哈哈……”天阵王当时激动无比。

于是在这次天阵王计划中的混战中，天阵王已经有了三名封王级极限强者作为帮手。这个情况，不管是妖族阵营另外三名封王级极限强者，还是罗峰、驱武王、重箭王都不知道。

“你们都是我的目标，你们的宝物，都是我的！”天阵王心中狂热：“能成为宇宙中的超级强者，或许因为特殊的际遇，或者因为强大的老师。没有特殊的际遇，也没有厉害的老师，我就自己造就出际遇来。”

……

天阵王装作被轰飞就是等罗峰来救他。罗峰只要来救他，就会遭到魑芒王的攻击，就会被击入危险区域。

罗峰急速下坠。

“扬！”

天阵王俯冲，脸上是满脸痛苦、焦急，心中却暗道：“他的财富是我的，是我的！谁也别想抢走！”

天阵王唯恐罗峰坠入危险区域湮灭后，他的宝物被其他强者抢走，所以他才第一时间跟着俯冲而下。

“扬，扬。”

“主人！”远处的重箭王顾不得驱武王，立即急速冲来。驱武王可不敢一对四，连忙和重箭王一起飞向罗峰。

可飞得再快又怎么赶得上呢？

罗峰眼看着就要坠入危险区域。

“哼！”罗峰眼睛猛地一亮，竟清醒过来。

当年罗峰参加天才战时，心境修为就是第一层的极限，可是他一直未曾进入第二层境界。

罗峰在混沌城、域外战场待了数千年，走的依旧是极端道路。

疯狂地磨砺自己，他的信念越来越坚定，意志越来越坚定。

先辈们恐怕都不可能花费数千年的岁月来磨砺本心。

罗峰的一颗心早就被磨砺得犹如一颗钻石，晶莹透彻，坚硬锋利，能够破开一切幻境，能够看清一切虚妄，不沾一丝尘埃。这就是罗峰的本心！

若遭到灵魂攻击，罗峰可能还麻烦些，恐怕就得让金角巨兽分身出马了，但仅仅是幻术，罗峰能凭借坚定的信念破了。

‘天阵王，”罗峰看向天阵王，眼中有着一丝愤怒，“是你！”

一醒来，罗峰就知道是天阵王在下黑手。

首先，天阵王是灵魂大师，明知道罗峰来救他，怎么会容许敌方魑芒王的攻击作用在罗峰身上，犯下这等错误?

其次，罗峰在去托天阵王时，按理说天阵王本身应该要抵御那股冲击力，可实际情况是，天阵王不但不抵御，在罗峰托他的瞬间，还主动给罗峰添加了一股冲击力，所以罗峰遭到灵魂幻术攻击的同时还遭到两股冲击力。

冲击力、灵魂幻术配合得非常完美。

一切都那么完美，就是为了给罗峰下套，几乎是一个必死的套。

“不好！”天阵王见罗峰醒来，不由得一惊，他当然猜出罗峰应该知道了他的秘密，随即目光冷厉，“他来不及了。他距离危险区域太近，坠落的冲击力又太强，无法减速躲开了。”

“来不及了！”罗峰也发现这一点。

他坠落的冲击力太强，即便使用弑吴羽翼也无法在极短时间里避开危险区域。

罗峰一翻手就是一颗最强火神源晶，当即准备引爆。

“我既然逃不掉，就让火神源晶爆炸，借助爆炸的反冲力，自然能保命。”罗峰的反应的确干脆，“爆炸的同时，在如此近距离内的天阵王也会完蛋。”

“不好。”天阵王脸色大变，“他要与我同归于尽！”

就在罗峰拿出最强火神源晶的瞬间，一股磅礴的无法反抗的神秘之力瞬间裹挟罗峰，一个低沉的声音在罗峰耳边、脑海中回荡：“孩子，来吧。”

此时，虚空中有超过十万名的强者在厮杀，连塔龙王、命陨王、七剑王等也在厮杀，同时那万千出口时而崩溃，时而诞生新的出口。突然，罗峰的下方诞生一个新的出口，距离之近，令罗峰来不及躲闪，实际上在那股磅礴的神秘之力裹挟下，罗峰也无法躲闪。

嗖，罗峰手持着火神源晶，就这么冲进出口，离开了这一方虚空。

第871章

引领者

看到罗峰拿出最强火神源晶，心中满是惊怒、后悔、不甘的天阵王忽然发现罗峰下方出现了一个新的出口。

罗峰直接冲进那个出口，就此离开了这一方虚空。

“逃过一劫！”天阵王一阵后怕。

“我运气还真不错，之前和魑芒王联手侥幸控制了一名封王级极限强者，已经算是运气，现在这扬在最后关头清醒，拿出了最强火神源晶，眼看我就要因此陨落，谁想那些时而崩溃、时而出现的出口突然出现在扬下方，我又活下来了！运气啊！”天阵王暗自庆幸，随后道，“难道我的际遇也从此好起来了？”

虽然天阵王暗算失败让罗峰知道了他的真面目，但是天阵王并不担心也不后悔。天阵王认为，和保住性命相比，多了一个仇敌刀河王算不了什么。

“我有两大封王级极限强者，还有和我实力接近的魑芒王，在这虚空混战中，我凭借手中的底牌，还能夺得更多的好处。巨额财富能够令我实力再度暴增。有如此实力，我还怕一个刀河王不成?

“暗算失败，现在妖族一方还剩下三名封王级极限强者和两名封王巅峰级强者，我这边有驱武王、重箭王。”天阵王立即做出决定，“先让妖族一方联合灭掉驱武王、重箭王，然后我再下手，将妖族那边剩下的三名不受我控制的封王级极限强者给解决掉。”

一锅端是天阵王最理想的结果。即使天阵王只灭掉两三名封王级强者，收获也大得惊人了。若是能灵魂控制住一名封王级极限强者，那今天，他就是走超级大运了。

“主人！”重箭王俯冲下去。

罗峰下方的出口崩塌了。

“主人！”重箭王心中焦急，不过已经不像刚才那般疯狂了，因为罗峰现在没有危险了。

……

罗峰被那股磅礴、雄浑的神秘之力包裹着，毫无反抗之力，直接进入那个出口，他的脑海中还回荡着“孩子，来吧”。

罗峰没有抵达禁地空间，而是飞入了一条五颜六色的通道。

罗峰被裹挟着，在这条绚丽的通道里飞行着。四周空间扭曲，隐约还能看到通道外的一颗颗庞大的镇封星辰、一根根通天之柱。在扭曲的空间外，有许多散发庞大气息的宝物，只是罗峰用肉眼根本看不清。

“重箭王，重箭王。”被裹挟着的罗峰连忙用意识联系重箭王。

他们之间有灵魂联系。

只要双方的距离不是太远，双方就能通过灵魂感应彼此，还能进行意识交流。双方都在星辰塔内，而且以罗峰和重箭王的灵魂强度，做到灵魂感应、交谈实在是太简单了。

“主人，你没事吧？”重箭王用意识交流道。

“我没事，你记住，那天阵王不怀好心，刚才暗算我，差点令我丧命，而且我怀疑妖族阵营那边的魑芒王早已与天阵王联手，你将这点告诉驱武王后，赶紧逃去和其他人会合。之后离开那一方虚空，离开星辰塔，一切等我归来再说。”

“是，主人。”

罗峰暗松一口气。

不是罗峰不想报仇，罗峰待天阵王以诚，去救他，没想到却被利用被趁机暗算，天阵王想要罗峰的命，不管是谁，遇到这种情况都会想报仇，罗峰自然也是。可不管怎样，天阵王是人类，军队系统规定，同阵营的强者不能互相残杀。

同阵营的强者互相残杀，那是死罪，会遭到人类阵营内无数族群的联合追杀，就算是混沌城主，也救不了罗峰。这是人类和其他无数族群联合制定的规则。军队系统的一些铁律，怎能轻易违背？

“军队系统的规则，不可违抗。

“不过也不是没有漏洞。”罗峰暗道，“比如军队系统的监测是监测、观察战斗情况，然后判定一切。它的监测是使用仪器探测，它自然是有局限的。比如刚才我去托住天阵王，遭到天阵王暗中多添加的一股冲击力，仪器是无法查出来的，因为仪器是无法查清准确冲击力的。

“天阵王，我待你如兄弟，你却暗算我，我……”罗峰心中愤恨，“军队系统对士兵有管理权限，我到时候直接选择退役，不再是人类阵营的士兵。到时候我杀你就无罪。”

天阵王在罗峰心中已经被贴上死亡的标签。

罗峰心中浮现诸多想法，同时被那股磅礴、雄浑的神秘之力裹挟着，在这条扭曲的通道内飞行。

轰隆！

那股神秘之力突然消散。

罗峰整个人飞出了通道，跌落下来。他立即一个翻身，犹如羽毛般轻轻落在地面上。

“这是？”罗峰环顾四周。

这是一个广阔又神秘的大殿，共有九根高上万千米的柱子撑起大殿。在大殿上下、前后、左右的尽头，有一颗颗镇封星辰。无数颗镇封星辰仿佛漫天繁星，包围大殿。

这座大殿仿佛悬浮在无数颗镇封星辰中央。

“那是？”罗峰一眼看去。

大殿深处正盘膝坐着一道身影，他的下半身是长长的蛇类躯体，上半身是人类身体，紫色的胡子垂落，眼皮微微耷拉着，那无尽的威压从他身体上蔓延开来，这是让人胆寒、不由自主臣服的威压。

威压犹如无尽天地，虽然不暴烈，但是让人毫无反抗之心。

“孩子，”一个苍老的声音从他口中发出，“过来。”

“是他，刚才就是他将我裹挟进来。”罗峰暗道，“好可怕的威压，这股威压比我见过的蚀火尊者等强者的都要强得多，感觉和老师混沌城主的很相近，难道是宇宙之主层次的强大存在？”

罗峰至少明白一点：自己在这位存在面前如同蚂蚁，没有一丝反抗之力。既然如此，还是乖乖的吧。

这座被无数颗镇封星辰环绕的巍峨大殿内，仅仅有两人，一个是下半身是蛇类躯体上半身是人类躯体的强大存在，另一个就是罗峰。

罗峰正朝那名强大的存在走去。

“这位强大的存在，看模样，应该是人类。”罗峰暗道，“可是四大巅峰族群中不是没有人能操控星辰塔吗？这个人怎么能够在星辰塔中将我带到这儿？”

罗峰眼前的这名强大存在是兽人诸多族群中的蛇人。

像猿人、狼人、蛇人等都算是兽人中的大类别，都可细分出很多族群来，他们都属人类。

“前辈。”罗峰恭敬地行礼。

“坐。”这名充满着强大、古老气息的存在指向旁边的地面。

“是。”罗峰当即盘膝坐在一旁。

“你是否心中充满了疑惑？”这名存在俯瞰罗峰，紫色的胡子垂落，微笑着，“疑惑这星辰塔明明对你有无尽的召唤，可是你却成为不了它的主人；疑惑怎么你一来就出现那么强的禁地护卫，且恰逢一颗镇封星辰出世。”

罗峰暗惊：他连星辰塔对自己有无尽的召唤都知道？

“是，我是充满了疑惑，还请前辈解惑。”罗峰恭敬地道。

“我等你已经等太久了。”这名存在感叹道，“我平常只留一个分身在这儿，知道你来了，才亲自赶来。我还未曾介绍自己，我叫普缇，是星辰塔的看守者，也是你的引领者。”

罗峰一怔：“前辈不是星辰塔的创造者、拥有者？我……”

“你在疑惑你之前得到的秘典是谁留下的，你在疑惑星辰塔的真正创造者、拥有者是谁。”普缇俯瞰罗峰，微笑着，“我是星辰塔创造者当年收下的第一个仆从，经过无数岁月，我成了宇宙之主，老师开恩，让我成了他的弟子。

“我为老师门下大弟子。

“焱神族首领，是老师门下二弟子。

“老师手下仆从众多，可弟子仅有两名。我算是非常幸运的，因为跟随老师最久，加上老师念旧情，我才有资格成为大弟子。焱神族一脉和地球一脉才是老师花费无数心力真正培养的核心。你所在的地球历史上曾诞生两位候选者，他们都以失败告终了，你是隔了八十二亿年后的第三位候选者。若成功，你便和二师弟一样，成为老师门下弟子，成为地球一脉的首领。若失败，你便和前两位候选者一样，陨落。”

罗峰听得发蒙。

“地球历史上有过两位候选者？自己是隔了八十二亿年后的第三位候选者？

“焱神族首领？地球一脉的首领？

“焱神族首领以及眼前的普缇，他们的老师到底是谁？

“创造《无名秘典》，创造星辰塔，专门培育出焱神族一脉、地球一脉？难道这就是巨斧斗武场的创始者所说的异族大能？”

罗峰脑海中浮现诸多念头。

第872章

缘由

“炎神族一脉和地球一脉？我是第三位候选者？”罗峰看着普缇。

普缇微笑道：“地球是你们对你们生活的星球的命名，在前两位候选者的时代，他们对它的称呼是不一样的。第一位候选者生活的时代，那颗星球叫作山海界；第二位候选者生活的时代，那颗星球叫作源星；而你生活的这个时代，你们称呼它为地球。”

罗峰点头。

“关于炎神族一脉和地球一脉，当年我跟随老师，在茫茫宇宙中闯荡，老师花费无数心力，选择了人类族群的其中一个星球开始引导培育，培育出一个天生资质就强大的族群，这个族群就是后来的炎神族。”普缇笑道，“不同于我和其他仆人，我们都是老师随意选择的，炎神族是老师专心引导培育出的。在老师的精心培育下，炎神族中最强大的人物成了老师的二弟子。

“我这个二师弟不甘心居于人下，带着麾下族群脱离了人类，以炎神族自居。后来，炎神族成了宇宙中一个强大族群。虽然论整体实力，炎神族远远不如人类，但是炎神族中有二师弟，二师弟他是宇宙之主，又拥有老师炼制的至宝，丝毫不惧人类中的巅峰存在。自此，二师弟便成了宇宙中的一方霸主。”

罗峰心中一动，连忙道：“那普缇前辈，你呢？”

炎神族本是人类一分子；普缇，看样貌也是人类。

“哈哈哈……”普缇盘坐在那儿，紫色的胡子垂落，朗声大笑起来，笑声令整个大殿都震颤起来，他俯瞰罗峰，笑道，“可听过缇普之名？”

“缇普？”罗峰灵光一闪，脑海中回忆起了《万心控魂秘法》这本书的作者名。《万心控魂秘法》便是缇普所创。

“普缇，难道是……？”罗峰震惊地看着眼前这名最早跟随异族大能的强者。

“我没有那等野心，而且我不像二师弟来自一个特殊的族群，可以带领族群占领宇宙中一片疆域，成一方霸主。”普缇感叹道，“更何况老师对焱神族一脉、地球一脉极其重视，花费无尽心力炼制了重宝……二师弟有诸多至宝，实力比我强得多。我孤身一人，自然是留在人类族群中。

“只是我不想暴露所有实力，把老师牵扯进来，所以我行事低调，让我的一个分身长期待在人类族群中，且只展露出宇宙尊者级巅峰战力，略弱于人类族群的宇宙之主们，假名‘缇普’。”普缇说道。

罗峰心中感叹：“那位异族大能现有两个弟子，一个统领焱神族，是一方霸主；另一个的分身留在人类中，只展露出天蚀宫主、希罗多那等层次的实力。”

“老师虽然引导培育出焱神族，但是并不满意。”普缇轻声叹息道，“老师曾感叹，提升天赋容易，让灵魂发生蜕变却难得多。所以老师开始花费更多的心力去思考，想尽办法，最终培育出地球一脉。

“地球一脉，灵魂纯净，天生惊人。

“老师花费无尽心力为你们地球一脉专门创出一套逆天的秘法——《九劫秘典》。这套《九劫秘典》可以让修炼者的身体基因不断提高，达到宇宙中一些逆天、罕见的族群的基因层次。

“灵魂纯净，身体基因配合《九劫秘典》不断提高，这就是老师心目中最好的族群。”

普缇眼睛发亮。

罗峰听得屏息：“那位异族大能太逆天了，为了培育更优秀的地球一脉，竟然花费这么多心力，做这么多准备，还创出了《九劫秘典》这种不可思议的秘法。”

“只是这套秘法被宇宙运转法则抵制了。”普缇摇头道，“虽然被创出，但是老师无法将这套秘法传给地球一脉的人。刚一传授，宇宙运转法则就自动将秘法的内容给抹掉了。老师实力强大，宇宙运转法则无法抹杀老师的记忆，却能抹掉其他修炼者的记忆。”

罗峰听得暗惊："抹掉记忆？那自己怎么就能修炼这套逆天秘法？"

"后来老师独自离开，不知道去了哪里，最后带回一种特殊的宝物，名为天魂晶。老师将那套秘法内容记录在天魂晶中。"普缇说道，"天魂晶具有不可思议的威力，只要是地球一脉的人，且能通过幻境考验，就可以从天魂晶中得到这套秘法。"

"这次为什么宇宙运转法则抹不掉了？"罗峰连忙追问。

毫无疑问，天魂晶就是黑色金属板。

"这就是天魂晶的妙用。"普缇道，"老师曾说，宇宙运转法则很公平，但不绝对，总有一丝生机，靠天魂晶即可传承《九劫秘典》。天魂晶本身的威力不受宇宙运转法则的影响，可也仅有一次机会。"

"一次机会？"罗峰一怔。

"是。"普缇点头，"天魂晶记录着《九劫秘典》的内容，其本身蕴含的威力只够将《九劫秘典》的内容传给每一位候选者一次，而且只要前一位通过天魂晶修炼《九劫秘典》的修炼者活着，就没有第二个人可以修炼《九劫秘典》，除非前一位修炼者陨落。

"地球一脉共有三位候选者。

"若第一位修炼者陨落，天魂晶恢复本身威力，第二位候选者这才有机会。

"若第二位修炼者陨落，第三位候选者这才有机会。

"如此秘典，即使有天魂晶当载体，也绝不会有两位候选者同时修炼。"

罗峰听得感叹："宇宙运转法则的确很苛刻。像《九劫秘典》这种逆天的秘典，创造出来本就难到极致，传承更是需要天魂晶当载体，且只能有一个修炼者。"

"老师重视焱神族一脉，更重视地球一脉，焱神族首领是二师弟，地球一脉的首领是将来的三师弟。"普缇道，"而且老师为二师弟和将来的三师弟都准备了至宝。"

罗峰听得眉头微皱，忍不住问道："普缇前辈，你的老师为何要创造焱神族一脉和地球一脉？"

"达到老师那等地步，纵横浩瀚宇宙已然无敌。"普缇声音苍老，缓缓道，

“你也不必想太多，老师作为宇宙最强者之一，早受到一个个势力的邀请，邀请老师去当首领，可老师一直懒得理会。”

“当首领？”罗峰疑惑。

“宇宙中最强的联盟有人类联盟（鸿盟）、星空巨兽联盟、虫族联盟……这些联盟都站在宇宙实力巅峰。其次还有像九域联盟等一些实力稍弱的。我就单单和你说说这九域联盟。

“九域联盟由十万个族群联合形成，其中有很多强大的族群。族群的平均数量、质量都远超人类联盟、虫族联盟等。

“九域联盟拥有的封王级强者超过五千万名，宇宙尊者超过十万名，宇宙之主超过十名。论平均战力，九域联盟丝毫不弱于其他任何一个联盟，但他们没有宇宙最强者坐镇。”普缇说道，“他们请老师过去，当他们九域联盟的总盟主，你知道为何？”

罗峰为九域联盟的实力而震撼。

鸿盟也就三百多万名封王级强者，宇宙尊者的数量也没有九域联盟的多，至于宇宙之主的数量，罗峰不清楚。

“宇宙之主是浩瀚宇宙中的巅峰存在，为何愿奉老师为首领？为何愿意让十万个族群听老师的号令？就算是宇宙最强者，想杀宇宙之主都是一件无比艰难的事。看似没必要，但为何呢？”普缇笑道，“就是因为老师能复活宇宙之主以下任何强者。”

罗峰倒吸一口凉气。

“老师混沌城主曾说他复活封王级强者时，能轻易抵抗反噬；但复活宇宙尊者时，要受到重创；复活天蚀宫主、希罗多等层次的，反噬之力会令他陨落。而根据自己所知，混沌城主在宇宙之主中也是极强大的，是人类族群中排前三的超级存在。”

“你应该知道宇宙尊者中的一些霸主，战力甚至能和宇宙之主媲美。”普缇道，“老师复活这些宇宙尊者后，可令他们去征战，不顾性命地征战，即使陨落了，也能再度被复活。所以有老师在的联盟，自然会强大无比。

“宇宙中有六大巅峰族群，六大巅峰族群各有一位最强者，他们都能做到这一点。人类当中的最强者自然是巨斧斗武场的创始者。”普缇道，“六大巅峰族群之外，还有一些逆天、特殊的生命，像老师就是，宇宙中他是独一无二的存在，没有同类生命。

“六大巅峰族群之外的诸多特殊生命以及一些逆天者中也产生了类似巨斧斗武场的创始者这等伟大、无敌的存在。

“老师，是其中之一。

“只有最强者坐镇的联盟，才是宇宙中真正强大的联盟。最强者不需要出战，单单凭借逆转时空的手段，便让其他敌对势力胆寒。更何况最强者还有很多特殊的本领。到了老师这一层次，争霸浩瀚宇宙已经没有意义。若争霸，可以轻易加入某个联盟当首领，可对老师而言，那根本没意义。

“老师特立独行，逍遥自在，六大巅峰族群早就花费无数精力邀请老师加入他们，老师根本不理会，也不屑参与那些争斗。老师有一些特殊的追求，焱神族一脉、地球一脉，便是他的心力结晶之一。

“你如果能成功，成了老师的三弟子，可就前途无量了。成为宇宙之主、统领地球一脉也并非不可能。你是愿意留在人类族群中，成为人类族群的最高层，还是学二师弟带着地球一脉离开，占领宇宙中的一片疆域，成为一方霸主，都任你选择。

“当然前提是你别像前两位候选者一样失败陨落。若是你陨落了，我就得等地球一脉的第四位候选者了，不知道那是多少亿年后的事了。”

第873章

生死之路

大殿内。

普缇俯瞰罗峰："孩子，你是地球一脉的最优秀者，你已经通过之前暗中的一切考验，只剩下最后的生死之路。

"生，你则成为地球一脉真正的首领，还有机会成为浩瀚宇宙的真正霸主，甚至有可能达到老师那等地步。"

"达到那位异族大能那等地步？"罗峰暗惊，"那位异族大能可是宇宙最强者之一，鸿盟中唯有巨斧斗武场的创始者能和其媲美。"

"这是老师亲口所说。"普缇郑重地道，"当然也只是可能。任何法则方面的修炼、秘法的自创……都得靠你自己。就像我那二师弟，修炼亿万年岁月，也依旧比老师略差一筹。"

罗峰轻轻点头。

"猋神族首领能够成一方霸主，其他族群不愿招惹，已经很强了。"

"最后的生死之路，是什么？"罗峰问道。

"星辰塔。"普缇轻声道，"最后的生死之路便是让星辰塔认你为主人。"

"让星辰塔认我为主人？"罗峰身体一颤，"让星辰塔认我为主人竟然是那位异族大能对我的考验？"

"老师在炼制强大宝物方面堪称独步宇宙，宇宙最强者们各有各的最强手段，或许别的手段，老师不如巨斧斗武场的创始者，可是在炼制宝物上，却是最强的。"普缇感叹，"茫茫宇宙，无尽世界，有很多隐秘特殊之地，就算是宇宙最强者们，也不敢说尽知一切。这星辰塔是老师当年在一个危险之境机缘巧合下制造出的。在接近成功的时候，意外融入了宇宙中的一道金色光线，于是，便有了现如今的星辰塔，也令星辰塔和老师当初构思的有所区别。

“老师有他自己的至宝，无需星辰塔。只是老师发现，给星辰塔寻一个主人太艰难了。”普缇道，“星辰塔已经算是宇宙中最强至宝之一，和老师自己的至宝相比，都相差无几，老师在寻觅星辰塔主人方面非常苛刻。”

“苛刻？”罗峰眉头微皱。

普缇俯瞰罗峰：“是。候选者的灵魂越强大，这个过程就越可怕。很久以前，老师曾在宇宙中寻找了上万个强者，界主、不朽神灵、宇宙尊者去试，这些强者皆陨落了。

“后来，老师判断出界主、不朽神灵还有可能性，宇宙尊者连一丝可能性都没有。

“星辰塔最考验的，是心灵，是意志。

“所以老师才引导培育出地球一脉，这是在心灵上进步最迅猛的一脉。你现在是界主，还有成功的希望。你们地球一脉的前两位候选者，一个是界主，一个是不朽神灵，心灵境界都极高，可都失败陨落了。”

“我是界主？”罗峰看着普缇，心想，“这普缇的眼光太毒辣了。”

“我一眼即可看透你的灵魂。

“你靠一件至宝掩盖生命气息，瞒得住宇宙尊者，却瞒不了宇宙之主。”普缇微微一笑。

罗峰心中恍然。

老师混沌城主也可以轻易看透自己的来历，也知道自己拥有分身，所以这普缇的实力或许比老师差些，但也是宇宙之主那等强大的存在。

“我知道你有分身。

“一旦这个过程开始，你将毫无退路，就算你的老师混沌城主过来，也救不了你。”普缇郑重地道，“混沌城主虽然厉害，他在初始宇宙中更是堪称无敌，但是来到原始宇宙，来到星辰塔，也不能帮你。

“一旦这个过程开始，谁也无法阻止。

“一旦失败，你的意志会完全瓦解，灵魂会完全分解，必死无疑。虽然你的老师混沌城主能逆转时空复活你，但是你不再有有关《九劫秘典》的记忆。《九劫秘典》是不被容许存在于宇宙中的。

“即使将来被复活，你脑中有关《九劫秘典》的记忆也会全部消失，你的身体基因因此得到的蜕变也会消失，就算再得到将甲、王甲，也无法使用。总之，失败，你就失去了成为地球一脉首领的资格，也将失去地球一脉首领拥有的能力。”

罗峰深吸一口气。

如果失去这些，自己的实力将会急剧下降。

轰隆隆——

被无数颗镇封星辰环绕着的大殿忽然颤动起来。

“开始了，”普缇转头看向大殿中央，“要开始了。

“星辰塔是地球一脉首领应有的宝物。”

嗖！嗖！嗖！

一缕缕光从大殿各处射出，随后在大殿中央半空汇聚，无数的光汇聚起来，隐隐凝为一颗透明的晶珠。这是一颗隐隐有着金色丝线的透明晶珠。

“罗峰，”普缇转头看向罗峰，“第一位候选者在这个过程中坚持两千六百年后，陨落；第二位候选者在这个过程中坚持三千三百年后，陨落。我希望你能够活下来。”

“嗯，我会的。”罗峰转头看向那颗晶珠。

命运的转折点，这个过程将是自己命运的转折点。

若失败，就算老师混沌城主复活自己，自己也将失去和《九劫秘典》有关的一切，到时候自己只能算是普通修炼者。

失去如此机遇后，以后的实力肯定也弱得多，老师对自己的重视程度也会下降，能成为宇宙尊者就得谢天谢地了，而宇宙尊者在异族大能眼里，就如同普通人。

若成功，自己就能成为地球一脉的首领，将有机会成为浩瀚宇宙中的一方霸主，乃至有机会成为媲美异族大能的宇宙最强者。

“成功，必须得成功！”罗峰心中怒吼。

“主人，主人，”重箭王忽然联系罗峰，“我已逃出那方虚空，虽然我传音提醒驱武王，但是驱武王在妖族阵营的围攻下还是陨落了。主人，你在哪儿？我能感应到你的方位，却无法过去。”

“驱武王陨落了吗？”罗峰忍不住愤恨，“天阵王，我必杀你！

“重箭王，你先离开星辰塔，甚至离开域外战场，静静等待，到时候我会通过虚拟宇宙系统联系你的。”

罗峰之前早就给了重箭王一些不记名的虚拟宇宙网络意识感应器。

“是，主人。”

……

“罗峰，务必坚持，这个过程痛苦至极，度日如年。前两位候选者证明了一点——坚持三千三百年还不够。”普缇看着罗峰。

“嗯。”罗峰郑重地点头。

杀天阵王？

自己先度过眼前这关吧。若失败，自己就会陨落，自己的仆从也会跟着陨落，就算自己被复活，没了将甲、王甲，想要对付天阵王都没那等实力。

“一定要熬过这一劫！”

罗峰默默地道。

“那就开始了。”普缇郑重万分，轻轻指向罗峰，顿时，那一颗悬浮着的看似普普通通的没有一丝威压没有一丝特殊气息的晶珠，就这么飞向罗峰。

晶珠碰触到罗峰的瞬间，罗峰都没感觉到碰触，它就已经进入罗峰脑海内了。那颗晶珠和罗峰体内的本源珠发生碰触的瞬间，藏匿在世界戒指中的罗峰真正的核心原核猛地一颤，就连魔杀族分身、金角巨兽分身的灵魂也是一颤。

一旦灵魂控制罗峰的地球人本尊，就会完全控制住罗峰的其他分身。

灵魂三分，核心是原核，意识可以在三个分身的灵魂上轻易转移。

若是其中一个被毁掉没事，可一旦有一个被灵魂控制成了奴仆，其他皆受到影响。

此次融合影响到了原核，一旦失败，连原核都会崩解。

“没感觉？

“不是说很痛苦，度日如年的吗？”罗峰盘膝而坐，心中略有疑惑。

轰！

那不可思议的痛苦瞬间从三大分身和原核深处迸发，仿佛有什么怪物欲从灵魂中钻出似的。

普缇盘坐在大殿上，紫色的胡子垂落，看着盘膝坐在那儿露出痛苦之色的颤抖着的罗峰，默默叹道：“地球一脉的首领不是那么好当的，希望这第三位候选者能成功吧。”

……

罗峰有过一次涅槃，是燃烧灵魂和金角巨兽同归于尽是的那次，最后罗峰成功夺舍金角巨兽的肉身，活下来了。

从此命运发生改变。

而此刻，是第二次生命涅槃。

罗峰能否在第二次涅槃中活下来呢？

……

在茫茫无尽的气流深处，身高9万多千米、通体隐隐散发黑色光、额头上有晶莹双角、盘膝坐在一座悬浮山峰上的老者道：“蒙托之主，我无意插手你们与人类的争斗，不过那九十一颗小沙粒，我要了。”

“老家伙，我族好不容易压制他，你想凭借几句轻飘飘的话就带走这三宝之一？”一个雄浑如雷的声音响起，无尽的气流都在颤抖，那高9万多千米的老者身侧出现炸响。

“你不给，我便帮他了。”老者丝毫不恼。

忽然，老者脸色微微一变，转头遥看无限虚空，似乎越过遥远的距离看到了域外战场第七战场星辰塔内的情景。

“第三位候选者开始了？”老者眼眸中有一丝期待，“希望那个小家伙能成功吧。”

“老家伙，算你狠！别让我找到机会！”

远处那名强大的存在在怒吼，无尽的气流中产生雷电，随即九十一道璀璨流光划过无尽的气流，飞向老者。

“蒙托之主，混沌城主，我就不打扰了。”老者哈哈一笑，瞬间划出一道流光，连带着山峰一同消失在无尽的气流深处。

第874章

漫长岁月

一阵阵撕裂灵魂的疼痛让罗峰身体微微战栗。

“这疼痛程度比我预料的要弱不少。

“大概也就相当于融合第一百一十颗血洛晶时的剧痛程度。”罗峰能保持清醒。数千年前罗峰还很弱小，他进入血洛世界第一次融合血洛晶时感到疼痛难忍，可随着境界的提升，心性的不断磨砺，他能融合越来越多的血洛晶。而且融合血洛晶的疼痛程度是不断飙升的，罗峰当年不知道被疼痛逼得崩溃过多少次。

数千年来，罗峰承受疼痛的能力越来越强。现如今右蹄爪和背部共融合一百六十五颗血洛晶。

“很轻松。”身体微微战栗，罗峰脸上露出一丝笑容。

幸好罗峰在心灵境界上一直坚持第一层“明心见性、直指本心”。虽然修心境界分三层，但是境界的高低并不代表实力的高低。如“天人合一、赤子之心”注重刚柔并济、阴阳结合，最高一层“心无限大、心包容一切”代表心无限广阔。

三层境界，第一层坚持本心，没有任何技巧，只有一招坚持本心，却能硬扛一切冲击，仿佛磐石在洪水的冲击下不断被磨砺一般。

第二层则有技巧了。该刚则刚，该柔则柔，刚柔并济，抵抗疼痛、幻境的能力自然强得多。

第三层则更加高超。

可是，第三层和第二层比第一层高，主要是高在境界上，或者在技巧方面——具有提高振幅的作用。

同样的灵魂、意志，悟透第二层“天人合一、赤子之心”后，在抵抗威压、幻境、灵魂攻击等诸多方面的能力能立即飙升十倍甚至百倍。若是悟透第三层“心无限大、心包容一切”，在抵抗威压、幻境、灵魂攻击等诸多方面的能力还能再飙升百倍甚至千倍。

晶珠融合灵魂无半点捷径可走，只能任由晶珠和灵魂融合，罗峰只需要做一件事——忍受剧痛。这时候一切境界、技巧都已无用，就看内心到底有多能坚持，承受剧痛的能力到底有多强。

这剧痛是发自灵魂的，非幻境，非外来的。

这剧痛来自于心，非精神层面、幻境的冲击，而是晶珠和灵魂融合带来的真实疼痛。罗峰过去就不断地磨砺本心，硬扛一切痛苦，早就将一颗本心磨砺得犹如钻石一般。

星辰塔核心部件之一的晶珠正缓缓地和罗峰的灵魂融合，融合的过程一开始极为缓慢，可随着融合速度缓缓提升，疼痛程度也在飙升。

一年、两年、三年、十年、二十年、三十年……

转眼已过去六十年了。

罗峰在强忍疼痛的同时，还能去研究兽神雕像，感悟法则，甚至饶有兴味地连接虚拟宇宙网络，和家人见面。

……

第六十一年，疼痛程度比刚开始已经提升一大截了。

刚开始较为乐观的罗峰，现在烦恼起来：“这疼痛增加的程度比我预料的要猛。一开始，我能轻易承受，可仅仅过了六十年，疼痛程度就增加这么多。按照这种增幅下去，想要撑过三千多年，我没把握了。

“怎么办?

“陨落？不！”

罗峰眼睛睁开，看了一下旁边盘坐着的宇宙之主普缇。

“我得活着，而且还要成功成为星辰塔的主人，成为地球一脉的首领！”罗峰默默道。

罗峰在强忍剧痛的同时，迅速地思考解决方案。

“磨砺本心。

“我从出生到如今，也不过数千年，心境便磨砺到这等程度，这个过程至少需要三千三百年，在这三千三百年里，我的心境还能再提升很多。不过这个提升速度还不够，我得寻找最快提升心境的办法。”

罗峰思索着，脑海中浮现一种种磨砺本心的方法。

一直忍受撕裂灵魂的疼痛本就是一种磨砺，会让强者的心境越发坚定。

“不够，单单靠忍受疼痛来磨砺本心还不够。

“我需要更快的办法。”

从出生到如今，前一两百年，罗峰的心境进步较快，后面数千年，虽然心境上提高很多了，但是论进步速度，比不上之前，慢了。

心，至真、至纯、至诚，才能出现大奇迹。这是C国历代先辈在修心上的其中一条经验，也是罗峰在数千年修炼中非常相信的一点。

至真，心真无虚假。

至纯，纯净无杂念。

至诚，怀有一颗诚心。

这就是成就奇迹、发挥心灵力量的至高法门。

道理说起来很简单，做起来却很难。

像研究者如果能在研究中，心中没有任何杂念，完全只有研究，怀揣至诚、至真之心，心灵力量会产生大奇迹，研究会越发顺畅，效率很可能提高十倍甚至百倍。

“这六十年来，我忍受疼痛，一直受疼痛困扰，心难定下来。”罗峰默默道，“从此刻起，我开始专心研究兽神之道，任疼痛再剧烈，也绝不受影响。心至纯、至真、至诚，一心研究兽神之道。”

居安思危、未雨绸缪，罗峰感觉到了即将到来的危机。

在无形的压力下，在撕裂灵魂的疼痛下，他开始真正去研究兽神之道。

心要达到至真、至纯、至诚，说来容易，做起来难。

若是没有这撕裂灵魂的疼痛，以罗峰的心性，他能轻易做到这一点，可此刻，罗峰痛成这样，想不受一丝干扰，就算内心再强，刚开始也根本做不到，经常会因为剧痛而心乱。

无形的陨落压力也令罗峰偶尔心乱。

……

渐渐地，罗峰忘记了压力，忘却了疼痛，将那剧烈疼痛搁在一旁，任它天崩地裂，罗峰一心沉浸在兽神之道中。

在孤独中，心灵才会展露它的力量。

一颗至真、至纯、至诚的心，特别是在这般剧烈疼痛下依旧保持至真、至纯、至诚的心，它能滋生出源源不绝的力量，令罗峰不断地坚持着。

虚拟宇宙，雷霆岛最高处，那无尽气流深处的宫殿中。

混沌城主最近数百年一直关心着自己的事，现如今放松下来，便召唤罗峰，想要检验自己弟子的修炼情况。

"罗峰竟然关闭了虚拟宇宙信息的接收？"高坐在王座上的混沌城主疑惑地道，"他留了一封邮件给我，闭关修炼去了。"

接受生死之路考验时，罗峰就和家人们说明了自己的情况，但不敢轻易打扰混沌城主，甚至不敢主动写邮件，于是写了一封邮件设定成自动发送。只要混沌城主发邮件给罗峰或者通话邀请罗峰，这封邮件就自动发送给混沌城主。

"域外战场军队系统，"混沌城主坐在王座上，对着虚空说道，"罗峰最后一次连接虚拟宇宙网络是在哪儿？"

"禀混沌城主，"仿佛金属撞击的声音响起，"罗峰最后一次连接虚拟宇宙网络是在星辰塔内。"

"星辰塔？"混沌城主微微点头。

"罗峰，进入虚拟宇宙后，速来见我。"混沌城主给罗峰发去了一则留言。

混沌城主却不知罗峰正在面临一场可怕的劫难。

……

数百年前，星辰塔中一颗镇封星辰出世，为争夺那颗镇封星辰，十万余名不朽神灵陨落了约八千名。想让封王级强者陨落何等艰难，竟陨落那么多！消息传开，宇宙中无数族群为之震撼。至于那颗镇封星辰，据说最后落到了来自宇宙疆域边缘的岐鲨族的封王级强者手中。

……

在灵魂被撕裂的疼痛下，罗峰一心参悟兽神之道，意志竟然在不知不觉中开始了高速的增强。这样的效果的确极好。虽然罗峰的意志在增强，但是同样的，那疼痛强度也越来越强。

疼痛的增幅甚至比罗峰意志的增幅更大。

一百年、两百年、三百年……八百年、九百年……

时光飞逝，已过一千多年。

面对疼痛时，罗峰刚开始还占据很大的优势，而且一千多年的心灵磨砺使他的意志得到高速的增强，但因赶不上疼痛的加重速度，导致疼痛越来越接近罗峰能够承受的极限。按照这种情况下去，罗峰恐怕也就勉强能扛过两千年罢了。

一旦超越罗峰的承受极限，那么罗峰的意志、意识会直接崩溃，那颗晶珠更会令罗峰的灵魂崩解，也就是陨落!

当然，这一千多年罗峰还有一个意外的收获，罗峰的意志极强，在专注地研究兽神之道下，罗峰竟再度有了跃升。单单兽神意境，估摸就能达到通过通天桥第十九层的地步，可惜法则上的进步对正在经历生死之路考验的罗峰而言，并无帮助。

虽面临危机，但心灵完全投入，心至真、至纯、至诚的罗峰根本没意识到也没察觉到危机。他太投入了。

若不是这么投入，一千多年的心灵磨砺不会使意志得到如此高速的增强。

一千六百年、一千七百年、一千八百年、一千九百年……

疼痛越来越可怕，早就远远超越了融合一百六十五颗血洛晶的疼痛程度，已然接近罗峰能够承受的极限了，可罗峰依旧在研究兽神之道，除非疼痛破坏他此刻的状态，否则他不会意识到危机。

他现在的心至纯、至真、至诚，专心研究兽神之道。

第875章

希望和绝望

两千年、两千一百年、两千二百年……

那颗晶珠和灵魂的融合程度越来越高，对灵魂的撕裂程度也越来越强。这不是虚假的痛感，而是真正的撕裂。如果最后扛不住，整个灵魂都会被完全撕裂崩解。不过越迫近极限，罗峰内心越纯、越诚、越真，磨砺内心的效果竟然更好了些，进步速度也更快了些。

两千三百年、两千四百年、两千五百年、两千六百年。

“已经两千六百年了。”

在由许多镇封星辰环绕的大殿内，普缇盘坐在那儿，俯瞰全身满是汗水和鲜血的罗峰。在这种疼痛下，血珠一颗颗地渗透出来，罗峰全身都在颤抖，可是从他的眉目间依稀能看到那一丝坚定，这丝坚定不为这要毁灭灵魂的疼痛而撼动。

“前两位候选者，一个坚持了两千六百年，一个坚持了三千三百年。

“前两位都是一代天骄，都是风华绝代的人物，都是地球一脉无比优秀的精英。论际遇，第一位候选者最多，心境算是‘天人合一、赤子之心’，却只坚持两千六百年就陨落了。第二位候选者的际遇在三者中最少，苦难却更多，心境达到了‘心无限大、心包容一切’的地步，最后也陨落了。

“地球一脉的历史上，心境修为高深者极多，达到第一层的无数，达到第二层的也众多，第三层的也有不少。”

普缇暗叹。

他的老师，那位引导培育出地球一脉的异族大能曾说：“这三重心境本无高低之分，其实代表了三条道路。”

“明心见性、直指本心”者坚定本心，相信自己，强大内心，认定自己是最强的，不管遇到什么，都坚定地相信自己，绝不动摇。不过在这条道路上前进也是最难的，不假外求，只坚持自己。

这条路走偏了就是极端固执、顽固，这样的人容易跌跟头，容易吃苦头。

真正“明心见性、直指本心”者，自然不会人云亦云，他们都有坚定的内心，即使受千夫所指、万人唾骂，都会面不改色地坚持。

这条路最吃力、最坎坷。

“天人合一、赤子之心”者，一颗赤子之心，天人合一。

这样的人可以让无数人为之钦佩、为之信服，想要仇视这样的人很难。他们能看透亿万个普通生灵的内心。历史上，这种人被称为圣人。

“心无限大、心包容一切”者，包容宇宙，更加相信宇宙的广阔。他们自身虽无法超越外界的一切，但他们不甘逆来顺受，他们要做的是包容一切。

这样的强者，心很大；这样的强者，有无尽的野心；这样的强者，信念也坚定得可怕。

这三条路之所以被地球一脉认为是逐层增高的，是因为地球一脉没有诞生出真正的大能。

历史上很多“明心见性、直指本心”者，在一次次跌跟头，一次次撞破头后，经历大起大伏……看透人心的他们终会醒悟，认为阴阳相合才是道，完全坚持本心太过极端，于是有了“天人合一、赤子之心”，有了所谓圆满。此时他们不会再吃苦头，不会再撞破头，反而会让无数人崇拜。

在第二条路上走久了，圆满久了，他们又会有更深的渴望。

他们不甘心“天人合一、赤子之心”，他们要包容，这便是第三层“心无限大、心包容一切”。

在地球一脉历史上，凡是达到第三层者，几乎个个都站到了世界的顶峰。因为强大、包容一切的内心，令他们能承受任何挫折，在任何逆境下都会进步。

或许他们身体资质不如其他人，可坚持不懈的进步、永远的进步会令他们最终达到巅峰。

论实现功成名就，走第三条路最易，走第二条路次之，走第一条路最坎坷。

一般人都是这样认为的。

像异族大能这种层次者，就会知道这三条路只是坚持的路不一样，谁高谁低不一定呢，区分高下有何意义？

……

“能坚持超过两千六百年，他的内心的确坚定得可怕。”普缇暗道，“面对撕裂灵魂的痛苦，的确得有一颗完全坚定的内心。只有意志、意识无比坚定，才能坚持更久。就看他的心，到底有多强了。”

……

罗峰在承受这般可怕折磨的同时，意志坚定，完全不受疼痛干扰，内心至真、至纯、至诚，专心研究兽神之道。

……

第两千八百年，一阵阵达到极限的疼痛终于干扰到了罗峰研究兽神之道。

“别想干扰我。”

体内世界中，金角巨兽分身依旧在埋头观看兽神雕像，同时临摹雕刻。

仿佛地球上一些科学家，即使受到病痛折磨也依旧强忍病痛去研究。罗峰虽然依旧受到刺痛干扰，一次次参悟被打断，但是两千多年来一直沉浸在感悟中的罗峰已经完全陷进去了，就算有干扰，也会一次次压下去。

一颗绝对至诚、至真、至纯的内心，在最危险的时刻能产生奇迹般的力量。

每次打断都被他压下去，每次压下去都能让内心再度稳定些。意志每次都能提高些许，这种提高速度反而比之前还要更快些。

就这样，罗峰竟然又撑住了。

两千九百年、三千年、三千一百年、三千二百年……

这种压迫、痛楚越往后程度越高，心灵迸发的力量终究无法匹敌那一再加重的疼痛。只要融合在进行，灵魂的被撕裂就在进行，疼痛也在不断地加重，似乎永远不会停止。仿佛羊后面有老虎在不停追赶，羊一开始或许跑得很快，可会跑不动，结果就是被吃。

“坚持不住了？”普缇盘坐在那儿，俯瞰浑身颤抖、皮肤上有裂痕、面部抽搐的罗峰。

他时而痛苦，时而疯狂……

他全身都在颤抖。

“累了啊。

“孩子，撑不住就罢了吧。

“你若是陨落，你老师不复活你，单单因你这坚定的内心，我也会逆转时空复活你。或许你会失去很多，可是想要让星辰塔认你为主人，太难了。这星辰塔当年被炼制时和一道来历莫测的金色光线融合，连老师都对它没把握，或许即使是地球一脉的最优秀者，也无法让星辰塔臣服吧。如果三位候选者都失败，第四位、第五位……一直失败下去，不知道什么时候才能让老师改变心意，不再强求。”普缇叹息。

普缇是宇宙之主，浩瀚宇宙中站在巅峰的存在之一，一眼就能看透罗峰的灵魂，自然知道此刻的罗峰已经到了极限。

“别干扰我！别干扰我！”全身心研究兽神之道的罗峰，被那可怕的疼痛一次次打断，被打断的次数太多了，罗峰的意志在咆哮、怒吼，“别干扰我！没谁能干扰我，谁也不行！”

轰!

一声巨响。

若说罗峰之前的意志、意识如晶钻，晶莹、锋利、坚固，在三千二百年的磨砺下，晶钻的密度变得更大了，仿佛被压迫到某个临界点了，仿佛瞬间被压缩成了原子核，仿佛恒星快要蜕变为中子星了。

意志、意识突然以一个不可思议的幅度飙升。

“继续。”

罗峰过去身法到极限时，反而会超越极限。

现在，他感觉无比轻松。之前那些疼痛一次次打断他的参悟，终于那些剧痛完全被镇压下去了，再也没有反抗之力了。

“什么?!”

大殿中，普缇一直在观察着罗峰，他能一眼看透罗峰的灵魂，自然发现了罗峰这一次的蜕变。

“怎么会猛地蜕变?

“怎么会这样？前两位候选者也没这样，特别是第二位候选者，虽然坚持了三千三百年才陨落，但是也没发生这种事。”

普缇忽然一怔。

“是了，前两位候选者，一个是‘天人合一、赤子之心’境界，一个是‘心无限大、心包容一切’境界。他俩抵抗疼痛的方法和罗峰不一样，‘天人合一、赤子之心’者，会熟悉疼痛，让自己成为疼痛的一分子；‘心无限大、心包容一切’者，连疼痛都要包容。

“前两位都错了，错在这并非精神层面上的疼痛，而是晶珠真的在融合灵魂，这并非幻境，而是真实发生的。

“或许他们那种方法，可以将灵魂发挥到极限，可是不抵抗，就没有压迫，他们对意志、意识的压迫就不够了。他们融合，他们包容，而罗峰选择的是抵抗，完全抵抗、压迫剧痛，绝对不融合、不包容。

“或许罗峰在这个过程中很痛苦，可这何尝不是一种坚定本心、磨砺本心的修炼呢？将意志、意识压到极限，终于引起质变，他的意志、意识有了大幅度的跃升。”普缇感叹。

一个大幅度的跃升，令罗峰一下子有了很大的余地。

晶珠继续融合灵魂。

三千三百年、三千九百年、四千年、四千三百年、四千九百年……

晶珠的融合一直在持续，灵魂的被撕裂也一直在持续，疼痛依旧稳定加重。

虽然罗峰之前蜕变过一次，但是在又过了近两千年后，疼痛终于又一次接近罗峰能够承受的极限。

“难道就无法使星辰塔臣服?

“前面三千二百年才是前半段？”

宇宙之主普缇也感到震惊。因为之前最长者就融合了三千三百年，谁也不知道这个过程到底要多久。

没有谁做到，谁也不知道极限。

不管是普缇还是那位异族大能，都不知道。

“若罗峰失败，地球一脉后来的候选者，谁才能成功呢？”普缇脸上也满是担忧、焦急。

第876章

很想你们

“五千年！”普缇声音苍老，满是担忧、叹息。

他也没想过这个过程会持续五千年，甚至更长。

“希望罗峰能成功吧。”普缇长叹一声，声音在这大殿中回荡。

虚拟宇宙，黑龙山岛屿，九星湾小区，古老的建筑连绵。

现如今，整个九星湾都只有罗家最高层居住，更多的家族成员居住在其他一些地方。

作为一个拥有万年历史的家族，加上罗峰在乾巫宇宙国的地位仅次于乾巫国主，罗家权势滔天。

徐欣踩踏着光可鉴人的石板行走在走廊上，身后跟随着两名女子。罗家最高掌权人罗峰一直在强者世界中闯荡，于是家族事务主要是其大儿子罗平在管，其中很多大事由徐欣处理。

徐欣在罗家地位特殊，又是平海公司总管事，万年下来，她的那股高贵感更加显著。居高位自然威仪独特，她的一个眼神，都会让麾下心惊，寻常人甚至都不敢抬头直视徐欣。

此刻，徐欣眉宇间却有着一丝淡淡的忧愁。

“主人，是家主的邮件。”徐欣的虚拟助手忽然提醒。

“邮件？”

走在走廊上的徐欣猛地停下，眼眸中露出惊喜之情，她再冷静此刻也乱了。

“说去做一件非常要紧的事，会关闭虚拟宇宙消息的接收，可是这一消失就是整整六千年，找也找不到，联系又联系不上，怎么不让人担心？”

罗峰在强者世界中闯荡，一消失就是六千年，没有任何音讯，的确有可能是陨落了。幸好罗峰在关闭虚拟宇宙消息的接收前，和家人都交代了一下。

“夫人似乎很高兴。”

“没见过夫人这么开心呢。”

“夫人这些年一直很忧愁，可现在，眉飞色舞的。”

两名女子悄然议论着。

徐欣正满心欢喜地看着邮件。

“也知道说些暖心的话、好听的话。”徐欣看着邮件，笑容愈加甜蜜，“连高中那会儿的事情都记得清清楚楚，都老夫老妻了，还说这些。”

邮件很长，足足有数万字内容，徐欣专门走到了走廊外的草地上，坐在椅子上慢慢地阅读。

这是一封饱含着浓烈感情的邮件，内容包含从二人相识、相恋……一路走来的点点滴滴。徐欣微笑着看着，情不自禁地露出笑容。

看着看着，她的表情就变了。

她的身体微微颤抖，眼神中也有一丝惊恐。

“不！不！”徐欣猛地站起，歇斯底里地吼起来，眼泪哗地流下来了，“我不要你的愧疚，不要！”

远处两名侍女吓了一跳，两人对视一眼，察觉不妙。

“妈，妈！”

焦急的喊声从远处传来，一道身影迅速冲来，而后另一道身影也紧跟着冲入这个院子，正是罗平和罗海。他俩也是一脸焦急，看到徐欣后就边喊妈边跑过来。他俩也都收到了邮件。

“关门，禁止任何人进来！”徐欣对着两名侍女喝道。

“是。”

这两名侍女是贴身服侍徐欣的，不管是平海公司的事，还是罗家的事，徐欣经常通过她俩吩咐下去。虽然她俩是侍女，但是地位媲美罗家的大管家，自然也是聪慧无比。她俩知道事情不妙，连忙关门，禁止其他人进来。

“妈，怎么回事？”

“爸难道真的……”

罗平、罗海都急了。

徐欣抱住两个儿子，难忍眼泪。

这封邮件是罗峰在生死之路的考验刚开始时就给家人们准备的，设定为六千年后自动发送。罗峰当时认为，前两位候选者，一个坚持了两千六百年，一个坚持了三千三百年，估摸着生死之路最多四千年时间。

太长，就太离谱了。

他认为前两位能通过暗中考验，最后去经历生死之路的考验，显然都是一代天骄，不至于离极限太远。

“第一位候选者坚持了两千六百年，第二位候选者坚持了三千三百年，我估摸着整个过程在四千年左右，不会离谱到要持续六千年的，那谁能熬得过去?

“若成功，我便删除邮件。

“若失败，至少得给家人一点音信吧。

“一旦我陨落，虚拟宇宙接收系统一直关闭，老师混沌城主恐怕都不知道我陨落的消息。以老师那等存在，可能一次修炼就是千万年乃至上亿年，谁知道什么时候才会来复活我，而徐欣的寿命最多是一千万年。”

罗峰很担心。

“我相信，即使陨落，也会被老师逆转时空复活的，可如果隔了千万年乃至上亿年才被复活呢?

“妻子呢?

“复活后，我的妻子、儿子、父母、弟弟都死了，我该怎么办？”

于是罗峰准备了这些给亲人的邮件，设定为六千年后自动发送。

……

“你们父亲遇到了劫难，可他说了，在遥远的未来他会归来，短则万年，长则百万年乃至千万年！”徐欣声音都颤抖了。

短则万年，长则百万年甚至千万年，乃至更长，可她的寿命最多也就一千万年，她还能再见到罗峰吗？

“爸！”

“爸！”

罗平、罗海也有些蒙了。

“走，我们去见你们的爷爷奶奶。”徐欣强忍悲痛，连忙道。

片刻后，徐欣、罗平、罗海和罗洪国、龚心兰、罗华都见面了，个个脸上都有着悲痛之色。罗峰就是他们的顶梁柱，是罗家，是地球人类的顶梁柱。他一直撑着，为罗家遮风挡雨，令地球人类在整个乾巫宇宙国安稳地生活。

可现在，这根顶梁柱塌了。

“小峰，小峰！”龚心兰全身都在发颤。

虽然罗峰说在遥远的未来会回来，但是家人们认为，这很可能是安慰的话。

“我们罗家，我们地球人类，现在面临最大的危机！”徐欣声音都已沙哑。

屋内其他人都看向徐欣。

“罗峰的邮件上留下了账号和密码，他给我们留下了应变资金，是一笔无比巨大的财富。”徐欣道。她这么多年很少看到罗峰，没想到罗峰留下的账户里面竟然有高达500亿混元单位的钱！

这是一个让徐欣感到不可思议的数字。整个乾巫宇宙国，除了乾巫国主，谁还拥有如此财富？

“大家赶紧准备，准备应变方案。”徐欣声音沙哑，道，“世态炎凉，天下熙熙，皆为利来，若是罗峰真出了事，我们罗家难免遭人落井下石。我们没有足够的能力保住如今庞大的家族，我现在立即去见罗峰的老师真衍王，询问这件事情，寻求帮助。”

“去吧，家族这边交给我们。”

罗洪国、罗华等都连忙道。

“嗯。”徐欣点点头。

徐欣毕竟也是虚拟宇宙公司的核心成员，加上早有真衍王的虚拟宇宙编号，很快就联系上了真衍王，说了这件事情。

“什么?! 在遥远的未来会回来？”真衍王脸色大变。

不同于徐欣等人，真衍王是宇宙中的超级强者，知道很多东西。他一听就明白了罗峰的意思，罗峰的意思是在遥远的未来，逆转时空被复活，否则以虚拟宇宙网络遍布浩瀚宇宙的特殊性，罗峰怎么可能在无尽的岁月里一直无法联系到家里？

"我去求见混沌城主！"真衍王立即急了。

"麻烦真衍王前辈了！"徐欣激动。

"无妨，我是他老师！"

真衍王当即离开虚拟宇宙网络，赶到城主府，求见混沌城主。

混沌城主何等地位？即使是真衍王，也几乎是不可能见到混沌城主的，除非极特殊情况，而这次，真衍王见到了。

"你说，罗峰很可能陨落了？"混沌城主盘膝坐在遍布异族强者尸体的废墟中。

"是。"真衍王恭敬地道。

"他还活着。"混沌城主道。

"还活着？"真衍王吃惊道。

"我能确定他一直待在域外战场第七战场星辰塔内，且六千年来，一直待在星辰塔某处。"混沌城主道，"六千年一直在那儿待着，也不连接虚拟宇宙网络，他的生命气息还在，估计，是遇到了劫难。那里是星辰塔，出现什么危险都很正常。"

真衍王听了心中发紧，那可是星辰塔啊。

星辰塔从表面上看，仅仅是一处禁地空间，其中会有一些禁地护卫，可实际上塔内危险处处存在，连宇宙之主也不敢硬闯星辰塔深处。

星辰塔内。

那被无数颗镇封星辰环绕着的大殿内，罗峰坐在那儿，痛苦得皮肤完全破裂，鲜血往外流。界主的身体恢复能力何等强，原核提供源源不绝的能量，不断地修复破裂的身体。

身体处于崩溃状态，这只是灵魂被撕裂的一个反应罢了。由此可见，疼痛到了何等地步！

“六千年了！

“第五千年的时候，罗峰已经接近他的极限；第五千六百年时，罗峰就已经完全抵达极限。上次他能在最关键时刻蜕变，这一次，我无法相信他能蜕变第二次。从第五千六百年到第六千年，整整四百年，到底是什么力量一直支撑着他？”

普缇盘坐在那儿看着罗峰，完全震惊了，他无法想象在第五千六百年时已经完全达到极限的罗峰，是怎么死死撑下来的。

……

灵魂的被撕裂一直在持续，疼痛已经达到极限，已经无法压制，罗峰更加无法去修炼兽神之道。此刻的他已经不再修炼了，他的意识在和疼痛对抗，心中只有一个执念！

“我想再见到你们！你们！你们！”

罗峰意识中存有唯一的执念，执念就是他的亲人们，他的父母、他的兄弟、他的妻儿。他不想自己被复活后亲人们都死光了，他无法接受那一切。已经达到最后时刻的罗峰心中只有他们，至爱的亲人们！

“我想……我真的很想……”

灵魂已经开始粉碎，却又被无形的意志、意识强行凝聚起来。碎、凝……罗峰挣扎着，凭借唯一的执念在做最后的挣扎，他在心底一次次呼唤着他至爱的亲人们。他愧疚，他不舍，只是那颗晶珠还在无情地继续融合着，灵魂的被撕裂一直在持续，疼痛一次次加剧……

已然到了崩溃的边缘！

“很想……你们！”

第877章

通过

罗峰已经无法再思考，陷入崩溃边缘的灵魂也无法承载思考，他心中仅仅有一个执念！

整个灵魂一直在拼命凝聚、维持。

“你还在坚持？灵魂早就要崩溃，你依旧在坚持！”普缇叹息一声，“孩子，你太累了，受不了就放弃吧。”

他作为宇宙之主，早看清罗峰灵魂的情况。能坚持到现在这一步，他都开始疼惜罗峰了。

“加上生死之路考验的六千年，他也才活了一万多年！

“太年轻！

“还只是个孩子！”

普缇微微摇头。

普缇可是异族大能的第一个仆从，在最古老时期，在浩瀚原始宇宙衍变的最初阶段，他便跟随异族大能。

他拥有无比漫长的生命，在他眼中，界主极限寿命一千纪元只是他从出生到成年的时间。

加上生死之路考验的六千年，罗峰的生命才刚过万年，在浩瀚宇宙的强者世界中，他的确很稚嫩。

罗峰身体在颤抖，口中无意识地发出声音，鲜血不断流出，仿佛一条在岸上即将死去的鱼。

他在挣扎，不甘心就这么死去，即使知道将来会被逆转时空复活。

……

普缇的蛇尾盘着，默默俯瞰时刻可能陨落的罗峰，他明白罗峰在拼命挣扎。

“你很厉害了！

“第一位候选者坚持了两千六百年，第二位坚持了三千三百年，你坚持超过六千年，很厉害了，值得自豪了，放弃吧！”

普缇很清楚陷入这等境地是何等痛苦，何等凄惨。

“星辰塔，这生死之路，为什么难成这样？”普缇长叹，看了一眼发出无意识的声音、全身颤抖的罗峰。

……

罗峰曾有过一次生命涅槃，那是很久以前，他在地球上燃烧灵魂搏杀金角巨兽，那一次也是陷入必死境地，但他宁可一死，也要击杀金角巨兽。

没想到否极泰来，能够夺舍金角巨兽的肉身，他开始了一段精彩征程。

天才战上的天之骄子、乾巫分部的监察特使、混沌城主亲传弟子、声名赫赫的刀河王……

他的一生的确辉煌无比，精彩无比。

现在，罗峰又遇到一次涅槃。

这是第二次生命涅槃。

涅槃成功，便能活下；涅槃失败，便是陨落。

罗峰颤抖着，发出无意识的声音，表情扭曲，皮肤破裂，情况比很多死者还要凄惨。

一边是生，一边是死。

罗峰便在这一条线上挣扎着，狂风呼啸，将他朝死亡那边吹，可坚定的执念让罗峰拼命抓着这条生死线，朝生的那边努力前进。

执念再强也是有限的，而只要生死之路在继续，疼痛就在不断加剧。

“很想……很想……”

罗峰仿佛运动员，一次次拼命加速，可后面的人也在加速，不断迫近……

终于接近了！

……

星辰塔内，万千个禁地空间中，来自宇宙各地的不朽神灵忽然都震惊了。

“怎么回事？”

“发生什么事了？”

“禁地空间怎么在震荡？”

轰隆隆——

万千个禁地空间仿佛被巨人摇晃，都猛地震荡起来，同时高9光年的星辰塔也隐隐震荡起来，只是因为被无尽的九旋星云环绕，很难发现。塔内无数禁地空间中的不朽神灵，根本不知道发生了什么。

同时，在无比遥远的危险之地，无尽气流的深处，一座隐隐散发着阵阵青光的宫殿悬浮其中。

宫殿内有一个个仆从，他们都是宇宙尊者级。

“嗯？”其中一座大殿的王座上，高9万多千米的老者正坐在那儿，听着仆从们恭敬地禀报消息。忽然，他脸色微变，转头看向一个方向，似乎能透过无尽时空看到星辰塔。

“这个过程竟持续这么久，地球上的那个青年竟坚持下来了。

“哈哈……亿万年的等待，地球一脉终于诞生了最优秀者。”

老者忽然起身，消失不见。

……

“成功了？”普缇惊愕地看着躺在那儿已经停止颤抖的罗峰，他已经感觉到罗峰越来越抵抗不住疼痛，眼看就要完蛋了，估计最多坚持两三年时间。

罗峰已经坚持了六千零九十二年。

在以千年为单位的时间中，两三年又有什么意义？

这个过程终于到了临界点了。

像车再猛，油耗光了，自然也就无法再行驶了。

就在刚才，那颗晶珠终于完完全全地和灵魂融合了，彻底地融合了。

若非罗峰有一颗无比坚定的内心，无比坚定地去抵抗，也不会在三千二百年时发生一次蜕变，没有那次蜕变，就算后面罗峰的执念再强，也不可能再抵抗上近三千年。

他终于等到了最后一刻，迎来了成功！

有际遇，也有自身努力。他迎来了真正的新生！

“成功了！”

罗峰睁开眼，世界之力一震，便将身体表面的鲜血等完全震开，疲劳无比的双眸中有无尽的喜悦，“成功了，我成功了，我能回去见你们了！”一放松，源自灵魂的无尽疲倦感瞬间就涌了上来，淹没了罗峰的意识。

砰！

罗峰就算陷入生死一线之际也一直盘膝坐着，这时候却轰然倒下，整个人躺在地面上一动不动，完全陷入沉睡。

“睡着了？

“竟然睡着了？”普缇看着这一幕，笑了，“界主能够累到睡着失去意识，真是罕见。”

不朽神灵会因为失去太多不朽神体，导致灵魂缺失太多而陷入沉睡。

界主一旦灵魂破裂，就会陨落。

罗峰压榨了灵魂太多潜力，一次次压榨，完全超出灵魂的极限了，才会在成功后瞬间陷入沉睡。

灵魂太累了，需要休息。

一般强者能够完美发挥灵魂潜力就算不错了，更别说超出限度地压榨了，所以界主累到直接失去意识，也是万中无一的。

一个月、两个月、三个月……

罗峰累到失去意识，这一睡，自然时间极长。因为灵魂完整，自然不会如不朽神灵沉睡般需要无限漫长岁月才能恢复。

罗峰这一觉睡了超过九年时间。

他很久没有做梦了。

罗峰躺在星辰塔内这座大殿上，嘴角有着一丝笑容，似乎梦到很开心的事了，而在这座大殿内除了罗峰，还有宇宙中的两名无比可怕的超级存在，他们正看着这一幕。

睡觉睡到做梦，显然灵魂已经完全休息好了。

罗峰在做完那个梦后，睁开了眼睛。

“孩子。”一个温暖心田的声音响起，很像黑色金属板中的声音。

罗峰立即站了起来，转头看去。

前方有两道身影，一道是他熟悉的宇宙之主普缇，此时的普缇收敛威压，很低调地盘在一侧。大殿中央最前方则站着一道高有900多米的魁梧身影，他穿着看似普通的青色铠甲，额头上有透明的双角，正低头俯瞰着罗峰。

无尽的气息笼罩整个大殿。

罗峰在这无尽的气息的笼罩下，感觉自己仿佛沐浴着阳光，没有遭到丝毫压迫，反而很舒服。

罗峰瞬间明白，这并非是威压，而是这位超级存在自然而然散发出的生命气息。单单这股气息，已经超越了普缇，也超越了混沌城主。

“宇宙本源法则，我感觉不到宇宙本源法则了！”罗峰心中忽然大惊。

“怎么可能？

“怎么可能感应不到宇宙本源法则？”

强者就是依靠感应宇宙本源法则去修炼的，感应越清晰修炼速度得越快。不管是地球人本尊，还是在体内世界中的魔杀族分身、金角巨兽分身，都同样感觉不到宇宙本源法则的运转，仿佛在眼前这位超级存在生命气息弥漫的范围内，连宇宙本源法则都要退避三舍。

“这就是宇宙最强者的威力吗？”罗峰看着眼前900多米高的老者，心中惊颤，“连宇宙本源法则都能压制，难怪能创出《九劫秘典》这种违背宇宙运转法则的可怕秘法，实在是太……太……”

身高900多米也让罗峰惊颤。

人类很少高大成这样。

罗峰却不知道，这位异族大能本体高度是9万多千米。作为独一无二的特殊生命，单单论天赋、生命层次，这位异族大能比金角巨兽不知道高了多少倍。只是因为要进入大殿见罗峰，老者才缩小成900多米高。

“恭喜你，从现在开始，你就是地球一脉的首领，有资格位列宇宙超级强者之林！”老者声音轰隆，直入罗峰内心深处。

旁边的宇宙之主普缇微笑着看着罗峰，也为罗峰开心：“三师弟，恭喜。”

第878章

异族大能

“有资格位列宇宙超级强者之林”，这句话令罗峰心中受到触动。

这话可是宇宙最强者说的，是能够匹敌巨斧斗武场的创始者的异族大能说的。在异族大能眼中，能被称为宇宙超级强者的，恐怕最起码也得是宇宙之主吧。

异族大能有两个弟子：大弟子普缇是宇宙之主；二弟子是焱神族首领，也是宇宙之主。

罗峰即将成为三弟子，估摸着也有成为宇宙之主的希望。

这令罗峰心中一阵火热：“宇宙之主啊！”

达到宇宙尊者级巅峰的，如天蚀宫主、希罗多，他们才称得上宇宙霸主，这种层次再进一步才是宇宙之主层次。

时间、空间法则皆掌控在手，可以逆转时空复活强者。这可令一个族群拥有源源不绝的生机。

“地球人一脉、焱神族一脉，都是我的孩子。”高如一座大山的老者俯瞰罗峰，声音轰隆，“你通过了暗中的诸多考验，又能够通过生死之路的考验，你便是我的弟子，估计也是我最后一个弟子。”

罗峰暗惊。

最后一个弟子？未来岁月漫长，谁能确定呢？这位异族大能却能确认自己只有三个弟子。

“别惊讶。”老者目光如阳光，照射在罗峰心中，“为了你二师兄和你，早在宇宙衍变最早期，我便有了想法和计划，花费无数心力，无数年获得的财富、宝物，大半都花在你们俩身上。”

“大半的财富、宝物？”罗峰错愕。

“如星辰塔，就算人类族群倾尽全族之力，就算有炼制至宝的手段，又能炼制出几件？”老者看向普缇，“反而我对普缇的帮助最少。”

普缇连忙躬身：“老师，若无你的帮助，弟子一生恐怕都是不朽神灵。”

“就算没有我，你也能成为宇宙尊者。”老者摇头，“当年我收的众多仆从，个个天资极好，我也个个帮助。相差无几的天资，又同样有我的引导帮助，可他们都是宇宙尊者，唯有你成了宇宙之主。

“无奈，宇宙中每一件至宝都很珍贵，我为了你二师弟、三师弟，在他们诞生之前就开始准备了。”

“弟子已有至宝。”普缇连忙道。

“你那个还算不上。在六大巅峰族群中，在诸多宇宙之主中，你的宝物只能算是普通水准。”老者摇头，“我正为你准备一件至宝，已经有了大概雏形，估计再过千万纪元，便有希望了。”

普缇激动，恭敬、感激地道：“老师所做的，弟子倾尽全力难以报答！”

‘哈哈，我的弟子，自当不凡。”老者哈哈笑道，“只是希望你们三个当中有一个能赶上我。哈哈……那绝对是宇宙中的一大佳话，师徒皆是宇宙最强者，哈哈……”

罗峰听得暗自心服。

这位异族大能收的弟子数量很少，他的二弟子和即将成为三弟子的罗峰，是这位异族大能主动去引导培育一个族群、主动创造秘法等精选出的。

由此可以看出，这位异族大能选择弟子是何等苛刻。

这位异族大能主动引导培育两个族群，从中各选出最优秀者作为自己的弟子，而大弟子是在感情很深的仆从中选了唯一一个。

除此以外，任凭宇宙中有亿万个族群，任凭过去无限岁月，任凭天才强者无数，异族大能都不收一个弟子。

混沌城主则不一样。

人类的宇宙之主肩负强大人类族群的责任，但凡人类族群出现一些超级天才、绝世人物，人类的宇宙之主就都会把他们收为自己的弟子，有的是亲传弟子，有的是记名弟子，连巨斧斗武场的创始者都不例外。

有族群牵绊就是如此。

而异族大能是宇宙中独一无二的生命，没有族群牵绊，天才再多，他都懒得教。他培养的族群犹如他的孩子，他会为他们做出精心安排。

“罗峰徒儿，你还没有喊我一声老师呢。”老者看向罗峰。

罗峰连忙恭敬地行礼，强忍激动，喊道：“老师！”

这位异族大能就是地球一脉的引导者，可以说是地球一脉的创造者。若没有这位异族大能，也就没有地球一脉。

“好，你为我弟子，我当你老师，自当尽责。”老者声音轰隆，俯瞰罗峰，“我教导弟子有三个习惯。

“其一，我喜欢为弟子准备好宇宙中的顶级资源。其二，我不会教导弟子任何一种秘法。其三，你是生是死，我也不会管，更不可能在你死后去逆转时空复活你。”

罗峰错愕。

“不教秘法？不管生死？”

“真正的超级强者是教不出的。”老者声音低沉，道，“一切都靠你自己，任何一名宇宙之主都是自己创造秘法，都是自己踏入那一层的。

“时刻都有老师庇护，成不了强者。

“我教弟子，不教秘法，不管生死，只管提供资源。”老者道，“若你在成为超级强者的途中陨落，我会从地球一脉当中再选一名候选者，再来接受生死之路的考验，成功则是我的四弟子。我引导培育的两个族群都要有首领，而首领并非只有一人，你只能说是地球的一代首领，但我希望你是地球永远的首领。”

声音轰隆，直入灵魂。

这位异族大能的声音仿佛具有无尽魔力，令人不由自主地信服。

“明白。”罗峰恭敬地道。

“道理你是懂的，就算有再厉害的老师，就算提供再多的资源，就算提供再好的宝物，弟子自己如果不修炼，那么连成为不朽神灵都不可能。”老者声音低沉，道，“外在资源很重要，而自身努力更重要。不过实力越强大，外在帮助的作用就会越小。如果资质差，只要主动修炼，用尽宝物，都能成为不朽神灵。

“但如果想要成为宇宙尊者，就对自身努力有苛刻要求了。想要成为宇宙之主，更是艰难无比、坎坷无比。成为宇宙之主后，想要再进一步，达到我这一层次，便任何宝物都没用了。

“你大师兄、二师兄，都在这一步困了无尽岁月。你们人类族群中除了巨斧斗武场的创始者，其他个个都没跨出最后一步。”

“弟子明白，弟子定当努力！”罗峰激动。

很多强者都怕没足够的资源。

巅峰族群、超级势力为什么争斗？为什么厮杀？

为了争夺资源。

族群培育天才需要资源，强者成长也需要资源。

有了资源就等于有了基础，其他的就靠自身努力了。

而这位异族大能为罗峰准备的资源，可以让罗峰拥有位列宇宙超级强者之林的资格。

这些资源让人心颤。

“我为你二师兄还有你都准备了两件至宝，一共是四件至宝。

“其中三件至宝的水准相差无几，唯有星辰塔不同。

“你的星辰塔很特殊，比你二师兄的至宝还强。”老者感慨道，“当年我花费无数珍贵材料、宝物来炼制星辰塔，中间发生了一些特殊情况，出乎我意料的情况，令星辰塔的威力大增，堪称宇宙中最强至宝之一。

“虽然威力大增，但是要使星辰塔认你为主人可是比之前艰难千倍甚至万倍。为了这个，我专门引导培育意志、意识都非常坚定的地球人一脉，即使如此，第一位候选者和第二位候选者还是失败了。当初你二师兄轻而易举就能让他的至宝认他为主人，不像你这般辛苦。”

罗峰心中感叹：“是啊，辛苦！”

回忆起这六千多年的痛苦、折磨，每一秒都仿佛一年一样漫长。这六千多年比上亿年还要难，仿佛一直身处在炼狱中，一直承受着痛苦，永远看不到尽头。

罗峰一直在坚持，唯有靠着对亲人的执念硬扛着，直至连执念都越来越弱。

幸好最后时刻成功了。

“星辰塔的威力之所以极其强大，是因为我炼制它时它发生了特殊变化，连我都不知道它的威力极限。单单最基本的认你为主人都这般艰难，要驱动它，也难得多。”老者道。

罗峰也明白这个。

像想使用弑吴羽翼最基本形态就得悟透兽神变第一层。

而弑吴羽翼对宇宙之主的用途已经很小了。

星辰塔是适合宇宙最强者使用的至宝，甚至是宇宙最强至宝之一。没主人操控时，那些宇宙之主都束手无策，连四大巅峰族群的宇宙最强者都无法操控它。所以它的使用条件自然会比弑吴羽翼苛刻得多。

老者道：“你人类中的老师混沌城主，是宇宙之主中最厉害的之一，连你二师兄也只能勉强和混沌城主媲美，可能还略差些。

“若你将来能成宇宙之主，有这两件至宝，特别是星辰塔，足以令你媲美混沌城主，乃至力压混沌城主。

“这就是最强至宝的威力。星辰塔是一件至宝。当然我还为你准备了另一件至宝，名为‘劫甲’。”

“劫甲？”罗峰一怔。

“劫甲一直存放在焱神族当中，由你二师兄暂时保管。

“劫甲在特殊资源的供给下，能够产生大量威力强弱不等的甲珠，分别是兵甲珠、将甲珠、王甲珠、皇甲珠。

“那些甲珠很适合焱神族，却都是宇宙尊者以下使用的，最多提高整个族群的整体战力罢了。那劫甲才是至宝，是最适合宇宙之主使用的至宝，威力无穷，是你的第二件至宝。”

罗峰听得心潮澎湃：“兵甲、将甲、王甲、皇甲……竟都是劫甲产生的？

“一个劫甲，一个比劫甲还可怕的星辰塔！

“异族大能为地球一脉的首领准备的两件至宝，将来真的能使地球一脉的首领纵横宇宙！

“这两件至宝都比弑吴羽翼厉害，足以让宇宙之主眼热甚至疯狂。希望使用它们的条件别太苛刻。”罗峰担心起来，“我这点实力，能使用这两件可怕的至宝吗？”

第879章

未来

由无数颗镇封星辰环绕的大殿中，老者俯瞰罗峰，缓缓地说着，声音很亲切，却轰隆隆地回荡在大殿中。老者作为宇宙中独一无二的生命，天生身体高9万多千米，他习惯了说话时声音犹如雷声。

“徒儿，你的两大至宝，一为星辰塔，一为劫甲。你二师兄的两大至宝，一为焱神戟，一为原魂。

“我引导培育的焱神族族人天生资质极高，是天生的武者，而且焱神族的首领，也就是你的二师兄，更是极为擅长近战，拥有无尽的威力。焱神戟便是一件武者使用的至宝；原魂是在灵魂方面非常特殊的宝物，融入灵魂中，灵魂可变得更强大。”

罗峰一惊：“原魂能强大灵魂？”

“你二师兄的不朽神体极强，相较于他的不朽神体，他在灵魂方面就较为平常，和一般的宇宙之主相当，唯有凭借至宝原魂才能更胜一筹。原魂令他的灵魂变得强大，焱神戟令他的战力彪悍。如今，你二师兄是浩瀚宇宙中绝对的一方霸主，极为善战，诸多族群皆不愿招惹焱神族。”

罗峰听得点头，心中佩服：“师父能造就出宇宙中的一方霸主，真是不可思议！”

“不过，我不满意。”老者看向罗峰的眼神中蕴含一丝得意，“于是，有了地球一脉。

“虽然焱神族族人身体天赋强，但是宇宙中照样有一些改变血统、提升基因的手段，而我更是创造了遭受宇宙运转法则抵制的《九劫秘典》。《九劫秘典》能够让基因普通的地球人，一跃成为媲美宇宙中那些稀少又独特的强大生命的种族。你夺舍了金角巨兽的肉身，现在算是巅峰血统了，身体攻击力是普通人类的十倍。修炼《九劫秘典》第一劫大成，身体攻击力是普通人类的三倍；修炼《九劫秘典》第二劫大成，身体攻击力是普通人类的六倍；修炼《九劫秘典》第三劫大成，身体攻击力是普通人类的十二倍。仅仅修炼到第三劫，便能让人类超越巅峰血统的金角巨兽！

“第四劫……

“第五劫……

“随着往后修炼，至少宇宙中各种常见的生命，就无法和你比拟。像金角巨兽这种能够一代代孕育传承的，属于普通族群。而宇宙中还有些独特的生命，它们不能孕育不能传承。

“自宇宙诞生衍变以来，有些生命在整个宇宙中可能就只有两三个，甚至有些生命就是独一无二的。

“天赋越强大、逆天的生命，数量越少。

“如你得到的血洛之力，便是兽神的血液所化而成。兽神是宇宙中非常特殊的生命，天生便是融合法则的化身，拥有宇宙之主级别的极为霸道的战力。你能够想象天生就是宇宙之主般的存在吗？”

罗峰有些发蒙。

特殊生命？他搜集资料时也是了解过一些的。

那是在宇宙一些特殊环境下诞生的生命，根本无法繁衍、传承。无法繁衍的生命是无法被算成一个族群的。像金角巨兽，虽然稀少，但能繁衍，一代代传承下来，无尽纪元中，还是能产生大量超级强者的。

可有些特殊生命，如兽神，无法繁衍，自然成不了族群。

“宇宙中的特殊生命一般都是从弱小慢慢成长起来的，如兽神这般天生就是融合法则的化身的，天生就强大，是极稀少的。”老者俯瞰罗峰，“那些特殊的生命，他们的基因强于人类百倍甚至千倍，显然是远超金角巨兽的。”

罗峰点头。

金角巨兽属于宇宙中能繁衍的最强血统，而在那些独特的生命中，血统超越金角巨兽的有很多，只是每一种数量都少得可怜。比如异族大能，都是宇宙中独一无二的生命。

“凭借《九劫秘典》，我等于造就出了一个特殊生命。可惜这《九劫秘典》只能一个人修炼，而且必须是地球一脉的血肉类生命才能修炼。

“我对你的期望值很高。

“你有《九劫秘典》，基因生命层次的优秀，使你将来会拥有强大的不朽神体、灵魂。作为地球一脉无数纪元以来的最优秀者，你的意志、意识极强大。意识，是念力之将；意志，则为意识之统帅。强大的意志、意识会令你在灵魂方面发挥出十倍甚至百倍的威力。

“身体强大，灵魂强大，意志、意识强大，才是真强大。

“不管是身体还是灵魂，都有诸多手段可以去提升，唯有意志、意识，是靠自己的，宝物、秘法对它们没用。”老者感叹道，“所以我吃过教训后，引导培育了你们地球一脉。你们地球一脉在心境方面易提升，虽然身体天赋在整个人类族群中算很普通的，在浩瀚宇宙中更是垫底，但凭借强大的意志、意识足以傲视宇宙中的无数族群。”

罗峰点头。在心境方面，地球人的确傲视宇宙无数族群。

“我给你的两件至宝是：劫甲、星辰塔。

“你身体虽强大，但将来成为真正的强者后，和你的灵魂比还是差了些，所以我给你了劫甲，你可以用劫甲来强大身体。

“灵魂、意志、意识都强大，自然走精神念师或者幻术师一脉。你现在是身体方面强大，等你达到不朽级后，灵魂方面就会完全显露光芒了，这座星辰塔是无比适合你的至宝。

“你二师兄和你，共四件至宝，其中星辰塔最复杂，等会儿你慢慢了解。”老者说。

“我现在带你去一个地方。”轰隆一声，老者站起。

“老师，去哪儿？”罗峰有些疑惑。

“去了就知道了。”

老考一步便到了大殿中央，大殿中央出现一条扭曲的通道。他的大弟子宇宙之主普缇和三弟子地球一脉的首领罗峰，都跟在他的后面，一同进入了这条扭曲的空间通道。

扭曲的通道内。

他们三个在通道中闪电般飞行，片刻后便抵达了一个神秘区域。

这是一片蒙蒙的彩色空间，一眼看去，只见一颗颗不同颜色的水珠正在无尽的空间中缓慢地飘着。

老者带着普缇、罗峰出现在这个空间内。

“这是星辰塔中的其中一个空间。”老者指着那些悬浮在无尽的虚空中的各色水珠，“罗峰，你可知道，这些是什么？”

“嗯？”罗峰仔细看去。

一颗颗各色水珠足有上百万颗之多，密密麻麻，分布在无尽的空间各处，缓缓地飘荡着。

“这就是你地球一脉的未来。”老者感慨。

“地球一脉的未来？”罗峰屏息，看着那上百万颗水珠。

“嗯。”老者点头，“我为你创造的劫甲，还有为你二师兄创造的原魂，实际威力都没达到它们这一层次该有的程度，都稍微弱些，主要是这两件至宝都蕴含孕育的能力。我炼制它们时花费过半的材料，就是为了赋予它们孕育的能力。

“劫甲能孕育出兵甲、将甲、王甲、皇甲。

“原魂能孕育出兵魂、将魂、王魂、皇魂。

“当然这些名字只是代号，用来区别而已。那些兵甲、将甲、王甲、皇甲，只有焱神族这种被我引导培育过的特殊族群才可以使用。当然，你修炼《九劫秘典》，自然也属于我这流派，而且资质比焱神族族人更高，也能使用。”

罗峰恍然。

“难怪人类一直研究不出来使用兵甲的方法，甚至有些人都不知道兵甲、将甲等，毋窿星域中的兵甲、将甲碎片都没被发现，原来是使用条件太苛刻了。兵甲、将甲、王甲、皇甲都是老师专门给焱神族创制的。”

“原魂，也是如此。

“必须是地球人才能使用兵魂、将魂、王魂、皇魂。”老者感慨道，“除了地球人外，也就焱神族的首领，你的二师兄，具有使用它们的能力。他拥有原魂，不会在乎它们。

“这些对你们地球一脉却很重要。

“有了它们，地球一脉将来能造就出一个由精神念师组成的非常可怕的军团，军团中不管是掌控者还是幻术师，都会非常强大。它们能令地球一脉的精英陨落概率变得很低，还能令诞生宇宙尊者的概率变得更高。

“有了它们，地球人将前途无量。

“但必须是在地球上孕育诞生的灵魂才具有那等特殊性。地球人和焱神族族人一样，数量极为稀少，可产生强者的概率非常高。只要有足够多的时间，未来，你一定会成为超级强者。在你的保护、引导、培养下，地球一脉自然能成为一个强大的族群。

“你是要将地球一脉继续留在人类族群中，还是将其独立于人类族群之外，都是你的选择。

“这一切都得等你真正成为宇宙中一方霸主后，才能做到。”

第880章

坐船游塔

罗峰看着这飘荡在无尽的虚空中的一颗颗水珠，仿佛看到了地球一脉强者辈出的未来——在自己的引领下，地球一脉将声名远播，将成为浩瀚宇宙亿万个族群中一股不可小觑的势力！

“万丈高楼平地起，根基决定了能否建成摩天大厦。

“我根基已成，大势已有，只看我自身努力了。”罗峰默默道。

放眼浩瀚宇宙，论条件、资源，能和自己媲美的绝对屈指可数。在人类族群中，因为族群中强者无数，单单宇宙之主就有好些，所以绝对不可能将星辰塔、劫甲这两件至宝早早就留给某个界主。即使这个界主是天才中的天才，也不可能。

老师是独行者，他不需要为族群考虑，他积累财富、宝物的能力，和人类族群比，都差不了多少。能够和老师交好，就算人类族群内的宇宙之主们，个个也是无比乐意的。

“罗峰徒儿，”老者指向周围缓缓飘荡的一颗颗水珠，“这里共有一百万颗兵魂、十万颗将魂、一万颗王魂、一千颗皇魂。和焱神族的兵甲、将甲等类似，兵甲、将甲等对使用者的身体有苛刻的要求，这些兵魂、将魂等对使用者的灵魂也有极高的要求。

“兵魂，达到人类界主巅峰的地球人即可完全使用。

“将魂，强于人类界主巅峰百倍的地球人方可使用。

“王魂，强于人类界主巅峰万倍的地球人方可使用。

“皇魂，强于人类界主巅峰百万倍的地球人方可使用。”

老者看向罗峰："徒儿你虽只是界主，但拥有灵魂振幅类秘法，论意志、意识，你更能闯过生死之路。意识源于灵魂，或许你的意识弱些，也就媲美不朽神灵，可是单单论意志，许多宇宙尊者都不一定及你。"

罗峰之所以能成为星辰塔的主人，是因为他的意志本来就强大。这六千年来，他的意志一直在不断地受到磨砺、不断地增强，特别在第三千二百年时，有过一次蜕变，这令他的意志强得连部分宇宙尊者都不及。

"灵魂之力为兵卒，意识为将领，意志为统帅，强大的意志、意识能使你发挥出更强大的实力。你虽只是界主，灵魂振幅只有三十二倍多，但凭你的意志、意识，使用将魂，绰绰有余。"老者说道，"你带着两颗将魂，一颗为你地球人身体所用，一颗为你金角巨兽身体所用。等我安排好一切，你再使用。"

"是。"罗峰恭敬地道。

罗峰一翻手，便将两颗将魂收入世界戒指内。

"老师，这些兵魂、将魂……"罗峰有些犹疑。

旁边的宇宙之主普缇笑道："三师弟，这些兵魂、将魂等都是特殊之物，功效神奇不亚于很多重宝，除非你要真正开始培养地球一脉，否则这些兵魂、将魂等都最好先放在这儿，这里最安全。"

"嗯。"罗峰点头，看了一眼飘荡着的无数水珠，"这些都是地球一脉将来的依仗啊。"

"随我来，我带你好好逛逛星辰塔。"老者遥指前方，飘荡着无数水珠的虚空中开始凝聚出一条船，先形成船头，然后迅速形成船尾。强大能量汇聚，自然而然形成一艘长10多千米的漂亮的雅致的游船。游船散发着强大的气息，让罗峰目瞪口呆。

"上船。"老者进入船中，盘膝坐下。

900多米高的他坐在10多千米长的游船上，仿佛普通人坐在20米左右长的船上，倒也正常。罗峰、普缇宛如小不点坐在老者两侧。

"造物？"罗峰眼眸中满是震惊，"这是一艘比九剑尊者当年乘坐的宇宙飞船还要大的船，这艘船轻易就被老师创造出！"

"很惊讶？三师弟，老师是宇宙最强者之一，宇宙运转法则面对他们这等存在也得避让，在他们周围，宇宙运转法则甚至已经无用。你也应该发现了，你都感觉不到宇宙本源法则了吧。”普缇笑着看向罗峰，“而且老师他们已然能做到言出法随。在他们周围一定范围内，并非宇宙本源法则做主，而是他们自己在做主！

“在一定范围内，老师他们说什么，一定范围内的法则便是什么。

“老师说，火能冻死人，火就能冻死人。

“老师说，恒星消失，该恒星就会消失。

“老师说，极限速度不再是光速，而是十倍光速，那在这个区域内的速度就能达到十倍光速。

“这就是言出法随！在老师周围一定范围内，宇宙原本的运行法则已然无用，老师能操控一切。”

普缇看着罗峰目瞪口呆的样子，笑了。

罗峰完全惊呆了。

“言出法随？这就是最强者？

“说啥就是啥？法则都没用了？”

“当然并非你想象的那般无敌，宇宙是按照宇宙本源法则在运转，宇宙最强者也得尊重它们，也仅仅拥有一定范围内的特权罢了，即在宇宙最强者周围一定范围内拥有如此特权。如果真的违逆宇宙运转法则，和整个宇宙作对，那还是做不到的。

“按理说，言出法随能杀死无数强者，但面对真正操控一方时空的宇宙之主，宇宙最强者想要击杀他，极难。”

普缇传音解释道。

罗峰听着普缇的描述，感慨、震撼，眼界也大不一样了。过去，罗峰更多地关注封王级强者、宇宙尊者，对宇宙之主得仰望，心中或许有对成为宇宙之主的渴望，哪个天才没这种渴望？

不想当将军的士兵不是好士兵，可又有多少士兵能当将军？

天才们人人皆有野心、渴望，可也仅仅是渴望罢了。

罗峰以前得仰望宇宙之主那等强大存在，可现在他的大师兄、二师兄都是宇宙之主，老师更是宇宙最强者之一，在他们身旁听他们说话，听到的都是浩瀚宇宙最高层次的一些秘密。

“星辰塔，高9光年，若是你自己慢慢逛，不知何时才能逛完。”老者盘膝坐着宛如一座大山，他指向周围，声音轰隆，“我引领你，半日即可看完，仔细看。”

罗峰坐在游船上。

游船速度远超光速，按理说达到光速就该进入暗宇宙，可这种情况没发生，显然，异族大能已经将他周围一定范围的速度极限调整了，这种违逆宇宙运转法则的事，也唯有宇宙最强者能够办到。

最诡异的是，罗峰却能看清一切。

“超光速飞行，还能看清一切？”

罗峰完全不理解，一切都违逆了过去习惯的法则，可他还是仔细地看着。

茫茫星辰塔，空间无尽，一个个禁地空间只占了其中1%不到的范围，占更大范围的是一根根通天之柱。这一根根通天之柱，短则几光秒，最长的甚至超过一光年。这些通天之柱上有无尽的秘纹，秘纹繁杂无比，散发蒙蒙金光，在这些通天之柱上彼此镶嵌、连接。

还有其他一些奇形怪状的宝物，件件气息庞大，除此以外，更多的是一颗颗镇封星辰。这些镇封星辰环绕在一处处。

通天之柱就像一座摩天大厦的框架，其他诸多宝物为砖瓦、窗户，而无数颗镇封星辰为连接部分。

无尽的秘纹遍布通天之柱，贯穿无数宝物、无数颗镇封星辰，无比可怕。

在完美形成一体后，一件让人心颤的至宝便诞生了。

肉眼所能看到的秘纹之复杂，甚至超越了兽神雕像上的秘纹。

这一看，便是整整一天时间。

罗峰完全被震住了。

“这些秘纹……”罗峰屏息。

“星辰塔虽然是我花费无尽岁月、无数心力所创造的，”老者声音轰隆，感叹道，“但是在形成过程中，发生了超出我控制的特殊变化，连我也看不透，这就是宇宙衍变的神奇。

“罗峰徒儿，你可感应到整个星辰塔了？”

“感立到了。”罗峰点头，“在星辰塔认我为主人后，我就能感应到了。那些镇封星辰，我感觉我可以轻易拿到，也能轻易抵达一个个禁地空间，至于驱动整个星辰塔，我却总感觉自己仿佛面对一座高山，丝毫驱动不了。”

“星辰塔威力无穷。”老者笑道，“你实力还很弱，怎么可能就能驱动？

“单单要驱动那件至宝劫甲，身体力量也要达到一亿倍界主之力，一般宇宙尊者才能达到。你跨入不朽级后，肯定是封王级无敌层次，且比宇宙中所谓封王级无敌强者还要强。你继续修炼《九劫秘典》，身体基因能媲美宇宙中的特殊生命，不朽级很快就能达到。

“可星辰塔比劫甲还要强十倍甚至百倍，驱动自然艰难无比。

‘你要驱动星辰塔，难，难，难！

“一旦你能够驱动完整的星辰塔，即使只发挥出最弱的威力，简单的一砸，那些宇宙尊者便无法抵抗。现在的你，还很弱小。”

第881章

星辰图

“弟子明白。”罗峰恭敬地道。

“星辰塔和劫甲，你现在都无法真正使用。劫甲是完整的铠甲，无法拆开；星辰塔内宝物无数，倒是可以取出一些。取一些星辰塔内的宝物后，我专门炼制了一个重宝。”魁梧如山的老者一翻手，一个巨大的图卷出现在游船的上空，将整个游船完全笼罩，一股让人心颤的磅礴气息蔓延开，长达10多千米的游船比之图卷，仿佛一个小不点渺小得多。

图卷气息之强大，远超镇封星辰。

“此图卷是一件重宝，可将一颗颗镇封星辰融入其中。二者结合，即可形成一件特殊的宝物——星辰图。星辰图也能勉强跨入至宝门槛。”老者俯瞰罗峰，“你成为图卷的主人后，便知道其中的奥妙了。”

图卷迅速缩小，落在罗峰面前。

罗峰伸手接过，一丝世界之力渗透其中，精神烙印烙上，与图卷有了心灵感应，同时庞大的信息从星辰图中涌入罗峰的意识。

“原来是这样，好可怕的星辰图！”罗峰震惊。

图卷本身已经算是重宝。

镇封星辰也是重宝。

图卷最多可容纳十万颗镇封星辰。一旦十万颗镇封星辰和图卷融合为一，就会化为星辰图，星辰图绝对能跨入至宝行列。

罗峰可将自己悟出的某些攻击秘法的法则秘纹印在星辰图上，同时自然也会印在镇封星辰上。

一旦利用星辰图施展攻击，颗颗镇封星辰就会形成沟通法则，威力无限。

“我算偷懒了，仅仅炼制了图卷，镇封星辰是星辰塔内的。”老者哈哈大笑，声音在无尽虚空中回荡。

“多谢老师。”罗峰感激，恭敬地道。

“星辰图最多容纳十万颗镇封星辰，星辰塔内的镇封星辰虽然数量极多，但是几乎都是构成星辰塔的重要部件，不可缺失。只有极少数的镇封星辰并无用途，可以取出，最多可以取出一万多颗镇封星辰。”老者说道。

“弟子明白。”罗峰点头。罗峰成为星辰塔的主人后，很多信息都知道了。

“其实……”老者一叹，声音在无尽的虚空形成空间涟漪，“按照我早先的炼制计划，镇封星辰并无封印之能，更多的是攻击之能，不管是操控无数颗镇封星辰攻击塔外的敌人，还是攻击塔内的敌人，都可以。只是后来发生了特殊的变化，这一颗颗星辰，竟拥有了封印之能，超乎我的想象。

“想要操控镇封星辰，将法则秘纹印在镇封星辰之上即可。法则秘纹随时可以抹去，也可以再度印上。

“在未能完全驱动星辰塔前，操控镇封星辰去攻击敌人，便是一大手段。若是能够完全驱动星辰塔，整个星辰塔一砸，或者整个星辰塔犹如一柄匕首，塔尖直接一刺……这一砸一刺，便是星辰塔的最强攻击手段。即使只发挥出最弱的威力，都能轻易灭杀宇宙尊者。若是发挥出最强的威力，浩瀚宇宙中谁也不惧。”

罗峰忍不住问道：“老师，我何时才能驱动完整的星辰塔？”

“你可看得到那股能量旋涡？”老者问道。

“看到了，九旋星云威力无穷，宇宙尊者稍微深入都会湮灭。”罗峰道。

“那九旋星云便是星辰塔恢复本体大小后，主动吸纳宇宙中的能量，维持自身消耗而成的。”老者道，“星辰塔高9光年，内部蕴含无穷威力，宇宙中的超级强者们也束手无策。维持这么强的威力，耗费的能量也是极为可怕的。”

“时时刻刻都在吞噬能量，这些能量能够轻易湮灭宇宙尊者，你如果将其缩小收入体内，能供应这么强大的能量？”老者问。

罗峰傻眼。

“那得要多少能量啊，九旋星云可是能毁灭宇宙尊者的啊！”

“放心，那是发挥极强威力的状态，你首先只需要发挥最弱威力即可，这样耗费的能量就小多了。”老者说道，“即便如此，也远远超过劫甲的使用要求。关于星辰塔，我对你的要求只有一个。”

“老师请说。”罗峰连忙说道。

“未能驱动完整的星辰塔前，星辰塔继续留在这儿。”老者郑重地道。

“留在这儿？”罗峰瞬间就明白了。

老者说道：“星辰塔早就引起宇宙中的超级强者们的注意，连和我实力匹敌的那些存在也眼馋星辰塔，这可是最强至宝之一。星辰塔早就被盯着了，一旦星辰塔消失，那么肯定会引起一场大风暴。

“你们所有在域外战场星辰塔的士兵，数十万名不朽神灵包括你，一个都逃不掉！”

罗峰听得目瞪口呆。

数十万名不朽神灵包括自己，一个都逃不掉啊？

是啊，如此至宝，引动的将是宇宙中一群最可怕的存在。以他们的手段，谁能逃掉？就是人类族群的宇宙之主们，恐怕都不会轻易放走自己。以自己的身份，得到弑吴羽翼这种对宇宙之主帮助很小的至宝还行，可是星辰塔，这种让宇宙最强者都眼馋的至宝，堪称最强至宝之一，绝对不是自己现在有资格拥有的。

罗峰想得没错，巨斧斗武场的创始者、混沌城主……一个个，为了人类族群，也会从罗峰手中要走星辰塔，而后给予人类族群中的某个强大的宇宙之主使用，巨斧斗武场的创始者也有可能自己使用。

他们都是为了人类族群。

“除非你拥有和他们平起平坐的实力，没有那等实力，就先别动星辰塔。”老者郑重地道，“你若是能真正驱动星辰塔，也差不多有和他们平等对话的实力了，加上背后的地球一脉，你那时便是人类族群最高层之一，谁也不会夺你的宝物，自然能有资格拥有星辰塔，也能为人类族群的发展扫除障碍。”

罗峰点头。

“你现在有三件至宝。”老者说，“第一件，估计是你老师混沌城主给你的。

我刚见你时，你的气息完全被掩盖，看似不朽神灵，能掩盖气息的必定是至宝，他给你的，一定是对宇宙之主用途很小，但能让宇宙尊者们疯狂的至宝。”

罗峰眨巴眼睛：“真厉害！”

“第二件是塔珠，也就是和你灵魂融合的那颗晶珠。塔珠是星辰塔内的封印空间的控制核心。封印是整个星辰塔最主要的一个功能，砸、刺都是附带的，防御也是附带的。

“塔珠本身也勉强算是一件至宝，它融入了你的灵魂，你应该知道怎么利用塔珠保护自己的灵魂。”

罗峰听得点头。

塔珠融合灵魂的过程痛苦无比，可融合后，无比神奇。

“第三件是星辰图。镇封星辰和图卷融合形成的星辰图，威力飙升，已经算是一件低等至宝。以你现在的实力无法使用融入太多镇封星辰的星辰图，就算有将魂，我估计你能融入十颗镇封星辰就算不错了。

“三件至宝，其中两件从未在宇宙中现世。”老者道，“从未出现过，其他强者便认不出。只要你不将至宝的威力发挥到极致，其他强者根本猜不出你拥有什么至宝。”

罗峰点头。

弑吴羽翼，未曾现世。

星辰图，未曾现世，也算至宝。

塔珠是星辰塔的核心，在自己之前，从未有谁成功融合过，更没人知道。

三件至宝超越了重宝的界限，勉强跨入至宝行列，属于宇宙之主不怎么在乎、宇宙尊者们却疯狂追逐的。

“别得意，三件低等至宝加起来都不如星辰塔的一星半点，也不如劫甲。”老者道。

“弟子定当努力，一定尽早使用劫甲和星辰塔。”罗峰应道。

“嗯。”老者这才点头。

……

罗峰、普缇在游船上听着老者的教诲。

游船开始返回大殿。

回去的速度更快，片刻后他们已回到大殿内。

“老师，那《九劫秘典》我仅仅得到两块残片，不知道另外的部分在哪儿？”罗峰忍不住问道。

“《九劫秘典》能令你的基因不断被改善，甚至媲美一些强大而特殊的宇宙生命。”老者俯瞰罗峰，“如果你的基因飙升得太离谱，肯定会引起很多强者的注意。实力越高，才越有资格拥有特殊的宝物。

“那记载《九劫秘典》内容的天魂晶残片，共有五块。

“你已经得到两块，另外三块都被我安放在宇宙中的危险之地，你在界主级时可以去第一个危险之地得到一块，达到不朽级可以去第二个危险之地得到一块，成为宇宙尊者后去第三个危险之地得到最后一块。三大危险之地，危险程度越来越高。

“等你成为宇宙尊者，得到最后一块天魂晶残片，得到完整的《九劫秘典》时，我估摸着离驱动完整的星辰塔应该很接近了。

“这是三块天魂晶残片的宇宙坐标。关于危险之地，也有简单的描述。”

老者指向罗峰，一点亮光直接飞入罗峰的脑海，信息涌入，罗峰便明了一切。

“罗峰徒儿，别死在这三大危险之地。”老者道。

“是。”

“事情已了，我为你准备的已经够多了，三件至宝护身，将甲、将魂护体，以后，一切就靠你自己，我以后不会帮你丝毫。”老者道，“我期待着，你能够驱动完整星辰塔的那天早日到来。”

随即空间微微一震，老者已经消失。

大殿内只剩下罗峰和普缇。

“大师兄，说来惭愧，还不知道老师叫什么，”罗峰连忙道，“之前也不敢多问。”

“哈哈……”普缇盘坐在大殿上，笑道，“老师本名没有谁知晓，因为老师纵横宇宙时，经常盘坐在山峰上，所以浩瀚宇宙中的超级存在们给老师取了一个尊称，叫坐山客。

“你二师兄，本名曹本祁，被宇宙中的超级强者们称为焱帝。”

“宇宙最强者之一，坐山客；焱神族首领，焱帝。”罗峰默默记下。

“地球一脉终于有了首领，事情已了，我也轻松不少。三师弟，我就先走了。”普缇微微一笑，周围空间一震，他消失了。

大殿内只剩下罗峰一人，他低声笑道：“我的老师坐山客是宇宙最强者之一，他管教弟子与其他老师不同，提供宝物后，得靠弟子自己努力。”

第882章

罗峰的瞬移

罗峰行走在大殿内，当走到边缘时，面前竟突然生出一扇门来。

罗峰站在门前，外面便是悬浮着的无数颗镇封星辰。

“镇封星辰，来。”罗峰微笑着。

顿时，星辰塔内部运转，一些镇封星辰开始迅速朝这边飞来，很快眼前便聚集了茫茫一片镇封星辰，足足一万多颗，它们都在缓缓滚动，且颗颗上都没有散发蒙蒙金光的法则秘纹。

“这一万六千二百三十五颗镇封星辰倒是无用。”

透过星辰塔，罗峰驱使那些镇封星辰飞向自己，一次次单独地向它们渗透世界之力。

“老师说，我现在最多能同时驱动十颗镇封星辰，就暂时带一百颗吧，等将来需要更多时，再来取就是。”罗峰站在虚空中，而他的前方正有一百颗玻璃珠大小的镇封星辰滴溜溜地旋转着。

罗峰一翻手，手中出现图卷。

一百颗弹珠大小的镇封星辰落入图卷中，图卷上顿时隐隐散发星光，图卷和镇封星辰有了特殊的关联。

自此，星辰图诞生。

“撕天一爪。”罗峰心意一动，俯瞰手中的星辰图，只见星辰图上顿时浮现复杂的法则秘纹，是罗峰将撕天一爪这一招完全以法则秘纹的形式显现，星辰图上的一百颗镇封星辰中隐隐有六颗略带金色。

“看来撕天一爪这一招，要驱动六颗镇封星辰。”罗峰微微点头。

星辰图的功用便是如此，能够使操控者统一操控大量的镇封星辰，并且将所需要施展的秘法攻击轻易印在镇封星辰上，也能轻易抹掉，印上另外一种秘法。

秘法层次的高低，决定了需要驱动的镇封星辰的数量。

“起！”罗峰大喝一声。

只见星辰图上缓缓浮出六颗弹珠大小、通体漆黑、隐隐有法则秘纹痕迹的镇封星辰。经过星辰图的影响后，旁人很难辨出这六颗小小的弹珠会是那威力无穷的镇封星辰。

“出！”罗峰遥看远处虚空。

嗖！

六颗黑色的镇封星辰顿时破空而出，引动宇宙本源法则，无数金色丝线彼此串联，几乎瞬间就化作一只蹄爪，六颗镇封星辰便是那蹄爪的爪尖，一爪出，带着无穷的威力轰然撕裂虚空。

罗峰看得满心欢喜，随即六颗镇封星辰飞回，落入了星辰图当中。

“哈哈，星辰图绝对是精神念师想要的至宝。”罗峰兴奋无比。

精神念师需要的兵器，一般都是花费珍贵材料炼制而成的，然后将悟出的战斗秘法手段印在其上，这样在战斗时，只需要驱动这些秘纹的沟通法则即可，可以节省很大的精力，也能发挥更强的战斗力。

像衍神兵，便是早就将那些招式印在其上，然后让那些刀片组合，以此来施展每一招。

星辰图不同，星辰图可随时印上秘法或随时抹掉，而且以镇封星辰为根基，再强大的秘法，即使是宇宙之主使用的战斗秘法，也只要多费点镇封星辰，就能完全印上。

“这可是镇封星辰！每颗都是重宝，威力极强，就算不使用什么深奥秘法，单单将一颗颗镇封星辰直接轰过去，一般强者都难以抵挡，这可是令宇宙尊者也重视的重宝啊。”罗峰一笑。

弑吴羽翼因为对使用者要求较高，发挥的战力反而不够惊人。

虽然星辰图是至宝，但是其中的每颗镇封星辰罗峰都能驱动，一旦罗峰使用将魂后，星辰图便能发挥很强的战斗力。

“我能将我所想到的任何战斗秘法都灌入星辰图中，任何战斗秘法都可以任我布置。

“从今天起，这星辰图便叫星辰布道图吧。”罗峰实在很喜欢星辰图，当即将其改名为星辰布道图。

“将魂入体。”

罗峰手一翻，一滴水珠直接飞向罗峰眉心，轻轻碰触，融入其中。当那滴水珠和罗峰的本源珠碰触时，仿佛水渗透干涸的河床，迅速就被吸收了。吸收了将魂的本源珠，仿佛从婴儿变成了巨人，拥有了无穷的战力。

“好强！

“以我现如今的意志、意识，的确能完全驱动将魂。兵魂需要具有千倍界主灵魂之力才能驱动；将魂需要具有万倍界主灵魂之力才能驱动。”罗峰感叹，“老师坐山客当年炼制的劫甲和原魂，堪称一体两面，要求、威力都很接近，只是一个是辅助身体的，一个是辅助灵魂的。”

罗峰现如今的念力极其强大，拥有将魂附加的万倍界主之力后，完全能媲美真正的封王初等级强者，而且意志、意识极强，能发挥出不弱于封王巅峰级强者的战力。

一座模模糊糊的塔影，隐隐笼罩本源珠所化的小兽神，紧跟着消失。这座模糊的塔影，便是塔珠所化。

“灵魂根基已有，以我的意志、意识，更是能将威力发挥到极致。论防御，我有塔珠，谁能奈何我？”罗峰自信十足。

站在大殿中，罗峰的银色双翼张开。

灵魂上有塔珠、将魂辅助，身体上有将甲、弑吴羽翼辅助，攻击手段有星辰布道图，如今的罗峰之彪悍，足以让那些封王级极限强者仰望。面对这样的罗峰，他们谁能得罪得起？

论罗峰根基之深，宝物之多，就是七剑王、命陨王等也得瞠目结舌。七剑王、命陨王等本身实力极强，配合诸多宝物，和罗峰倒是能大战一番。

“六千多年的考验，超过五千年时间都在研究兽神之道，同时研究空间法则。”罗峰感慨。

在第一千多年时，罗峰的兽神意境便跨入了能闯过通天桥第十九层的境界。五千年下来，在兽神意境上，罗峰已经有闯过通天桥第二十层的能耐了。进步速度之快，简直骇人。

主要是因为罗峰一直临摹兽神雕像，强行记忆，加上意志、意识越发强大，才会达到那等程度。

但只有兽神意境进步迅猛，《衍神七变》和空间法则的进步缓慢。

《衍神七变》罗峰刚刚练成第二篇，单凭此，能闯过通天桥第十八层罢了；空间法则上，罗峰也悟透六幅图了，单凭此，能闯过通天桥第十八层。

由此能看出，悟透法则本身，显然比兽神意境上的进步要难得多。

强大的兽神意境能够令罗峰的战斗力无比惊人。

“还多了一份让我惊喜的意外收获。

“空间法则上，悟透六幅图后，最重要的第七幅图，我啥都没懂，但凭借体内生命晶核和宇宙空间法则那奇妙的共振，竟然令魔杀族分身能够施展出瞬移手段了。

“瞬移！我自己能施展瞬移了！”罗峰满心喜悦，“虽然有重箭王，但是在战斗的关键时刻，敌人自然分别对付我和重箭王，重箭王无法随时在我身边。

“要保命，自然得自己会施展瞬移。”

罗峰已经想象到，地球人本尊在战斗时，魔杀族分身瞬间变成一块金属片，出现在地球人本尊体内肌肉中。

魔杀族施展瞬移，能直接逃掉。

魔杀族分身和地球人本尊的核心都是原核，魔杀族分身从体内世界出来，不像从世界戒指中出来一样需要世界之力引导，这是谁也无法阻拦的。

从体内世界出来，一个念头就能瞬间做到。

六千多年下来，自己的进步的确是一个根本性的跳跃。

兽神意境达到闯过通天桥第二十层的境界，《衍神七变》第二篇修炼大成，魔杀族分身能瞬移，意志、意识强大了百倍甚至千倍，还有老师坐山客留下的两件足以令无数宇宙尊者羡慕的低等至宝，加起来，自己便拥有三件至宝，三件不亚于将魂、将甲的至宝。

“诸多手段在手，就算面对七剑王、命陨王、塔龙王等存在，我也不惧。”罗峰自信十足。

宇宙中的最强者有好一些，如坐山客这样的独行者也有几个，这种不需要为族群考虑的宇宙最强者，他们的资源，才真正让六大巅峰族群、诸多势力眼馋。

像混沌城主等存在，早就想过请那些存在加入自己的族群。请不到那些存在，如果能让自己的族人得到那些存在的资源，那对族群的好处也是无穷的。

“一切就绪，该去见见亲人了。”罗峰之前豪气万丈、意气昂扬，一想到家人，眼神都柔软下来了。

在那生死之路的考验中，他就是为了想要见家人，一直坚持着。

事后他刚刚苏醒，还没来得及联系亲人，就迎来了异族大能坐山客。

在宇宙最强者之一坐山客的面前，他可不敢一边谈话，一边意识进入虚拟宇宙，这实在是大不敬。第一次见面，他可不愿得罪坐山客，于是强忍住对亲人的思念。

他觉得自己若是坐山客，第一次见弟子，弟子却三心二意，还分心进入虚拟宇宙，肯定也不会高兴。

待得坐山客走后，一切就绪，便是他见到亲人的时候。

第883章

归来

虚拟宇宙，雨相山，原始区，罗峰的庄园中。

“嗯？”罗峰刚一连接虚拟宇宙网络，便发现有一堆邮件等着他处理。

“这么多邮件？”

罗峰一愣，轻轻点击半空，屏幕浮现。

“有老师混沌城主的两封邮件、真衍王的九封邮件、伯兰的一封邮件、戎钧的两封邮件、高升的一封邮件。

“有罗平的十八封邮件、罗海的二十一封邮件、罗华的三封邮件、父亲的三封邮件、母亲的八十三封邮件、徐欣的三万八千一百九十二封邮件……”

密密麻麻的邮件，让罗峰有些发蒙。

除了老师、朋友、家人的邮件之外，还有一些在鸿盟城认识的朋友发来的邮件，其中有邀请刀河王一起去闯荡宇宙秘境的，有想要卖宝物问刀河王是否要的，有遇到危险请刀河王帮忙的……

混沌城主的邮件内容很简单：“速来见我！”

真衍王的邮件内容：“如果能活着回来，就不急了。与你的家人见面后，再来见我。”

伯兰等一些当年的好兄弟，则是来告诉罗峰自己刚跨入界主级不久。

当年在虬龙星结交的朋友高升，则是来告诉罗峰，他和家族闹翻了后，在宇宙中漂泊闯荡这么多年，终于真正大翻身了。

邮件的字里行间洋溢着喜悦，同时也期待罗峰的回信。可惜这封两千多年前的邮件，罗峰一直没能回。

至于家人，则是个个担忧。

“徐欣。”罗峰看到那足足三万八千多封邮件后，再次发蒙。

这些邮件是徐欣从罗峰接受生死之路考验的第六千年开始写的，几乎每天给罗峰写一封邮件，有时候一天两封，过百年时间，竟写了足足三万多封邮件。

罗峰迅速点开几封邮件看看。

“峰，家族潜伏计划快完成了，我也感到轻松不少，等将来你回来，罗家还是会强盛的……”

“峰，我现在在北桦星域一颗星球上，景色很优美，只是感觉太过冷清……”

“峰，今天遇到一点麻烦，我真没想到我一直如此信任她，她竟然会背叛我，只能感慨人心隔肚皮，多年情谊啊。唉，我也有数百年没去见这个老手下了……”

……

一封封邮件仿佛日记，记载着这些年来徐欣生活中的喜悦、忧愁、痛苦。

文字中弥漫着淡淡的忧愁，那是一种发自心底的忧愁、悲伤，即使说喜悦的事，也让罗峰感觉不到丝毫喜悦。

“哎，当年的邮件……”

罗峰脸上有一丝苦涩。

当年罗峰接受生死之路考验，察觉危险时，给家人们留下邮件，设定发送时间是接受生死之路考验的第六千年。

在最后成功前，罗峰怎么都没有想到，生死之路的考验竟然会持续超过六千年，真的太离谱了。

“他们收到邮件后一定很担心很焦急。”罗峰都能猜出家人的反应。

“混沌城主、真衍王，这两位老师，我还是等一会儿再去见。”罗峰暗道，“稍微迟点，两位老师应该不会计较。

“先去见家人。”

嗖，罗峰前往黑龙山九星湾小区。

九星湾小区，除了雷神、洪的住处外，其他所有住处都是罗家的。除了雷神、洪、罗峰的住处外，其他住处都进行了翻新改造，风格完全统一。

罗峰居住的那栋古老的别墅，即使经过上万年，也依旧没变。

它有着特殊的地位，在罗家中，一般族人是没资格靠近这儿的。此刻，在别墅前面的草地上，罗平坐在石桌旁，石桌上摆放着一瓶瓶酒，已然有十多瓶酒完全空了，倒在一旁。罗平正拿着酒瓶一口一口地喝着，速度不快，却一直没停。他的眉宇间满是烦恼、忧愁。

“嗯？”瞬间出现在别墅门口的罗峰见状，脸色微变。

“罗平是怎么回事？”

罗峰从未见过自己的大儿子如此借酒消愁。

他的两个儿子中，罗平很冷静，家族内很多事情都是罗平在管，已经算是实质性的家主了。

“我说过，所有人都下去！”罗平察觉身后有人，立即咆哮起来，朝后面挥手。

“罗平。”一个声音响起。

声音很平静，仿佛无尽大海，虽然平静，但是能让人感觉到蕴含其中的无尽力量。

强者说话和弱者说话给人感觉是不一样的，像罗峰这种意志、意识极强大的，声音都能自然而然地影响到他人。

原本还要呵斥的罗平一怔，身体颤抖起来，缓缓转身。

在他身后正站着一道身影，地球人身高，和罗平一比，还要略矮一点，可就是这道身影是罗家的顶梁柱，是地球人的顶梁柱！

“爸！”罗平眼睛瞪得滚圆，手中的酒瓶跌落在草地上，打了一个滚。

“爸，爸！”罗平激动得直接冲过去，抱住罗峰。

“哈哈……”罗峰笑了，“怎么回事，罗平，你竟然借酒消愁？”

“主要是压力太大了。”罗平直起身子，抹掉眼泪，他感觉到心中的无尽烦恼瞬间就没了。他这些年的烦恼，罗峰一回来，都烟消云散了。

“你妈呢？”罗峰问道，“带我去见她。”

“妈现在正和金岚宇宙国的罗斯家族谈判。”罗平说道。

“谈判？”罗峰眉头一皱。

“嗯。”罗平苦涩地道，“爸，自从你给家里来了邮件，我们都吓坏了。”

“我也没说自己死了，只是说遇到了劫难。”罗峰忍不住道。

“我们也知道爸你没死，看到狄梵他们活着就知道爸你还活着。可是，你邮件中说得那么危险，似乎遇到了大劫难，短则万年，长则百万年乃至千万年才能回来。总之，我们非常担心。消息只有爷爷奶奶、叔叔、妈、弟弟知道，其他人不知道。我们开始迅速整顿家族，加强管理，尽量避免家族子弟为家族惹来大敌的情况。”

罗家传承万年，人口多得吓人。

罗家的许多普通子弟已然没有了特权，与普通人一样生活。可毕竟罗家现如今的人口太多，上万颗生命星球都不够他们居住。

由此可见，罗家人口增长之迅猛。

宇宙中的某些超级家族，一个家族人口足以占领一个星系甚至数百个星系，这很正常。

“我们罗家人口增长太快，之前有爸你撑着，还好，就怕爸你……

“所以我们现在尽量控制人口增长，同时开始为家族留下诸多退路。家族贸易发达，生意早就走出了乾巫宇宙国，没想到数十年前和金岚宇宙国的罗斯家族发生了冲突，起因是两个家族的精英子弟的矛盾，后来矛盾闹得越来越大，一发不可收拾。罗斯家族是金岚宇宙国的超级家族，他们家族的家主是封王级强者剑阏王，剑阏王的老师据说是宇宙尊者。

“事情闹大了后，据说剑阏王发邮件给爸你，想要私下了结，不过爸你的虚拟宇宙网络一直处于关闭状态。听妈说，雨相山渐渐有谣言说爸你已经陨落了。”罗平道，“你庄园内的那些仆人已经超过六千年时间没见到你了。对于活了才过万年的界主，你一下子消失六千年，是很不可思议的事。”

罗峰微微点头。

“果然，已经有谣言说我陨落了。”

“那剑阏王可能见此就没有阻拦家族，也可能是他也想要借此机会，稍微逼迫我们，看爸你是否现身吧。”罗平道。

“哼。”罗峰声音冰冷，“我是生是死，单单这个情报就价值千金。特别是宇宙中的一些异族，早就想查清这一点。走，带我去你妈那儿。”

九星湾，罗家总部。

徐欣亲自接待罗斯家族的使者队伍。

“罗夫人，我们罗斯家族敬重罗峰大人，所以才一直隐忍，可隐忍不代表我们罗斯家族是可以随便欺负的。这是我们的底线，只要你们罗家拿出这些赔礼，一切了结。”罗斯家族的谈判者是一名全身满是金色铠甲、长着类似大象鼻子的巨大汉子。

徐欣坐在那儿。

被欺负到头上，自己能答应吗？如果真的低头了，那些流言蜚语恐怕会更多，其他家族也会渐渐相信罗峰真的陨落了。有了第一个就会有第二个，那么将来的麻烦就大了。绝不可能答应！

“罗夫人，谈判已经进行到第七天，这是最后一天，若再没个结果，我们罗斯家族将会——”

会议厅的门猛地被推开，谈判双方都吃了一惊：这种重要谈判，这个时候怎么会有人擅闯？

一道银色身影直接走了进来。

无形的威压直接蔓延开，顿时令罗斯家族一方大惊失色。

“罗斯家族？剑阏王？给我告诉剑阏王，”银甲青年冷漠地看着罗斯家族一方的谈判首领，“不要想欺负到我罗家头上。不过他的胆子还真大，难道收了那些异族的贿赂？若真是这样，我不介意让他陨落，让罗斯家族消失！”

罗斯家族一方完全吓傻了。

“我罗斯家族的家主是——”象鼻汉子想要开口。

“一个封王初等级强者，哼。”罗峰冷漠地道。

罗斯家族一方完全不敢吭声。

“走吧！”罗峰大喝。

罗斯家族一方全部恭敬地行礼，然后全部狼狈地走出会议厅，一个个悄然消失。他们不敢在罗峰面前直接消失，显然都完全被吓住了。

会议厅内。

罗家人个个满脸激动。

徐欣站着，激动得身体微微发颤，看着罗峰。

“辛苦你了！”罗峰转身，看着妻子徐欣，轻轻握住妻子徐欣的手。

其他罗家人个个乖乖离开，会议厅内只剩下罗峰、徐欣。

“回来了就好！”徐欣看着罗峰，双眼闪烁。

“一切都好了，我向你保证，没谁能欺负你，谁也不行！”罗峰轻轻抚摸徐欣的脸庞，脑海中回忆起那三万多封邮件，不由得一阵酸楚。

自己的确亏欠妻子很多。

“只要你回来，就够了！”徐欣轻声道，“给我抱一会儿。”

“嗯。”罗峰点头。

徐欣抱住罗峰，头轻轻靠在罗峰的胸膛上，没说话，感受着罗峰的体温，感受着罗峰的心跳，感受着罗峰的气息……

许久。

第884章

问话

抱着对方，感受着对方身躯传来的阵阵温暖，夫妻间仿佛心有灵犀，能感应到彼此的想法。

罗峰能感觉到徐欣对自己的思念、依恋，徐欣能感觉到罗峰心底的愧疚、疼惜。二人享受着属于彼此的那一份宁静，彼此身体的温暖。

许久，许久。

“峰，以后别再这么让人担心了，知道吗？”徐欣抬头看着罗峰，低声道，“我知道你在宇宙中闯荡，很多事情都是身不由己。强者之路，艰难且危险，可是，你要尽全力不让自己陷入险地。”

“我明白。”罗峰点头，轻轻抚摸着徐欣的头发，“罗斯家族的剑阎王，你有什么想法？”

“罗斯家族？”徐欣眉头微皱，“我们家族和罗斯家族的矛盾闹大了后，罗斯家族一开始和我们接触时挺客气的，据说剑阎王联系你却没联系到，逐渐地开始不再客气，甚至在交涉时，要强压我们罗家一头。

“自从峰你成为混沌城主亲传弟子以来，我们罗家愈加强盛，和周围的家族做生意，我们不会欺负别人，但谁敢欺负我们？”徐欣道。

罗峰点头。

和混沌城主亲传弟子的家族做生意，那些只有封侯级强者的家族或只有封王级强者的家族，一般都不愿惹恼罗家。

这是人之常情，就像罗峰面对混沌城主时，心生敬畏一般；就像当年罗峰还弱小时，第一次见到魔烛王一般。

道理都是一样的。

“虽然雨相山有你陨落的谣言，虽然剑阏王联系你没联系上后怀疑你真的陨落了，但是这也不至于在谈判中想要欺负到我罗家头上。”徐欣道，“那些家族，谁敢欺负我罗家？就算乾巫宇宙国的皇族，都对我罗家高看一眼，你别太担心了。”

“你的想法有道理。”罗峰点头。

其实，在此次谈判中，剑阏王确实暗中允许家族在谈判中略微逼迫罗家，这已经算是不看罗峰面子了。剑阏王认为只要罗峰没陨落，就该现身。而徐欣不愿罗峰再为家族担忧，她也相信自己有能力解决。

“他是在逼我现身，借此想要看我是否真的陨落。”罗峰道。

“峰，你现在的地位不一样了，宇宙中诸多异族强者都在盯着你，想要刺杀你。我感觉这件事情的背后有异族的影子，你得小心。”徐欣连忙道。

“没有足够的利益，谁去做危险的事？”罗峰点头，“放心，在我人类疆域的范围内，那异族不足为虑。”

“嗯。”徐欣心中虽然有些担心，但还是点点头。

“老师混沌城主联系我了。我第一时间是先赶回家，现在，我得去见老师了，等下回来。”罗峰笑道，“准备一下，然后我们一家人一起吃一个团圆饭。”

“嗯。”徐欣开心地点头。

虚拟宇宙，雷霆岛最高处，混沌气流笼罩着的宫殿，便是混沌城主所在地。

唰，罗峰出现在宫殿门外，随即大步迈入其中，行走在看不到尽头的幽深无尽的大殿中，片刻后停下。

“老师。”罗峰恭敬地道。

一道金色身影从混沌气流中走出，隐隐带着强大气息的身影让罗峰屏息。现如今，罗峰的眼界高了，见过宇宙最强者之一坐山客后，发觉混沌城主的气息威压虽比普缇要强，但明显比坐山客要弱不少。

“你回来了。”混沌城主的眼睛犹如无尽的星空，他露出一丝微笑，“活着回来就好。这六千多年里，看来你不太好过。”

“的确是吃尽了苦头。”罗峰回答道。

回忆起经历生死之路考验的日子，罗峰心中依旧感叹。

“嗯？”混沌城主忽然眼睛一亮，仔细地看着罗峰，这令罗峰有些发蒙。

老师看着自己干什么？这是在虚拟宇宙中，身体都是虚拟的，如果要观察也只能观察到意识。

意识是能很明显感觉到的，更何况混沌城主的洞察能力何等强。

“你的意志、意识本就强，现在更强了。”混沌城主惊叹道，“而且你得到了空间本源法则的承认。”

罗峰错愕，之后恍然。

在自己接受生死之路考验的六千多年中，当魔杀族分身能施展瞬移，和宇宙本源产生强烈感应时，自己就得到了空间本源法则的承认，身体眉心部位也有了印记，连接虚拟宇宙系统后，系统自动扫描，眉心印记的变化是能扫描出的。

“而且还是很高的承认，你应该能施展瞬移了。”混沌城主惊叹。

本源法则的承认有高低的区别。

得到金之法则的承认，眉心或者形成金剑印记，或者形成金山印记……不同的印记，代表不同的方面得到了承认。

罗峰此刻眉心部位多了点点星星，若隐若现，正是得到空间本源法则的承认的标志，而且还是三种最高承认之一的瞬移。

“你的法则感悟如何了？”混沌城主追问。

“估摸着相当于闯过通天桥第二十层的水准。”罗峰恭敬地回道。

法则感悟方面的确达到了闯过通天桥第二十层的水准，但主要靠的是兽神意境。像《衍神七变》和空间法则，显然还和兽神意境有很大的差距。

“第二十层？”混沌城主看了罗峰一眼，称赞，“你的进步真的很大，和人类族群历史上最顶尖的一批天才科谛、蚀火等人相比，也相差无几。”

“靠了一些运气。”罗峰道。

“运气、际遇也是实力的一部分。”混沌城主微笑，“你消失这六千多年里，早就有你陨落的谣言产生，你的家族可有麻烦？”

"有些小麻烦。"罗峰道，"弟子能解决。"

"在人类族群，地位很重要，可实力更重要。虽然你是我的亲传弟子，但是如果你的实力一直进步缓慢，无法媲美你的身份，就会被人轻视。"混沌城主道，"这六千多年来，你一点都没展露匹配你身份的实力。你找个时间，去闯一闯通天山，如果成功，自然名声大震，那些小家伙更加不敢乱来。如果敢乱来，就得怀疑他们是否勾结了异族，背叛人类族群了。"

闯通天山？老师说的自然是界主级原始通天山。

法则感悟达到闯过通天桥第二十层才有机会闯过界主级原始通天山，历史上能闯过的，无一不是人类族群最巅峰的天才。只有闯过界主级原始通天山，才有资格真正和科谛、蚀火尊者等历史上一批天才媲美。

"是。"罗峰应道。

"该收敛则收敛，该张扬则张扬。"混沌城主道，"刀河王的身份得和罗峰的身份完全分开。你能让封王级极限强者成为你的奴仆，这足以说明你的本事。如果异族知道是你做的，肯定会花费巨大的代价来刺杀你。"

"明白。"罗峰点头。

刀河王拥有重箭王奴仆这条消息早就传开，混沌城主自然知道。

"我已经专门为你伪造了刀河王的身份，从幼年一直到成长为封王级强者，皆有详细的资料可查，毫无破绽。"混沌城主说道，"等你闯过界主级原始通天山，我也会安排人再度邀请你加入鸿盟，到时便是以罗峰的身份加入。你一人，占两个名额。"

"多谢老师。"罗峰感激，连忙道。

"可否和我说说，你为何会使用淼神族战甲，又为何能杀死那些封王级强者？"混沌城主看着罗峰，声音温和。

生命漫长，这些超级存在早就清楚天才得到特殊传承、特殊宝物后一般都不愿公开。

人都有私心，这些私心包括努力强大自己、努力保护亲人、努力保护族群。

这些超级存在清楚这种事情不能逼迫，只能顺其自然。

越是天才人物，内心越是骄傲。

“弟子作为地球人，自然而然就能使用焱神族战甲了。”罗峰道。

“自然而然？”混沌城主瞬间明白了，“焱神族、地球人……”

罗峰恭敬地道：“至于击杀封王级强者，一是靠焱神族战甲，二是靠弑吴羽翼，三是靠费摩毒液。

“当年弟子刚刚进入域外战场，使用的是兵甲，后来在焱祭大陆上，弟子因为身体力量的突破，能勉强使用将甲。”

混沌城主通过军队系统能清晰地看到，罗峰一开始使用的是黑色的铠甲，后来是银色的铠甲。

能使用银甲，那是在焱祭大陆上夺得第二块黑色金属板之后的事了。

“之所以能施展将甲的大部分威力，是因为在焱祭大陆上，弟子融合血洛晶成功，成为黑武者了。”罗峰恭敬地道。

有些秘密必须得隐藏，有些秘密可以暴露。

“黑武者？”混沌城主眼眸中有一丝吃惊，随即惊喜地看着罗峰。连在血洛大陆，黑武者都成了传说，更别说在人类族群中了。罗峰还没意识到黑武者的重要性，可混沌城主何等地位，他很清楚黑武者代表着什么。

“好，好，好。”混沌城主一连说了三个“好”字，对罗峰显然越发重视了。

潜力越大，混沌城主自然越重视。

一切都是从族群的角度出发，混沌城主，亦是如此。

第885章

把酒言欢

罗峰暗自吃惊。

自己和老师见面也有很多次了，能够清晰感觉出老师是何等严厉，要求是何等高，平常自己的表现，在自己看来已经非常优异了，可是在老师眼中都是平平淡淡的，老师很少夸赞自己。

自己只有创造出明月策时被夸赞过，可也没有此刻这般夸张，连说三个“好”字。

混沌城主能连说三个“好”字，那可不一般。

“我也就说了自己成为黑武者了。”罗峰暗自想到，“黑武者，身体基因能瞬间飙升到原先的十倍，令我在起跑线上就比别的强者强了十倍，是很特殊，但是也不至于让老师这等身份的存在连说三个‘好’字啊？而且老师是从族群角度出发的，难道黑武者有其他特殊性？”

“罗峰。”混沌城主微笑道。

“老师。”罗峰恭敬地聆听吩咐。

“你成为黑武者一事，暂时不要声张。我人类族群也很久没有出现黑武者了。”混沌城主道。

“你在兽神一道上天赋极高，又是黑武者，当真是绝配。你现在的法则感悟这么高，应该随时可以突破成为不朽神灵，你准备何时突破？”

“弟子想要去宇宙秘境中闯一闯，之后再突破也不迟。”罗峰恭敬地道。

计划中，自己还得去宇宙秘境得到第三块黑色金属板。

至于突破成为不朽神灵？

自己的兽神意境已经达到闯过通天桥第二十层的水准了，层次高了以后，只要想突破，就能瞬间跨出最后一步悟透整个金之法则，到时候即可成为不朽神灵。就算金角巨兽分身成为不朽神灵很难，可是凭借能闯过通天桥第二十层的兽神意境，突破原核桎梏再难，也难不住自己。

只是，自己敢吗？

不敢。

因为自己还得寻找第三分身。

一旦跨入不朽级，打破原核，体内世界化为神国，到时候就无法再孕育第三分身了。

“去宇宙秘境？”混沌城主眉头微皱，“科谛就是在宇宙秘境中陨落的。”

域外战场中的危险是可控的，宇宙秘境中的危险是不可控的。在宇宙秘境中，连宇宙尊者都可能陨落。像希罗多就是在宇宙秘境中永远地失去了消息，致使整个金角族群因此衰落，不得不寻求人类的庇护。

“你现在的法则感悟极高，能突破成为不朽神灵，就突破吧。”混沌城主道，“成为不朽神灵后，你的实力会强很多，生存能力更是高得多，到时再闯宇宙秘境也不迟。”

“弟子还想寻求第三分身。”罗峰恭敬地道。

“哦？”混沌城主看了一眼罗峰，他早就知道罗峰夺舍金角巨兽肉身的事。金角巨兽拥有三个分身的名额，这个地位稍高些的强者都知道。

“宝库、鸿盟中也有些特殊生命的残骸。”混沌城主道。

“弟子需要界主级生命的残骸，虚拟宇宙公司的宝库、鸿盟的店铺中有特殊生命的残骸，可大多都是不朽级的。”罗峰道，“至于界主级的残骸，极少。特殊生命个个天生聪明无比，知道想要夺舍它们的强者很多，所以实力弱时，很少有离开宇宙秘境的。特殊生命成为不朽神灵很容易，界主级本就少见，被保存的残骸更加稀少。”

血统越高贵的族群，想要成为不朽神灵越难。

可特殊生命不一样。

特殊生命更加高贵，更加逆天，却没资格成为族群。因为它们数量稀少，同一种特殊生命少则整个宇宙无限岁月里就只有一个，多则也只有数十个、数百个、上千个。

即使有上千个，对比其他族群，也很少了。

金角巨兽以稀少出名，但在茫茫宇宙中，每一时代金角巨兽的总数还是不少的，且一代代传承，无数年无数代的传承产生的不朽级金角巨兽有一大批。

只要能传承，时间一长，自然就能诞生足够多的强者。

特殊生命很稀少，它们突破到不朽级很容易，甚至极少部分天生就是不朽神灵。比如兽神，天生就拥有宇宙之主的战力。

因为特殊生命的数量本就太少，又无繁衍能力，宇宙运转法则在修炼一途上给予了它们更多的优势。

它们生而特殊。

“嗯。”混沌城主点头，“界主级的特殊生命几乎都藏匿在宇宙秘境中不出来，想要得到它们，无比艰难。你孕育分身，只需要羽毛或者鳞甲等即可，倒是可以尝试。”

“弟子也是这么想的，我得不到它们，但弄点羽毛或者鳞甲等，还是很容易的。”罗峰恭敬地道。

“记住，量力而行。”混沌城主吩咐道。

“是。”

“去吧。”

混沌城主转身步入无尽的气流深处。

罗峰恭敬地行礼后，离去。

雷霆岛，真衍王的宫殿外。

罗峰拎着两箱珍贵的果酒出现在宫殿外。

“老师，老师！”罗峰在外大喊。

“还不进来？”真衍王的笑声传出。

罗峰步入宫殿，遇到的大多是真衍王的记名弟子。

那些记名弟子不管年龄大小，不管何时拜在真衍王的门下，一律尊称罗峰一声师兄。

宫殿很大，罗峰走了许久，绕到一个临海的亭子内。

临海的亭子中。

真衍王正坐在那儿，看着雷霆岛外无尽的海水拍击岸边，看着更远处环绕岛屿的一道道雷电。

真衍王耸了一下鼻子，眼睛放光，看向罗峰拎着的两个箱子："不倒灵泉、九峰紫果露？"

"老师说弟子再来混沌城时，让弟子带酒来的。"罗峰笑道，"弟子即将离开域外战场，虽然还没来得及回混沌城，但是现在在虚拟宇宙中与老师见面了，当然得给老师带酒来啊，而且虚拟宇宙中的酒比现实中的可便宜得多。"

"为师收了一个好弟子啊，这两箱得有300多万混元单位吧。"真衍王直接接过，取出一瓶不倒灵泉和一瓶九峰紫果露，"现实中得要3亿多混元单位！就算是我，在混沌城也就喝过一次不倒灵泉，虽然不差那点钱，但是心疼啊。"

罗峰笑了。

"我是因为给老师才舍得的，给自己买，也舍不得。"

在虚拟宇宙中，用购买这两箱酒的钱都能购买好几座星域了。

"来，干。"

酒已倒下，师徒二人一边喝酒一边聊天。

"老师，我在域外战场上偶得一件重宝。"罗峰说道。

"重宝？"真衍王吃惊。

"这件重宝是一口紫色古钟……"罗峰开始详细地描述紫色古钟的一些能力以及驱动需要的条件等，"老师，我已有混沌城主赐予的重宝护体，不差这一件，不知道老师是否需要。"

"哈哈，真有心，想起老师来了。"真衍王笑了，很开心。

在真衍王看来，罗峰在域外战场上吃了不少苦头，这紫色古钟恐怕就是罗峰的战利品。如此重宝，价值无量。以真衍王的性格怎么会轻易收弟子送的如此昂贵的宝物呢？

单单看一颗镇封星辰出世就惹得无尽的杀戮，就知道重宝的珍贵了。

“你放心，为师声名在外。”真衍王端着酒杯，直接说道，“能闯出这等声名的，谁没几件重宝？没有重宝护身，怎能称得上封王级无敌强者？”

罗峰错愕。

命陨王、七剑王、塔龙王……个个都有重宝在身，老师活了亿万年，实力也比那些强者强不少，更能媲美普通宇宙尊者，怎么可能没几件重宝？

“这紫色古钟不符合我的修炼之路，对我无用。”真衍王摇头，“你还是自己留着。”

“好。”罗峰点头。

虽然真衍王拒收了这件重宝，但是脸上笑容更盛。

罗峰愿意将重宝送上，是真正尊重老师、关心老师。

“你回家了吗？”真衍王问道。

“回了。”罗峰点头。

“家人急了？”真衍王笑了，“之前徐欣可是求到了我这儿，我也立即去找了混沌城主。

“是急了，不过现在好了。”罗峰感叹，“说起来，我这次回去竟然遇到剑阏王的罗斯家族找我家族的麻烦。”

“剑阏王，哪个小家伙？”真衍王眉头微皱。

“刚封王不久的那个。”罗峰连忙说道。

“哦，记起来了，一个运气算不错的人，他拜在了金岚尊者门下。”真衍王摇头，“金岚尊者在众多宇宙尊者中，属于实力很一般的那种，收了好些弟子，连剑阏王这种都收入门下。”

“那剑阏王敢找你家族的麻烦？”真衍王惊讶，“他有谁撑腰，这么大胆？就算是他老师金岚尊者，也会对你客客气气的，不会轻易得罪你。你毕竟是混沌城主的亲传弟子，就算混沌城主不帮你出面，单单你的那群师兄，随便一个都能震慑金岚尊者了。”

“是啊，我也纳闷呢。”罗峰摇头。

混沌城主的亲传弟子大多都是宇宙尊者，例如归一尊者、金斧尊者等。

“肯定有你失踪，甚至有你陨落的谣言的缘故，查。”真衍王眼中有一丝煞气，“一定得查，得下重手，若是查出勾结异族，必要时，杀鸡儆猴！”

第886章

请罪

“有了我陨落的谣言后，他们就开始来试探了。”罗峰感叹，“这就是人走茶凉啊。”

“你家族主要是靠你一个人撑着，你一倒，家族自然实力大减。”真衍王端着酒杯喝了一口，摇头感叹，“卡混斯族也是靠我撑着的，就算我还活着，可是因为不太插手猿人族的事，我族也会被欺负。必须震慑那群家伙，不能让他们欺负到你头上来。”

罗峰点头：“老师混沌城主也说过，让我去闯界主级原始通天山，展露实力，震慑各方强者。”

“混沌城主说得有理。”真衍王点头，随即惊喜地道，“你能闯过界主级原始通天山？”

“差不多吧。”罗峰点头。

“那可是要在法则感悟上达到闯过通天桥第二十层的水准。”真衍王连忙说道。

罗峰咧嘴，嘿嘿一笑。

“哈哈，好小子。”真衍王忍不住道，“你才修炼多久，都赶上你三师兄了。不错！”

“天才嘛。”罗峰打趣道。

“哈哈，到了混沌城，一定得买好酒给我。”真衍王连忙道。

“那是当然。”罗峰非常豪爽。

“闯过界主级原始通天山可是有1000亿积分奖励的，喝你点美酒，对你来说不算什么。”真衍王哈哈笑着。

罗峰和真衍王把酒言欢，谈笑不已，心底也在思考着剑阏王的事。至于闯界主级原始通天山，罗峰并不着急在这一时，等域外战场上的事情解决，归来后再闯界主级原始通天山也不迟。

剑阏王的事，得赶紧处理。

虽然这次剑阏王做得很克制，但是这是一个开始，一个欺负罗家的开始。这种情况，有了一就会有二，所以这样的情况，得赶紧处理，得让其他家族知道，欺压罗家的后果是何等严重。

罗峰和真衍王畅快地喝酒、聊天。

实力、地位接近，方能这般随意、畅快。罗峰面对混沌城主、坐山客，无法这般肆无忌惮地高谈阔论。而且混沌城主，或者宇宙最强者之一的坐山客，也不可能和罗峰喝酒畅聊。

“罗峰，有邮件。”肩膀上的巴巴塔连忙提醒道，“是剑阏王的。”

“总算来邮件了。”罗峰目光一凝。

“之前罗平、徐欣都说剑阏王联系过我，可我根本没收到剑阏王的邮件。”

罗峰轻轻一点，屏幕上出现了一封邮件。

对面端着酒杯的真衍王问道：“剑阏王说什么了？”

“他说，”罗峰一笑，“亲自去我九星湾的府上拜见我。”

“姿态似乎摆得很低。”真衍王嗤笑。

在域外战场上，同阵营士兵禁止彼此杀戮，必须绝对团结，可是在人类族群内部，没有军队系统的限制，人类强者间彼此厮杀是常有的事情，人类高层很少插手。

人类高层的态度很简单，内部小打小闹没事，如果异族潜入进来杀人类，就捅破天了。

“单单姿态放低是没用的。”罗峰端起酒杯，“老师，我陪你把这瓶酒喝完，再去见那剑阏王。”

“嗯，先晾晾他。”真衍王也端起酒杯。

二人碰杯。

师徒二人谈论着诸多事情，许久后，一瓶酒喝完，罗峰这才离去。

虚拟宇宙，黑龙山，九星湾。

“家主有事，暂时不在，剑闵王你可以下次再来，或者在这儿等待。”

“不急，我在这儿慢慢等。”

“那我就退下了。”

罗家府邸一个专门让客人休息的茶亭内，足有8米多高、全身穿着金晃晃的铠甲、有着象鼻的巨大汉子正坐在那儿。这个茶亭是招待一般客人的地方，让一名封王级强者待在这里，算是一种侮辱了。

“看来这罗峰对我怨气极大。”剑闵王耸了耸象鼻，双眸中满是忧虑，“没有他的暗中吩咐，罗家的那些普通人敢这么怠慢一位不朽神灵？更何况我还是封王级强者。竟让一个奴仆将我引到这儿，这儿一看就是很普通的地方，又没人招待我，连茶都是冷的。”

“等，就等这罗峰现身。”剑闵王竟端起那杯已经凉了的茶水，悠闲自得地慢慢喝着，似乎一点不觉得难堪。

……

罗家的高层们聚在一起。

“剑闵王来了？被安排在茶亭？”龚心兰忍不住担心道，“他毕竟是封王级强者，不能这样怠慢吧。”

“妈，”徐欣笑道，“没事，这是峰亲自吩咐的。”

“哦，我不太懂。”龚心兰点头，感叹道，“只是觉得封王级强者那可是大人物，我们乾巫宇宙国的乾巫国主麾下可没有一个封王级强者。”

“剑闵王被安排在茶亭竟丝毫没有吵闹。”罗平笑道。

“因为……”一个声音响起，从门外走进来一个人，正是罗峰，“他不想死。”

“爸。”罗平、罗海连忙站起。

“回来了。”徐欣走过来。

“哥。”罗华笑着喊道。

罗峰点点头，看向父母："爸，妈！"

"回来就好，回来就好！"罗洪国、龚心兰都点头。

"我先去处理剑闵王的事，回头我们全家一起吃团圆饭。"罗峰说道。

罗峰一修炼就是几年几十年，这次甚至超过六千年，所以罗峰回来的日子就是罗家团圆的日子。

"去吧。"

"去吧。"

家人们都道。

面对封王级强者，单单那无形的威压便会令他们产生一种臣服感。不朽级以下的修炼者，除非有逆天的意志、意识，否则在封王级强者面前就是普通人。至于罗峰，他的意志可是超越很多宇宙尊者的，是能熬过生死之路考验的地球一脉最强者。

……

茶亭周围的景色不太好，风吹，茶凉。

剑闵王坐在那儿，慢慢等。

这时候远处一道人影走来，剑闵王抬头看去，这一看顿时满脸笑容地站起来，上前迎接。待得罗峰靠近，剑闵王直接躬身行礼："罗峰殿下，这次的确是罗斯家族的不对，我来请罪了。"

"请罪？"罗峰瞥了他一眼。

当初罗峰就能使封王级极限强者成为他的奴仆，现如今实力更强，眼界更高，就算是七剑王、塔龙王那等名声传遍亿万个族群的强者，罗峰都丝毫不惧，至于这剑闵王，又算得了什么呢？

剑闵王连忙道："罗峰殿下，我亲自来请罪，但是有一事我得说清楚。"

"请说。"罗峰坐在石凳上。

"相信殿下也清楚，我在开创家族后的漫长岁月里一直专心修炼，家族的琐事根本就不是我在管。"剑闵王连忙说道，"任何一个家族的真正创始者都重视修炼一途，很少管理家族的琐事，几乎都有其他管事人。

"现如今总管罗斯家族的，是我的七世孙，是实力不错也颇有管理能力的普通不朽神灵。”剑闳王连忙道，“当初罗斯家族和殿下家族发生矛盾，矛盾扩大，最后不得不派出谈判队伍谈判，都是我那七世孙安排的。

“他做的一切都瞒着我。”剑闳王摇头叹息，“这次殿下放话后，罗斯家族内一片混乱，这时我的一名后辈才敢发邮件给我，询问我该怎么解决，我这才知道罗斯家族与殿下家族的事情。”

“我施展神国传送赶回去，见我的七世孙，他看到我后，诡异地笑了笑，然后自爆了。”剑闳王道。

罗峰坐在那儿默默地听着。

“说完了？”罗峰看向他。

“殿下，我的七世孙管理家族不严，竟发生这种事，但是这事确实与我无关啊。”剑闳王连忙道。

“你是冤枉的？”罗峰看着他。

“我有一定的责任，但这件事情的确不是我指使的。”剑闳王解释道，“我也知道，众多异族在寻找殿下的踪迹，我一个小小的封王级强者哪敢插手。那些异族就算在我们人类中安插奸细，恐怕也舍不得用。控制罗斯家族的一个普通不朽神灵，借罗斯家族之力试探殿下的家族，这对他们而言代价很小。

“可不管怎样，我没有制止这件事情的发生，我有一定的责任。

“我是来请罪的。”

剑闳王翻手取出了一份清单，恭敬地放在石桌上。

罗峰看了一眼，冷哼一声：“说完了吧？”

若不是自己调查清楚了，自己就真的被剑闳王的话蒙骗了。

六千多年时间，罗峰一直未出现，有谣言说罗峰已经陨落。一开始大家都不信，后来罗家内部的一系列动静，让有心者怀疑罗峰真的已死。

为了查清这一点，他们派人渗入罗家，安插自己的人员……

各种方法都有。

有势力花费1亿混元单位让罗斯家族试探罗家。罗斯家族是剑闳王一手控制的，和罗家起矛盾，这种事情是那剑闳王的七世孙所做的，而且这背后的确有剑闳王的默许。

剑阏王不敢正面得罪罗峰，让自己的七世孙充当马前卒，去试探罗家，这样就能得到二亿混元单位，何乐而不为呢？说不定还能得到意外的收获。

若罗峰真的陨落，这钱赚得就太容易了。

若罗峰没陨落，剑阏王从头到尾都没现身，他将自己摘得很干净，把责任推给他的七世孙，轻而易举。

剑阏王一怔，连忙道：“殿下请说。”

“罗斯家族里面到底发生了什么，这和我没关系。”罗峰冷漠地看着他，“我只知道你们罗斯家族惹到我头上，就别怪我没给你活命的机会。宇宙运转法则对凡事都给一线生机，我也给你机会，答应它，你的命就保住了。”

罗峰随手一扔，扔出一份早就准备好了的清单。

剑阏王听到罗峰这番话，脸色一白，眼睛一扫那份清单，顿时怔住了。

第887章

条件

“看清楚了？”罗峰看向他。

剑闳王身躯高大，罗峰在他面前仿佛孩童般矮小，可这个纵横金岚宇宙国的封王级强者此时非常心慌，特别是看到清单上写的一切后，他蒙了。此时的剑闳王根本没有一丝反抗的念头，有的只是懊悔。

“看清了。罗峰殿下，你这……我……”剑闳王说话时结结巴巴的。

清单上只有三条条款。

第一条：罗斯家族的所有生意、公司等一切资产，99%无偿转让给罗家。半天后，罗斯家族安排一支队伍来九星湾，进行资产交割。

第二条：将此次牵扯到的罗斯家族的人员，全部送到罗家，由罗家处置。

第三条：拿出现金10亿混元单位赔偿罗家。

“留下1%的家族资产让罗斯家族的族人们得以生存，我已经很仁慈了。”罗峰看着他，“我也只索要此次矛盾牵扯的一系列人员。少了这些人，对你罗斯家族反而有益处。至于10亿混元单位，对于一名封王初等级强者而言，还拿得出吧。”

“我这三条，每一条都留有余地，没有逼迫太甚，已经算很仁慈了。”罗峰说道。

剑闳王都快哭了。

“转让家族99%的资产啊！这一转让，罗斯家族无尽岁月里积累的资产一朝丧失，只剩下点残羹冷炙。

“罗峰殿下，我只是刚封王而已，很多封侯巅峰级强者的全部家产都没有

1亿混元单位，我也就比他们稍强，就是卖掉身上的宝物也难凑足10亿混元单位啊！”剑阏王急切地看着罗峰，祈求着，“殿下所说的我自然拼尽全力，可我实在拿不出……”

罗峰冷漠地看着他。

剑阏王被罗峰盯得渐渐收声。

“记住，”罗峰冷漠地道，“这三条，你全部做到后，这件事情才算揭过。如果做不到，后果你是知道的。”

剑阏王冷汗淋淋。

“明白，明白。”剑阏王连忙点头。

“去吧，10亿混元单位，我给你七天时间，至于资产交接，半天内必须安排人来九星湾。”罗峰挥手。

“是。”剑阏王虽然心中苦涩，但是只能乖乖离去。

罗峰看着剑阏王看似萧瑟的背影，心中冷笑。

自己在域外战场上闯荡这么久，很清楚一般封王初等级强者的资产，虽说有些封王初等级强者很可能真的拿不出10亿混元单位，但是，这剑阏王是金岚尊者的弟子。宇宙尊者怎么可能不给弟子兵器、宝物？10亿混元单位对他来说，不难。

虚拟宇宙，金岚大陆，罗斯家族的一座豪华奢侈的府邸内。

寂静的大殿内。

剑阏王独自坐在大殿的王座上，脸色阴沉，心中怒火冲冲，后悔无比：“当初就不该贪心，默许下面那么做，仅仅为了1亿混元单位的好处，现在却要付出这么多。这个罗峰，实在够狠！”

“这次赌博，失败了！”剑阏王心中暗恨。

……

“家主。”

“家主。”

大殿下齐刷刷地出现了上百名罗斯家族的高层人员，他们无比恭敬地行礼，声音回荡在大殿内。

俯瞰罗斯家族的高层人员，剑阏王脸色愈加难看，暗道："那罗峰实在是够狠！他也清楚，如果逼急了我，我就会跑到老师那儿。毕竟只是明面上的一点小矛盾，他还无法强迫老师将我交出来，他也不敢直接得罪一名宇宙尊者。

"他现在几乎是把我逼到了极限，这是我能承受的最后底线。

"家族资产被剥夺99%，看似仁慈地留下1%，我宁可他将家族资产全部拿去，也别索要10亿混元单位！"剑阏王暗恨。

一个家族最大的资产就是家族最强者拥有的财富，就像罗家最大的资产是罗峰拥有的财富一样。

大殿内一片寂静。

罗斯家族上百名高层站在大殿内，剑阏王冷漠地俯瞰，煞气蔓延开来。

"迅速地组织一支队伍，前往黑龙山九星湾罗家，进行资产交割，将罗斯家族99%的资产皆交给罗家。"剑阏王声音低沉，仿佛重锤敲击在每一人的胸膛上，下方罗斯家族的高层人员都发蒙了。

"什么?!"

"99%？"

"他怎么不去抢？"

"太过分了！"

罗斯家族的高层们顿时急了。

剑阏王猛地发出一声怒吼："闭嘴！"

罗斯家族的高层们个个不敢吭声。

"之前和罗家发生矛盾时，你们一个个怎么都不阻拦？一个个都不告诉我？"剑阏王对着下方咆哮。

下方的高层们在心中暗自嘀咕："我们哪敢阻拦！"

他们中有两人曾经联系过剑阏王，可那时剑阏王关闭了虚拟宇宙网络的接收，怎么都联系不上。

"赶紧组织一支队伍！"剑阏王喝道。

"是！"下方罗斯家族的高层们道。

……

罗斯家族和罗家的事情，早就有有心人在暗中关注了。在剑阏王对家族高层们发出命令后的半个小时内，这条消息就从罗斯家族内部传出去了。

“罗斯家族退缩了，看来，罗峰回来了。”

“99%的家族资产估计只是其中一条吧，罗峰够狠的，这等于是让罗斯家族失去家产后大迁移啊，这绝对是打剑阏王的脸啊，剑阏王是一点面子都没了。”

……

“哈哈哈，这位罗峰殿下真是手软啊，回来后竟然没下杀手，要是我，直接就杀了那剑阏王。”

“兄弟，剑阏王很可能在金岚尊者那儿，想杀他可不是那么容易的。”

……

“族祖，这罗斯家族是我们金岚宇宙国除了皇家外最强的家族了，就这么烟消云散了？他们家族控制那么多星域、无数星球，就这么完了？”

“对，完了。”

“就……就这么……”

“孩子，记住，一个家族最重要的是支撑家族的超级强者。像那些宇宙中等文明国度，一般都是由普通不朽神灵开辟的。假如该名不朽神灵陨落，这个国度自然会慢慢崩溃。像罗家这种超级家族，剑阏王都得低头，其家族自然得牺牲巨大的利益。”

“族祖，看来生意贸易都是次之，强大实力才是根本。”

“对。我人类族群强大，拥有无数宝物、资源。弱小的族群即使得到至宝，也会被强大的族群夺走。所以，孩子，你得努力！一个家族有两个超级强者，才更容易传承下去！”

“是，族祖。”

……

金岚宇宙国的罗斯家族将其控制的大量星域、无数星球、无数公司和资产几乎全部转让给罗家这件事情，在第一天就被宇宙中诸多超级家族知晓。随着时间流逝和其引起的动荡，那些帝国、一般家族、普通组织等弱小势力也都知道了。

他们也感觉到了罗家的强大，罗家的不好惹。

……

“爸，我敬你。”

“爸。”

“大伯。”

“大伯。”

九星湾，罗峰一大家子人正聚集在一起，包括罗华的妻子、儿女也在桌上。罗华现如今有九个儿女。不同于罗峰在外闯荡，罗华一直留在家中，时间长了，儿女就多了。

一大桌人，热闹非凡。

“哈哈……”罗峰站起来，笑着和晚辈喝酒。

“阿华，这么多年不见，你孩子都多了几个。”罗峰笑着看着那群年轻人。

“也不看你消失多久了，六千年。”罗华笑道。

徐欣瞥了罗峰一眼。

罗峰哑然失笑。

确实是自己的不是了，陪妻子的时间太少。自己是界主，实力越强越难以有孩子，徐欣的体质已经改变，恐怕以后都难再生子。

……

一家人吃得开开心心，很快，孩子们都退去了。

罗峰和徐欣二人说着悄悄话。

“徐欣，我不在家，家族内也得有坐镇的强者，我准备培育些不朽级植物生命。”罗峰说道。

徐欣没好气地瞪了他一眼：“等你，那得等到什么时候。之前你不是给家族留了500亿混元单位吗？家族内经过商议，拿出了一部分。我们将家族内本来就有的三株界主级九阶的摩云藤、食星草，都培育成了不朽级，其中还有封侯级实力的。”

罗峰惊叹。

“好，好。”罗峰笑着点头，“关于家族安全方面的问题，等我从域外战场回来，再好好安排。我在家也逗留许久了，先全身心处理域外战场上的事去了。”

“去吧，你的事情要紧。”徐欣连忙道。

罗峰一笑。

这次罗峰在虚拟宇宙中足足陪了家人三天，也是为了弥补家人。至于解决天阵王，都等了六千多年，也不差这三天。

“好，处理好就回来。”罗峰亲了一下徐欣，随即一笑，消失，意识已然离开虚拟宇宙。

第888章

挑选对手

域外战场，古老的星辰塔内，大殿中。

罗峰独自一人，先是通过虚拟宇宙给重箭王下达命令：“重箭王，感应我的位置，通过神国传送过来。”

仅仅几秒钟后，一道光芒在大殿内亮起，空间荡起涟漪，一道身影出现，正是戴着面具的高瘦的重箭王。他见到罗峰后立即恭敬地行礼：“拜见主人。”

“嗯。”罗峰点头，同时也感应到星辰塔传达的一股意念——是否击杀闯入者？

这座大殿已经算是星辰塔较为核心的所在地，是禁止外人闯入的。一旦闯入，星辰塔完全可以用自身能量进行灭杀。至于那些禁地空间，则任由宇宙无数强者闯荡。

“不击杀。”罗峰和星辰塔交流。

星辰塔号称宇宙最强至宝之一，可兵器终究是兵器，智慧还是很低，思考速度或许媲美智能，可情感也就如两三岁孩童般稚嫩。

“当年天阵王最终有没有暴露？”罗峰问道。

“禀主人，没有。”重箭王恭敬地道，“若非主人提醒，我都发现不了。那天阵王非常阴险，我在仔细观察下才发现驱武王的死的确有蹊跷。驱武王一死，我立马逃掉。妖族阵营的那支队伍的实力绝对压过我们这边，我们这边只剩下一个天阵王，按理说，天阵王必死无疑，可是他活得好好的。”

“嗯。”罗峰点头，“没暴露也在意料之中，凭我和天阵王的接触，这人绝对非常有心机，就算暗算我，也是到了最后一刻才突然暗中下手。若非我意志强大，破除了幻境，恐怕还真让天阵王成功了。”

“星辰塔，”罗峰联系星辰塔，“查找人类不朽神灵。”

由诸多镇封星辰环绕的大殿内，罗峰闭眼盘膝而坐，和星辰塔交流，重箭王则恭敬地站在其身后。

“星辰塔内的人类不朽神灵一共三百五十九名。”

一条信息传入罗峰的脑海，一幅幅画面浮现，正是一名名人类强者在星辰塔内战斗、修炼、交谈的场景。这些都是人类不朽神灵，虽然整个星辰塔中有数十万名不朽神灵，但是真正是人类的毕竟数量极少。

罗峰很快便全部看完。

“没有天阵王？”罗峰眉头微皱，“星辰塔，你再仔细地查看塔内是否有屏幕上的这个人？”同时屏幕上出现图像，正是那天阵王。

“塔内并没有，这名人类在一千八百年前就已经离开星辰塔了。”星辰塔用意念传递信息。

“已经离开？”罗峰睁开眼睛，忽地站起来。

“主人，”重箭王上前一步，恭敬地道，“我们要去对付天阵王？”

“他现在不在星辰塔内。”罗峰微微摇头。

星辰塔是自己的主场，在这儿，自己将会占据极大的优势。自己经历生死之路考验的时间实在太久，超过六千年，很多强者一般在域外战场上闯荡也就上万年，天阵王离开也是很正常的。

离开了星辰塔，不知道是否还在域外战场。

或者说，回到了人类疆域？

罗峰摇头，目光冷厉：“离开了域外战场，那更好。我照样追杀你！”

“主人，我们接下来怎么办？”重箭王询问。

“别急。”罗峰一笑，“天阵王也是鸿盟中的一员，我的很多朋友也是鸿盟成员，我虽然无法直接找到天阵王，但是通过朋友还是很容易就能找到天阵王在哪里的，到时候便可以动手。不过在这之前，我还有一件事情要做。”

重箭王略带疑惑。

罗峰转头看着大殿外，茫茫虚空中一颗颗镇封星辰微微滚动：“磨炼自己，增加战斗经验。”

自己是星辰塔的主人，虽然现在无法驱动整个星辰塔，但是利用主场优势，让异族强者成为自己的奴仆还是很轻松的。

罗峰能够通过星辰塔清晰地知道来自宇宙各地的数十万名不朽神灵在哪一个禁地空间，甚至能命令星辰塔将自己送到那里。

“只要我愿意，我可以任意选择一名异族强者战斗。

“而且战斗期间，禁地空间内绝对不会出现新的通道入口。无论一天、十天还是一个月，都不会出现通道入口。

“如此天时地利，怎能错过？”

罗峰眼眸中迸发着野心的火花。在宇宙中闯荡，拥有战友、拥有仆从非常重要，然而想要得到一名强大的仆从是一件非常艰难的事。要遇到自己刚好能解决还让对方逃不掉的对手，很难。灵魂控制仆从是灵魂大师才能做到的，灵魂方面的大师，本就极少。

除此之外，还有一个蠢笨的办法——杀得对方陷入沉睡，然后控制。

这个蠢笨的方法有诸多缺点。首先，对方很可能提前察觉危机选择自爆。其次，时机难以把控。如果稍微过头，就可能直接杀死对方。最后，令其苏醒、恢复难。控制一名沉睡的不朽神灵没有用，得让沉睡的不朽神灵苏醒、恢复。如果用珍贵的宝物令其苏醒、恢复，那代价也太高了。

总之，要控制一名强大的不朽级奴仆，特别是和自身实力接近的，是非常难的事。

一般只有那些灵魂大师才有较高的概率做到。

“在宇宙中，哪能随心所欲地遇到这么多强者？哪能这般随意地挑选对手？

“天时地利，就看我的能耐了。”罗峰感应着星辰塔，和星辰塔交流，开始查找星辰塔内的异族不朽神灵中的一些封王级极限强者。以罗峰现如今的实力，他想要对付命陨王、七剑王那等层次的，有点异想天开了。

至于封王巅峰级强者？

罗峰瞧不上眼，除非是封王巅峰级的灵魂大师。

于是罗峰就将目标确认在封王级极限强者和封王巅峰级的灵魂大师上。

“就是他。”罗峰露出一丝微笑，“妖族阵营的茨鸦族的黑鸦王，封王巅峰级的灵魂大师，我的第一个目标。”

星辰塔内的禁地空间非常繁多。

其中一个禁地空间内，狂风呼啸，雪花漫天。无尽的雪花中有三道模模糊糊的影子正盘坐在雪地上。

“我们的运气真差，那最后逃得慢的封王高等级人类，眼看就要被我们杀死，可没想到最后时刻他竟然挣脱了黑鸦王的灵魂控制，逃掉了。”仿佛乌龟般有狰狞脑袋的岩石怪物低吼着，它那血红色的眼眸中满是凶光。

“可恶。”另一名同样的生物也低吼着。

这两个生物都是从宇宙疆域的边缘来的，它们是虬甲堠族的，暂时加入妖族阵营。虬甲堠族是岩石类生命的一种，这两名封王巅峰级强者有岩石类生命的优点——防御非常强。

虬甲堠族族人加入域外战场的本就稀少，封王级的更是极少，星辰塔内只有三名封王级别的虬甲堠族族人。

“要有耐心。”

一个嘶哑的声音响起，这是一名脸上满是黑色毛发，只露出碧绿色的眼眸，好似大鸟般的生命，他便是黑鸦王，这支小队的首领。

“星辰塔中有数十万名不朽神灵，我们有的是机会。只要有耐心，总能狩猎成功。”

两名虬甲堠族的强者低吼一声，算是赞同。

“嗯？”黑鸦王突然扭头看向远处，两名盘坐着的虬甲堠族强者也转头看去，远处忽然出现了一条空间通道。

“我说得没错吧？要有耐心，这不，来猎物了。”黑鸦王声音沙哑，道。

两名虬甲堠族强者都发出兴奋的吼声，双眸凶光闪烁，遥遥看着。

虽然他们心中充满杀意，但是在没看清目标之前也不敢乱来。来人说不定是妖族阵营的，或者实力比他们还强的。

远处风雪中突然出现一道身影。

黑鸦王、虬甲堠族兄弟都仔细看去，只见远处那道身影很像人类，他背后有银色羽翼，全身布满银色铠甲，正踏着虚空而来。

“是人类。”虬甲堠族兄弟低吼道。

“刀河王！”黑鸦王却脸色微变。刀河王名气颇大，黑鸦王心中警惕，可也不会直接放弃。

“哈哈……”罗峰踏着虚空而来，笑声令空间震动。

“刀河王，”黑鸦王怪笑着，声音刺耳，“你的奴仆重箭王呢？也将他召唤出来吧。”

嗖，一道身影在罗峰旁边出现，正是戴着面具的重箭王。

黑鸦王的笑声愈加尖厉：“哈哈哈，很好，人类刀河王，我若杀了你，可就赚大了。”

黑鸦王悄然传音命令：“虬甲堠族兄弟，那重箭王就靠你们给我缠住了，我解决那刀河王。”

“放心，我们兄弟虽不是重箭王的对手，但我们缠住他一会儿是绝对没问题的。”虬甲堠族兄弟自信十足。

两边杀意都在蔓延。

重箭王恭敬地站在罗峰一侧，罗峰则微笑地看着这一幕。

选择目标得选择与自己实力接近的，否则对方一看自己是刀河王，就吓跑了。

“看看星辰布道图的威力到底如何吧。”罗峰一翻左手，肉眼都能看到掌心中那隐隐的星辰布道图印记。

只见六颗黑色的球从掌心中浮出，悬浮在罗峰掌心上方。

（本册完）

《吞噬星空 典藏版19》即将上市，敬请期待！